Ne m'attends pas
mais sois prête

Catherine Phalippou-Marty

Ne m'attends pas mais sois prête

ROMAN

À mes fils,

ACTE 1

TENTION!
ENMÉCHANT

1

La maison

Rébecca se tenait droite devant l'unique route du bourg, une sculpture de jardin serrée dans une main et les clés de sa nouvelle maison dans l'autre. Dès qu'elle aperçut le tracteur qui venait de s'engager dans la rue principale depuis la Départementale, elle traversa en hâte la large chaussée pour rejoindre sa Coccinelle blanche garée en épi sur le parking de la pharmacie. Et tout en posant soigneusement l'escargot vert en céramique sur le siège écossais, elle se mit à regretter d'avoir choisi cet endroit pour repartir à zéro.

Les silhouettes grises et courbées qui allaient et venaient dans l'officine détonaient tellement avec le va-et-vient étourdissant de la capitale. Tout en quittant le bourg trop calme de St Paul, elle pensa, le cœur déchiré…

… «que plus rien ne serait décidément, comme avant».

Sa voiture blanche à la capote noire s'engagea dans l'étroit sentier de terre battue qui menait à l'imposante bâtisse, que son amie Zoé lui avait dénichée dans le hameau. Elle se gara devant le portail en bois vert foncé, qui fermait plus ou moins, grâce à un bricolage de fil de fer. Tout en dénouant le cintre déformé, elle songea qu'il lui faudrait arracher l'immense pancarte jaunie clouée de travers et qui annonçait :

Attention, chien méchant.

« Déjà qu'on n'accède à cette maison que par l'arrière, je ne vais pas en plus décourager les quelques visiteurs qui se hasarderaient à venir me voir ! ».

La haute bâtisse était faite de pierres grises, typiques de la Bretagne du Nord, qui lui donnaient de prime abord, un air misérable. Ses joints, sans doute blancs, il y a un demi-siècle, avaient terni avec le temps. Cela accentuait son air sombre et peu avenant. Même les volets en bois, faits main, avaient un air abattu et ressemblaient à des paupières lourdes et fatiguées qui semblaient attendre que le jour laisse place à la nuit, pour pouvoir enfin se refermer. Rébecca resta malgré tout sur sa première impression. Celle d'une maison certes délabrée, certes triste, mais qui offrait tant de promesses à qui saurait lui donner une nouvelle jeunesse. Mais, ce qui l'avait conquise par-dessus tout, ce sont les magnifiques rosiers qui grimpaient sur la façade en pierres plus claires, côté ouest. Ensuite, il suffisait de longer l'allée aux senteurs florales pour apercevoir des conifères à perte de vue. Ils avaient pris possession du parc en plein sud. On découvrait alors la porte d'entrée, perchée sur un étroit perron en granit et dont l'escalier était bordé de fer forgé en torsade noir.

« Je vais en faire un vrai jardin d'Eden », s'était-elle dit, il y a déjà trois mois.

Insoupçonnable depuis la route, mais parfait pour les amis. Car tous, ou du moins, les quelques-uns qui savaient, lui avaient promis de venir la soutenir.

« Je n'ai envie de voir personne pour le moment », pensa Rébecca, la gorge nouée.

Les pieds martyrisés par ses escarpins vernis, sa robe noire au large col blanc sous un bras et l'escargot de jardin en céramique verte, qui lui souriait, sous l'autre, elle se dirigea vers la vieille porte d'entrée en bois. Tout en ouvrant, elle songea qu'il était dommage de devoir déraciner le figuier qui avait pris possession et même envahi de son feuillage touffu, la façade sud de la maison. Zoé lui avait promis une rénovation pensée par elle. Son premier projet, depuis l'obtention de son diplôme d'architecte d'intérieur. Il était prévu de réaliser une cuisine sur pilotis à la place de cet intrus corse, pourtant majestueux. Zoé, c'était son amie, son alter ego, comme elles aimaient à se le dire. Dès qu'elles avaient franchi, l'hiver dernier, la porte fatiguée du perron, elle s'était exclamée à l'attention d'une Rébecca tout aussi fatiguée :

— Prends-la ma belle, je me charge personnellement de vous en faire votre nid douillet à toi et Simon. Puis, elle avait ajouté avec douceur :

— Je te le promets, ma Réb, on va s'en sortir.

Rébecca faisait une confiance aveugle à Zoé, qui déjà, à l'âge de 24 ans, s'était aménagé un petit parc immobilier de biens qu'elle avait mis en location.

— Toujours penser revente, n'avait-elle cessé de répéter à son amie, avec un enthousiasme que Rébecca ne parvenait pas, quant à elle, à retrouver.

Certes, était-elle bien décidée à enfin utiliser le petit héritage que son père lui avait laissé pour s'offrir un chez elle, mais elle n'avait pas prévu que les choses se dérouleraient ainsi. Et encore moins l'existence de Simon.

« Dans moins de deux mois », songea-t-elle en soutenant son ventre lourd. Elle posa avec précaution, sur le haut de la cheminée en fonte du salon, l'escargot vert acheté sur un coup de tête, dans la seule supérette du bourg. Elle se mit à imaginer sa future cuisine. Elle se surprit aussi à réfléchir au nom qu'elle choisirait pour cette maison. Le week-end précédent, elle avait fini par accepter l'invitation de Zoé, qui avait insisté pour qu'elle aille se changer les idées dans sa maison de vacances dans le Finistère. Elle avait arpenté dès le petit matin, les sentiers tortueux et sableux de Léchiagat, le fief familial de son amie. Elle s'était enivrée l'esprit, seule face à la houle, le visage fouetté par les embruns. Elle avait marché des heures, les chevilles dans l'eau, enfin à l'écoute de ce nouveau corps auquel elle ne s'habituait toujours pas. Chaque maison qu'elle avait croisée portait un nom. D'emblée, elle avait constaté cet état de fait avec un brin d'ironie. Elle était très réticente à faire comme ces propriétaires trop attachés à leur tas de pierres.

L'homme comptait par-dessus tout pour Rébecca et non les choses.

« Qu'est-ce qui me prend ? Un nom pour une maison ? ».

Elle s'engagea dans l'étroit escalier en chêne qui menait aux chambres de l'étage. Elle avait décidé que la première à droite, celle qui donnait sur les noisetiers côté est, serait pour le bébé. Quant à elle, elle occuperait celle du fond avec ses deux fenêtres, côté ouest, en vis-à-vis du jardin abandonné des voisins. Elle installerait son lit contre la cloison, à gauche de la petite porte bordeaux qui donnait sur les combles, son futur dressing. Là, elle entreposerait toutes les tenues qu'elle aimait aller chiner dans des friperies.

Debout, devant une des fenêtres de sa future chambre, elle se laissa emporter par un sentiment mélancolique. Elle réalisa avec angoisse que sa vie ne serait plus jamais la même. D'un bond, elle recula de la fenêtre, prise de vertige par cette conscience que désormais, il lui faudrait tout décider pour eux deux.

Seule…

Tout en regagnant sa Coccinelle blanche à la capote noire, elle se mit à sangloter et à chuchoter :

— Si seulement tu étais là mon Amour.

2

Rébecca

Rébecca était une séduisante jeune femme. Ses traits étaient fins et harmonieux et elle avait sur les hommes ce pouvoir ensorcelant des petites *fées de Brocéliande*. Mi-femme, mi-enfant, elle suscitait tout à la fois, le désir charnel et la nécessité de comprendre son âme. Ses anciens amants avaient voulu la posséder tant elle paraissait inaccessible. Très vite, c'était l'envie de la protéger qui l'avait emporté. Surtout, chaque fois qu'elle faisait la moue d'une charmante gamine lorsqu'elle avait tort. Les hommes étaient attirés par son esprit, mais également par le langage de son corps et de ses sens, lorsqu'elle s'adonnait aux jeux de l'amour. Les promesses que laissaient entrevoir ses regards et sourires n'avaient jamais déçu ses amants. Tous auraient consenti à vendre leur âme pour être ensorcelés par Rébecca. Elle connaissait l'art de les emporter et de les perdre dans des tourbillons enivrants de sens et elle pouvait vite leur devenir indispensable.

Alors, pour cette raison, elle les avait tous quittés.

Tous… sauf un.

Rébecca se lassait vite. Et au bout du compte, comme un prédateur, elle abandonnait ses *proies consentantes*, dès qu'elle réalisait l'emprise qu'elle avait sur leurs vies. Et personne avant *lui* n'était parvenu à la garder. *Lui* seul avait su lire dans les méandres de ses états d'âme. *Lui* seul avait compris l'immense vide qui habitait la jeune fille… qui la hantait. C'était la première fois qu'elle avait accepté de recevoir à son tour.

Avant qu'elle ne le rencontre, elle ne comprenait pas combien il pouvait être agréable de s'abandonner, de lâcher prise, dans les bras d'un homme. Elle n'avait pas la moindre idée de ce qui pourrait lui procurer cet oubli de tout, cet abandon même fugace, qui l'intriguait tellement chaque fois qu'elle l'avait observé chez ses amants. Tous étaient repartis, gardant le souvenir d'une Rébecca qui savait enflammer, mais sans passion.

Pour elle, l'amour, le véritable, celui auquel elle aspirait, celui qui devait bien exister, car la beauté de la création existe, ne se limitait pas au seul fait que deux corps se rencontrent, se désirent, s'assouvissent ensemble. La fusion de la chair était tellement à la portée de tous. Pas celle des âmes. Elle s'était même persuadée, au fil de ses expériences, que seuls deux esprits, deux fantômes en quelque sorte, pouvaient véritablement s'appartenir mutuellement, assouvir cette faim de l'autre, cette quête de l'invisible qui dépassait la limite des corps. Oui, elle était douée pour les jeux de l'amour. Certains disaient même qu'elle était faite pour cela. Mais il ne fallait surtout pas tomber amoureux d'elle sous peine qu'elle ne devienne, du jour au lendemain, une maîtresse paresseuse. Alors, pour qui la rencontrait, tombait fou d'amour, elle constituait un parfait leurre. La maîtresse renversante et redoutable des débuts, devenait profondément ennuyeuse…

… Du moins, il en avait toujours été ainsi jusqu'à ce qu'elle rencontre Hugo.

Hugo, son magnifique et seul amour. L'unique. Sa passion foudroyante. Elle l'avait rencontré il y a moins d'un an, dans un bistrot parisien, tandis qu'elle venait d'intégrer un prestigieux cabinet pour y effectuer son stage professionnel d'avocate. Elle avait quitté Romain, deux ans auparavant, son jeune et ténébreux beau gosse à la mèche insolente. Celui qui chaque année était nommé le *Mister fac de droit* de la promo et même le major, tandis qu'il n'ouvrait son *Dalloz* rouge qu'en cas de stricte nécessité. Romain, avec lequel elle s'était très vite installée.

3

Romain

Son histoire avec Romain s'était terminée un après-midi d'hiver, il y a presque trois ans. C'est elle qui avait mis fin du jour au lendemain à sa cohabitation avec son *faux voyou* d'étudiant que toutes les autres filles de l'université de Rennes 1, lui enviaient. Elle était restée presque un an avec ce beau brun ténébreux, fils de notable de la ville bourgeoise de Province, fils de riche comme elle aimait à le taquiner. Étudiant brillant et né avec un code civil dans son berceau.

Près de trois cent soixante-cinq jours qu'elle n'avait pas vu passer, qu'elle avait laissé s'écouler à son rythme à lui, tel le tic-tac d'une pendule rodée. Son compagnon, destiné de père en fils à un avenir de juriste sur la place de Rennes, avait beaucoup plu à son père et cela lui suffisait. C'était un gentil garçon et elle avait eu la flemme de lui faire de la peine. Le quitter sans raison apparente lui était paru trop fastidieux. Et surtout, tellement inutile. Rébecca savait bien qu'au bout du compte il en serait de même avec n'importe quel autre homme. Personne ne pouvait lui apporter ce à quoi elle aspirait en secret. Les rares fois où elle avait essayé d'expliquer à ses amies de l'époque, ses doutes, ses peurs, ses rêves et surtout ses attentes déçues, celles-ci s'étaient amusées d'elle et de ses illusions. Les aspirations de la jeune fille leur étaient apparues être en total décalage avec la jeune avocate indépendante et moderne, qu'elle était aussi.

— Alors, notre *Alice au pays des merveilles*, tu l'as trouvé ton prince charmant ? Aimaient-elles à lui demander à chaque *soirée-fille.*

Elle avait fini d'ailleurs par cesser de leur expliquer, car elles ne pouvaient pas comprendre. Tant pis si elles étaient arrivées à la conclusion que leur amie finirait sa vie seule et aigrie. Cela avait probablement motivé son installation, sans conviction, chez la coqueluche de la fac. Mais un après-midi d'hiver, elle l'avait enfin quitté. Ce jour-là, elle était rentrée à leur appartement, place St Anne, plus tôt que d'habitude. Son tuteur de stage durant les vacances de la Toussaint, lui avait remis en hâte, sur le coin du bureau, une pile de dossiers de toutes les couleurs, annotés en long et en large. Il lui avait lancé avec un sourire de défi :

— Épineux ce dossier, Mademoiselle Müller ! Si vous parvenez à trouver la faille pour que Madame Leray mette à poil son ex-mari, alors, je vous mets en tête de liste pour intégrer le cabinet à la fin de votre licence. On a tous essayé ! Cherchez bien, on est forcément passés à côté d'un vice de procédure.

Elle était partie, gonflée à bloc et bien déterminée à remporter le jackpot. En arrivant sur la place du vieux Rennes, elle avait été étonnée de constater que Romain était déjà rentré. Sa *BMW* flambant neuve et mal garée dans l'impasse d'en face, était en train de se faire embarquer par la fourrière. Elle s'était alors précipitée vers leur immeuble à colombages avec un drôle de pressentiment et avait gravi les marches déformées du vieux bâtiment en un temps record. Romain lui avait semblé tellement fatigué, ces derniers jours. Habitué à se gaver de ce qu'il nommait ses *dopants énergétiques*, il n'avait pas dormi depuis plusieurs semaines. Rébecca avait ouvert la double porte de l'appartement, les jambes tremblantes, mais elle avait très vite compris qu'il ne s'agissait pas d'un malaise. Devant la chambre d'amis de l'étage gisaient ce qui ressemblait à des dessous en dentelle rouge et la dernière marche du petit escalier branlant avait gémi, mais cela n'avait pas suffi à interrompre les deux amants. Elle était alors redescendue à pas de loup, se sentant blessée, mais non meurtrie. Elle avait saisi le premier crayon qui traînait sur la toile cirée de la cuisine parmi les cendriers pleins et avait griffonné au dos d'une facture :

« *C'est moche, mais je te comprends. Je t'ai donné si peu en un an. Je viendrai chercher mes affaires plus tard. Bon chemin. PS. Elle va devoir rentrer en taxi, ta voiture a été enlevée* ».

Elle était ressortie comme délivrée, humant l'air glacial de l'hiver. Au volant de sa Coccinelle, elle avait mis à tue-tête *Foule sentimentale*, le tube du moment d'Alain Souchon qui passait en boucle sur les grandes ondes. Elle s'était arrêtée dans le premier bistro et avait aussitôt composé le numéro de Zoé :

— Vous êtes bien chez Zoé. Soyez convaincant.

— C'est moi ma Zoé. Tu avais raison, il a fini par craquer. Tu cherches toujours une coloc ?

Elle était ressortie aussitôt pour rejoindre sa voiture. Elle avait fait une marche arrière-rock and roll sur la place bondée de piétons, avait ouvert les deux petites fenêtres avant et était repartie, une cigarette imprudemment posée sur le rebord du cendrier vintage de celle qu'elle appelait *sa Titine*.

De Romain, il n'y avait rien d'autre à dire.

4

Zoé

Après l'obtention de son diplôme d'avocate, Rébecca avait eu envie de changer d'air. Elle avait obtenu un stage dans un prestigieux cabinet parisien dont l'un des associés était spécialiste en droit pénal. Le seul à même de satisfaire sa fibre idéaliste. Elle espérait alors avoir l'opportunité de mettre ses compétences au service de *la veuve et de l'orphelin*. Mais ce qui l'avait poussée par-dessus tout à choisir la capitale, c'était tous les fantasmes que la ville véhiculait. Après tout, peut-être que là où se trouvait le *pont des Arts*, il était possible de réaliser ses rêves de liberté… à deux. Elle ne connaissait rien de Paris hormis ses clichés. Seule et affranchie de tout jugement familial dans les choix qui seraient désormais les siens, elle avait opté pour ce changement radical. Et de toute façon, il était devenu nécessaire qu'elle s'éloigne de sa Bretagne natale.

Depuis cet après-midi gris, après qu'elle eut griffonné ces quelques lignes au dos de la facture, Rébecca s'était rendue chez Zoé comme prévu et les deux amies devenues inséparables, avaient vécu durant plus d'un an dans son loft, devant le canal d'Ile et Rance. Non que la cohabitation entre les deux jeunes filles se soit mal passée. Bien au contraire. Mais toutes deux avaient pris l'habitude de refaire le monde des nuits durant, la table basse du salon couverte de bouteilles de pétillant vides et de bouchons en liège. Et après qu'il n'y ait plus rien à boire, elles passaient des heures dans la salle de bain du haut, à se préparer pour la tournée des bars à la mode du centre-ville. Elles montaient dans la *Titine* connue de tous les fêtards rennais, rabattaient la capote noire, quel que soit le temps et poussaient le volume de la radio au maximum. Chaque fois, elles y croyaient. Mais rien n'arrivait. Du moins, rien de nouveau.

Les spots de l'ancienne *prison St Michel*, transformée en discothèque par Gainsbourg et Dutronc, laissaient place à une lumière qui ressemblait au lever du jour. La musique cessait et les regards se croisaient, gênés de tous les excès et de tout ce qui s'était dit dans ce monde parallèle, le temps d'une nuit. Les deux amies épuisées par leurs prestations respectives de séductrices s'empressaient alors de rentrer pour fuir les plus téméraires qui s'agitaient encore dans tous les sens, préoccupés par la hantise de partir seuls. Lassées de ces nuits blanches et enfumées qui ne leur avaient jamais fait la surprise de *le* rencontrer, elles regagnaient le loft après être allées dévaliser la première boulangerie ouverte. Elles se blottissaient l'une contre l'autre sous la grosse couette imprimée de coquelicots et elles restaient serrées tout en se racontant la rencontre romantique dont elles rêvaient toutes deux. Un matin, tandis qu'elles avaient encore davantage bu que toutes les autres fois et que la nuit avait été encore plus sordide que d'habitude, elles s'étaient fait une promesse. Il fallait arrêter tout cela.

— On va finir par brûler nos ailes, avait déclaré Zoé.

Mais elles avaient surtout pris conscience que si vraiment *Il* existait, sans doute, serait-il déçu qu'elles ne se soient pas davantage préservées. Car elles ne rentraient pas toujours seules.

Zoé comme Rébecca rencontraient un franc succès dans cet univers de paillettes où il était tellement facile de faire la différence. Aussi jolies l'une que l'autre, elles n'avaient pas besoin de se donner beaucoup de mal pour séduire. Leur singularité, les rêves qui les habitaient, leurs esprits vifs, plaisaient aux hommes. Bien que très différentes, elles étaient toutes deux conscientes du pouvoir qu'elles avaient sur la gent masculine et elles en jouaient.

Sans doute trop.

METROPOLITAIN

5

Ricquet

Rébecca avait donc décidé de partir pour Paris, acceptant l'offre d'un professeur consistant à remplacer une ancienne copine de promo, au sein d'un grand cabinet d'avocats, dans le quartier de la Bourse. Elle serait cantonnée dans un premier temps à un rôle d'investigatrice, mais on lui avait laissé entrevoir une montée en compétences rapide. Zoé et elle s'étaient fait une promesse. Cesser de rechercher coûte que coûte *le mouton à cinq pattes* et laisser faire la destinée.

Rébecca était partie à la conquête des juridictions de la capitale, laissant tranquillement Zoé achever son cursus d'architecte à l'École de Rennes. Elle avait pris, pour la première fois, le fameux TGV dont tout le monde parlait depuis sa récente mise en circulation. En arrivant à la gare Montparnasse, elle avait songé à son père. Trente ans plus tôt, il avait lui aussi échoué sur ce quai, mais pour conquérir le prestigieux *Institut de sciences politiques* de la rue St Guillaume. Aussitôt sortie de la gare, le froid sec de la capitale l'avait saisi. Elle avait couru se réfugier dans les *Galeries Lafayette*. Elle en était ressortie vêtue d'un long manteau noir au col en fausse fourrure ainsi que d'une toque assortie, qui lui donnait un air de princesse russe.

Et tandis qu'elle longeait le trottoir du boulevard St Michel, elle avait croisé la silhouette familière de son géant de cousin. La dernière fois qu'elle l'avait vu, c'était le jour de ses quatorze ans. Ses parents, son frère Victor et elle, étaient arrivés à l'improviste dans sa maison familiale de Séné, pas loin de Vannes. Elle était dressée dans un renfoncement de la plage, juste à côté des pêcheurs du coin. Une odeur de cassoulet, fait maison, s'échappait d'un gros faitout en cuivre au-dessus duquel sa tante était affairée. Ses trois cousins vaquaient à leurs occupations littorales, profitant que la marée soit montée pour avoir l'impression d'être seuls au monde. Elle était alors une adolescente rondouillette et complexée et en silence elle était tombée sous le charme de ce cousin qui lui avait enseigné les rudiments de la planche à voile.

Tandis qu'elle avançait à pas rapides, s'abritant du vent glacial en longeant de près les vitrines du boulevard parisien, la toque enfoncée jusqu'aux oreilles, elle avait immédiatement reconnu son visage carré et juvénile.

— Rébecca ? C'est bien toi ? s'était-il étonné devant cette jeune femme devenue tellement différente, tellement gracieuse.

Bien décidée à trouver une chambre en location rapidement, elle avait dû se résigner à occuper, dans un premier temps, le studio que son cousin lui avait gentiment proposé de partager avec lui dans le 18e arrondissement. Il avait consenti à lui laisser un petit espace de vie en attendant qu'elle puisse se prévaloir des deux feuilles de salaire exigées par tous les propriétaires de la capitale.

— Écoute, je peux te laisser mon semblant de canapé convertible sous la mezzanine. Mais je te préviens, chez moi, il y a du passage. Et je tiens à ce que tout ce petit monde s'entende à merveille. Chez moi, les chiens s'entendent avec les chats.

Rébecca n'avait pas saisi tout de suite ce que son cousin Ricquet voulait lui dire au juste. Elle n'allait pas tarder à le comprendre.

Ses deux mois probatoires au sein du cabinet avaient été longs. Très longs. Et pourtant, elle adorait ce cousin tellement atypique.

— Tu vas voir, mes copains sont très discrets et sympas. Et je pense qu'un ou deux vont être ravis d'avoir une amie avocate. Rébecca avait cru qu'il la taquinait et elle l'avait suivi jusqu'à la bouche de métro. Il l'avait laissée traîner sa grosse valise à roulettes sans même penser à l'aider.

Un soir, elle était rentrée plus épuisée encore que les autres jours, plus découragée que d'habitude par les caprices et les exigences du cabinet. Elle s'était dit qu'il était grand temps qu'elle ait son *home sweet home*. Rébecca était lassée par les tournées de machines dans le lavomatique du quartier et surtout par la cueillette des caleçons *nobody is perfect*, qui traînaient partout dans le studio. Elle était également fatiguée de se coltiner la collecte de toutes les boites de conserve débordant de curieux mégots mal écrasés. Et surtout, la jeune avocate avait fini par comprendre l'allusion de son cousin au sujet de ses copains. Elle serait sans doute amenée à les revoir dans des circonstances moins agréables. Jusqu'à ce qu'elle se dise, ce soir-là :

— Et merde, je ne suis pas venue à Paris pour faire la boniche.

Elle avait fini par le trouver, son studio meublé. Et comble de bonheur, il était situé dans la cour, juste en face de l'immeuble cossu du vaste cabinet aux plafonds ornés de rosaces et de coupoles. L'un des associés en était le propriétaire et cela avait nettement facilité les choses. Rébecca avait saisi cette opportunité avec réconfort. Certes, n'était-elle pas comme certaines de ses camarades de promo, reléguée au rôle de préposée au café, mais son rêve de ténor à la *Don Quichotte*, était oublié… Du moins, très largement abandonné pour le moment.

6

Berthelot et associés

Rébecca était une jeune avocate entière et idéaliste. Elle avait beaucoup de mal à composer, faire des compromis. Pour elle, on était gentil ou méchant, bon ou mauvais. Mais elle avait appris à prendre sur elle depuis qu'elle avait commencé son stage au sein du cabinet renommé *Berthelot et Associés*. Par la force des choses, elle avait dû s'adapter aux usages de ses pairs. Elle avait dû également se faire à l'esprit de compétition qui régnait autour d'elle. Et surtout, elle avait vite fait de comprendre que pour gravir les dernières marches jusqu'au podium, il lui faudrait revêtir plus qu'une robe noir et blanc, mais un sacré costume… de *faux cul*. Au vestiaire, ses grands idéaux de *Robin des bois*... Du moins, pour l'instant. Alors oui, en attendant, elle essayait tant bien que mal de se montrer carriériste sans pour autant prendre le risque de renier ses convictions et ses valeurs. Mais autant dire que la tâche était rude. Le plus difficile étant de se prémunir des croche-pieds dans ce marathon vers l'excellence. Cela l'usait. Parfois, après que les autres stagiaires avaient quitté le cabinet pour rejoindre en hâte leur ligne de RER ou prendre de l'avance à la bibliothèque, Rébecca se laissait glisser le long de la porte cochère, à l'abri des regards. Accroupie dans l'ombre du portail en bois, elle dénouait ses longs cheveux châtains, allumait une cigarette et tirait dessus avec délectation.

Elle contemplait alors le ciel parfois étoilé de la capitale.

«Et si j'arrêtais tout ?», se disait-elle en scrutant les cendres pourpres qui venaient mourir dans une petite flaque d'eau sous la gouttière.

Un soir, à sa grande surprise, celui de ses collègues qui paraissait le plus arrogant, proposa aux autres d'aller faire *un point dossier* dans un petit restau du côté de la rive gauche de la Seine.

— Ça va te changer ! n'avait pu s'empêcher de lui lancer la jeune femme.

— Pourquoi tu dis ça ? À cause de la particule de mon nom ?

— Non, non… pour rien, s'était-elle contentée de lui répondre. Puis, elle avait répété quand même : C'est sûr que ça va te changer d'ici.

— Tu dis ça à cause du *Palais Brognard* au bout de la rue ? … Je me trompe ou c'est pas moi, mais plutôt toi qui vis ici Mademoiselle *Bonnet rouge ?* Rébecca avait aussitôt regretté sa remarque qui détonait tellement avec ce qu'elle pensait réellement. Elle s'était sentie honteuse en songeant à son père qui n'avait eu de cesse de la mettre en garde contre les idées reçues, la tentation des apparences. Le jeune homme avait quand même poursuivi : Je connais un petit restau chinois sans prétention, en face de la Sorbonne. C'était ma cantine quand j'étais étudiant.

— Ah oui, je connais aussi, avait renchéri la jeune rouquine aux doubles foyers cerclés d'écaille; C'est *Chez Kion*, n'est-ce pas ? Ils ont un menu à 5 francs. Mais il y a beaucoup d'attente.

— C'est pas grave ! s'étaient exclamés en chœur les jumeaux du groupe. On aura qu'à aller *Au Tonneau de Diogène*, en attendant. C'est juste à côté.

Les autres stagiaires s'étaient regardés comme s'ils se rendaient seulement compte à quel point ces deux-là se ressemblaient. Mais tout le monde avait accueilli l'initiative des mêmes têtes aux cheveux noir charbon et aux taches de rousseur brunâtres, avec enthousiasme. Tout en rejoignant la station de métro *Bourse*, les plus bavards avaient commencé à débattre des chances de probabilité pour que des jumeaux puissent se trouver au sein de la même promo d'avocats. De surcroît, stagiaires dans le même cabinet. Ils avaient fini par rejoindre le petit restaurant chinois à la façade rouge, caché parmi les commerces de la rue pavée.

AU TONNEAU DE DIOGENE

7

Au tonneau de Diogène

— Trente minutes ! avait annoncé la jolie serveuse asiatique qui les avait accueillis dès le retentissement du petit gong au-dessus de la porte vitrée.

Les jeunes avocats s'étaient alors rendus d'un pas allègre et sans se faire prier vers le bistrot *Au tonneau de Diogène*. Rébecca avait été immédiatement conquise par ce lieu.

Parmi les nombreuses bouquineries défraichies de la vieille ruelle du Quartier latin, était tapie, hors du temps, une espèce de bistrot-librairie. Depuis le trottoir, on voyait distinctement malgré les rideaux jaunis par la fumée et les années, des piles de reliques poussiéreuses et des silhouettes courbées autour d'un bar en formica. Rébecca avait immédiatement aimé pénétrer dans ce lieu.

Une femme aux cheveux en pagaille noir de jais leur avait

indiqué depuis son tabouret, d'un signe de la main où s'asseoir. Tous avaient chahuté pour se placer coûte que coûte dans l'angle de la banquette en skaï beige nicotine et les jumeaux étaient allés chercher l'ardoise, juste à côté de la bistrotière.

— On voit qu'il y a des habitués ! avait lancé ironiquement l'avocat à particule. Ils étaient revenus, l'air embarrassé et avaient pris les commandes. Puis, ils avaient lancé en chœur :

— Cacahouètes pour tout le monde ?

La patronne n'avait pas levé le nez de son journal. Un air provenant du vieux juke-box avait commencé à entonner *la foule* d'Edith Piaf.

8

Hugo

Parmi les habitués du bistrot qui ressemblaient à des philosophes grecs, un homme avait observé Rébecca avec insistance. Son regard noir et pénétrant passait tantôt sur son visage, tantôt sur celui d'une femme du même âge que lui, de l'autre côté de leur petite table en marbre jauni.

Rébecca fut immédiatement conquise.

Elle avait alors saisi son verre de téquila frappée, l'avait bu cul sec et ses pommettes avaient repris leur teint nacré. Lorsque le noble avait fait signe qu'il était temps de retourner au petit restau chinois, le bel homme mûr s'était levé. Rébecca avait surpris son geste et avait quitté précipitamment le bistrot, oubliant gants et toque. C'est alors qu'elle l'avait entendu l'interpeller d'une voix grave et rauque. Il avait l'allure d'un trader et se distinguait nettement dans le brouillard des badauds.

— Mademoiselle ! Attendez ! Rébecca s'était immédiatement retournée vers l'élégante silhouette au visage doux et grave. Il avait prononcé sans hésitation, de sa voix chaude : Je me présente, Hugo… Hugo Mac Kenzie.

L'homme d'une quarantaine d'années avait traversé la rue d'une traite et à présent il la dévisageait attentivement. Rébecca était tétanisée. Elle avait tressailli lorsqu'elle avait entendu cette voix masculine et profonde qui avait prononcé sur un ton solennel :

— Hugo, comme… Il hésitait.

— Comme Hugo, avait poursuivi Rébecca en lui adressant un sourire de petite fille.

— Appelez-moi ! lui avait-il lancé comme une prière urgente.

Il s'était avancé vers elle d'un pas hésitant puis avait glissé la carte rectangulaire argentée et grise dans la poche du long manteau noir de la jeune femme, frôlant ainsi ses doigts tremblants. Rébecca avait été envahie, alors, par un frisson hivernal parcourant son corps de la tête aux pieds. Sans un mot, elle avait longuement contemplé les yeux légèrement plissés du beau trader qui la dévisageait. La ruelle était devenue une scène de théâtre où eux seuls existaient. Les décors et personnages autour d'eux avaient cessé de bouger. Le temps et le lieu n'avait plus de sens. Tout était figé… Sauf eux deux. Hugo lui avait alors tendu sa toque, dont le large ourlet en fausse fourrure était pailleté par les quelques flocons qui commençaient à envahir la petite rue. Rébecca avait entendu comme un déferlement de clochettes de traîneaux à la place du tumulte des passants.

— J'ai oublié mes gants, également, s'était-elle contentée de répondre.

— Appelez-moi ! avait répété la voix rauque tout en saisissant les doigts fins de la jeune fille pour lui enfiler la délicate mitaine assortie à sa toque.

Rébecca s'était laissé faire. Sa bouche généreuse avait fait une moue charmante et Hugo avait éclaté de rire, le regard plein d'affection.

« Il me regarde comme s'il m'aimait », s'était-elle alors surprise à penser.

Maladroitement, elle avait attrapé d'un geste impatient l'autre gant, balbutié un vague remerciement et elle était allée rejoindre à la vitesse d'un feu follet, le groupe des autres étudiants qui s'était remis à s'agiter. Lorsqu'elle avait atteint le trottoir, la rouquine lui avait lancé d'un air envieux :

— Allez Scarlett, fais-pas cette tête !

Puis elle avait saisi le bras crispé de Rébecca qui reculait au contact de son haleine tiède, tandis que l'indiscrète la suppliait de tout lui raconter.

9

Deux amies

La meilleure amie de Rébecca, c'était Zoé, bien évidemment. Et si Rébecca avait bien une certitude, c'est que Zoé serait toujours là pour elle et réciproquement. Elles s'étaient rencontrées lors d'une *soirée-filles* que les camarades de fac de l'étudiante en droit avaient organisée, quelques jours après que Rébecca leur avait annoncé son intention de s'installer avec Romain.

— On sera six pétasses ! avait claironné l'une d'entre elles.

— Comment ça ?

— Oui, on vient de rencontrer une fille super cool. Tu vas l'adorer !

Et Rébecca rencontra Zoé. Définitivement.

L'étudiante en archi était débrouillarde et volontaire. Elle faisait seule face à ses dépenses, collectionnant les petits boulots. Elle était rentrée dans l'appartement de Romain comme une tornade, sans crier gare.

— Regardez ce que je vous ai apporté !

Elle brandissait fièrement deux bouteilles de champagne. Une troisième était planquée dans son grand sac en cuir *Longchamp*. Son regard pétillait comme des bulles.

— Tu les as encore piquées ! avaient gloussé ses nouvelles acolytes.

— Disons que j'ai pris ce qu'on me devait, avait renchéri la nouvelle recrue sur le même ton.

Rébecca, interloquée par tant de culot, avait de prime abord décidé presque immédiatement qu'elles ne seraient pas copines. Zoé avait compris ce qu'elle pensait et elle s'était reprise et confondue en explications, balbutiant à l'attention de la seule qui désormais comptait pour elle, parmi la brochette de filles :

— Il ne m'a pas versé un kopeck de toutes les vendanges !

Très vite, toutes deux s'étaient éclipsées. Zoé. Sa Zoé. Cette jolie brunette à l'œil vif et aux pupilles désordonnées au bout de deux flûtes de bulles, était une révoltée, mais surtout une idéaliste, comme Rébecca. Zoé, cette grande gamine, tout comme elle, n'avait pas mis longtemps à rebondir sur ses plaisanteries. Elles s'étaient presque immédiatement reconnues. Tout simplement. Elles s'étaient *racontées* mutuellement dans ce bar tendance de la place des Lices qu'elles avaient rejoint, tout de suite après s'être enfuies de la *soirée-fille*, à la manière de *Thelma et Louise*.

Zoé était un petit bout de femme à la silhouette svelte et sportive. Son teint hâlé lui donnait un air de touriste partout où elle allait et elle avait ce chic pour sembler être à sa place en tous lieux, en toutes circonstances. Comme Rébecca. Zoé, qui s'appliquait à être toujours impeccable dans le moindre détail, avec cet air inimitable de *je-m 'en-foutisme*. Avec son souci de la perfection, elle s'était dirigée sans surprise vers des études d'architecte d'intérieur.

— Moi, *I 'm the queen of the home sweet home*, aimait-elle à dire à son public charmé par la moue adorable de son joli minois. Vous me donnez une cabane de pêcheur et je vous la transforme en marina de rêve.

Mais Rébecca n'avait pas été dupe. Derrière son assurance de façade, Zoé était un petit oiseau esseulé. Zoé, avec son look de *business woman*, toujours accompagnée par son bâtard de chien qui s'appelait Bocal et qui rejoignait avec paresse et nonchalance chacune de ses niches improvisées, dans tous les coins bruyants et enfumés du vieux Rennes by night. Zoé, qui traînait h 24 son jeune chien, tout droit sorti d'une BD et qui était sans doute la seule à l'oublier après plusieurs flûtes de pétillant.

Les deux étudiantes n'avaient vu passer ni la nuit ni les jeunes gens, tous plus séduisants les uns que les autres et qui s'étaient pourtant donné tant de mal pour attirer l'attention des nouvelles amies en effervescence.

Zoé était une révoltée. Elle avait grandi dans une vieille famille chrétienne de Rennes. Mais elle était en froid avec le Dieu de son adolescence, depuis qu'il n'avait pas répondu à sa prière. Dans le secret de sa tente de mono, la jolie brunette lui avait confié aimer le jeune homme qui encadrait les garçons du camp de voile de St Père. Samuel lui avait préféré une autre mono, blonde et insignifiante. La jeune chrétienne en parlait comme une vieille veuve qui aurait perdu sa moitié.

Zoé avait perdu Samuel. Et Dieu avait perdu Zoé.

— Dommage collatéral, décrétait-elle.

En quinze ans de foi profonde sans douter, Zoé avait osé s'adresser à son Dieu, à cœur ouvert, à seulement deux reprises. Et cette première fois, il s'était montré silencieux. Sa seconde prière avait été de lui demander de lui envoyer un signe clair pour lui indiquer que sa grand-mère qu'elle avait aimée profondément, était bien à ses côtés. Aussitôt après qu'on lui avait annoncé sa mort brutale, elle s'était mise à implorer dans le secret de sa chambre étudiante :

— Je t'en supplie, fais apparaitre un magnifique arc-en-ciel à la sortie de l'église ! Elle voulait être sûre.

Et il y avait eu un arc-en-ciel.

— Un partout, balle au centre, s'était contentée de déclarer la jeune fille.

Chaque fois que Zoé hésitait avant de choisir ses mots pour poursuivre sa narration tellement intime, elle retroussait son joli nez. Cela accentuait son léger strabisme charmant et séduisant.

Rébecca et Zoé s'étaient de plus en plus reconnues. L'une sans conviction spirituelle, l'autre en standby de ses convictions. Toutes deux restaient néanmoins attachées à leur foi en l'amour, le véritable. Un amour sans tâche et inoxydable. Un amour comme celui des plus beaux romans, des plus beaux contes de fées. Les deux jeunes femmes avaient tangué jusqu'au petit matin entre propos spirituels et chimères, entre confidences de l'âme et confidences de l'esprit. Elles avaient tout naturellement fini par se confier des secrets de cœur. Les aiguilles du cadran avaient cessé d'avancer et le lieu lui-même n'avait plus d'importance. Elles avaient éclaté de rire lorsqu'elles avaient dit ensemble :

— Mon cœur est en hiver.

Elles s'étaient reconnues et aussitôt aimées. Même si parfois Zoé avait pu surprendre Rébecca par sa vision d'un Dieu avec lequel elle était certes en froid, mais auquel elle semblait toujours attachée comme à un membre de sa famille.

— C'était mon père céleste, avait d'ailleurs fini par lui confier la jeune fille d'un air triste.

Elles s'étaient chamaillées pour régler la coquette addition du bar. Main dans la main, elles avaient dévalé la place pavée en sautillant au-dessus des flaques d'eau salée qui s'échappait des cageots en polystyrène, que déballaient les premiers mareyeurs du marché.

Elles s'étaient connues quelques heures plus tôt dans la soirée, et à présent, c'était pour la vie.

10

Le pacte

Après qu'elle eut tourné le dos au beau trader, Rébecca avait suivi sans entrain la petite bande jusqu'à la gargote asiatique. En sortant de *Chez Kion*, alors que chacun s'égayait, elle avait eu du mal à se débarrasser de la rouquine accrochée à son bras. Une seule idée la hantait. Une fois seule, elle avait enfin pu sortir son téléphone et son visage s'était crispé lorsqu'elle avait entendu :

— C'est bien moi. À vous.

«Elle a encore changé son message», s'était-elle agacée en raccrochant. La sonnerie avait aussitôt retenti.

— Zoé ?

— Hello cocotte, tout va bien ?

— Tu promets que tu m'engueules pas ? Et lorsque la fidèle amie avait appris pour Hugo, elle s'était exclamée :

— Sérieux Réb, t'as déjà cédé ? Et notre pacte alors ? On s'est bien jurées de ne plus se brûler les ailes, non ? Puis, sur un ton suppliant, elle avait ajouté : déconne pas Réb ! … Pas déjà.

Rébecca avait longuement hésité avant de composer le numéro

de Zoé. Elle savait qu'elle prenait le risque de la décevoir. Mais Zoé l'aimait. Elle avait écouté en silence son amie lui détailler sa rencontre avec Hugo. En véritable sœur de cœur, elle s'était contentée de dire :

— Mince, je craignais que tu m'annonces une histoire de cul, mais si je comprends bien, on est en plein dans une histoire de cœur !

— T'emballe pas quand même.

— Tu dis qu'il est beaucoup plus âgé que toi ? Et que par-dessus le marché, il était en compagnie de sa bourgeoise ?

— J'en sais rien moi si c'était sa femme. Franchement, je ne pense pas quand même.

— T'as gardé sa carte ?

— Ben oui Pourquoi ? J'aurais pas dû ?

— Tu comptes l'appeler… si je comprends bien ! Rébecca avait hésité.

— Je ne crois pas.

— Tu crois ou t'es sûre ? Il a quel âge déjà, tu m'as dit ?

— Quarante ans… un peu plus peut-être.

— Méfie-toi quand même ma Réb. Fini de jouer à Icare.

— Je sais. Mais là c'est différent.

— Vraiment ? … Alors, appelle-le.

Rébecca avait traversé la place de la bourse d'un pas plus léger en direction de chez elle. La jolie jeune femme à la silhouette élégante savait qu'elle venait d'alarmer Zoé dangereusement. Celle-ci était bien capable d'arriver le soir même dans la capitale, par le premier train.

11

Le studio

En arrivant dans son hall d'entrée, Rébecca s'était aussitôt débarrassée de sa toque qui commençait à chatouiller son cuir chevelu et elle avait suspendu son lourd manteau humide sur l'une des boules lisses de la patère rétro.

« Quelle journée ! ».

Tout en se servant une tasse d'eau chaude pour son thé du soir, elle s'était mise à regretter d'avoir laissé Hugo glisser ainsi dans l'une de ses poches, sa carte de visite.

— Mais quelle oie blanche ! s'était-elle exclamée en songeant au cliché de la *bécasse bretonne* fraichement débarquée à la capitale.

Elle avait reposé la bouilloire déformée sur l'énorme gazinière et vérifié les boutons fendus par endroits. Tout en se dirigeant vers l'autre pièce du studio où était installé son lit et son bureau, elle s'était promis de jeter, dès son réveil, la carte grise et argentée du trader. Elle avait réglé son alarme pour 6 h 30 et remarqué le tableau placé de travers sur le mur en face d'elle. Elle s'était dit qu'elle avait eu beaucoup de chance qu'on lui propose ce meublé. « Il est sombre, mais ici je suis tranquille ».

Elle s'était laissée couler avec délice sous sa douillette couette bleu électrique. Elle avait alors songé à sa cohabitation avec son cousin Ricquet et s'était dit qu'il serait quand même sympa de prendre de ses nouvelles.

Dehors, on entendait de moins en moins distinctement le brouhaha derrière le porche de la courette.

Rébecca avait dormi sans bouger un seul de ses oreillers. Elle, au sommeil si agité d'habitude, s'était réveillée de très bonne humeur. Elle s'était attardée plus que les autres matins sur sa mèche aux reflets auburn, qui lui couvrait parfois l'œil gauche. Elle avait peaufiné sa coiffure en appliquant sur ses cheveux ramassés dans un chignon bas, un spray acheté à la va-vite à l'épicerie du coin. Elle s'était félicitée de l'air que cela lui donnait. « On dirait Grâce Kelly ».

Elle s'était souvenue en rougissant du regard pénétrant de Hugo lorsqu'il avait contemplé son visage, la veille, dans cette ruelle du Quartier latin. Elle avait alors jeté un dernier coup d'œil en direction du large miroir qui recouvrait le mur du couloir. « J'ai bien fait d'opter pour cette jupe plissée au-dessus du genou. Cela me donne un air de lycéenne ».

Elle avait enfilé ses bottes en vernis noir ainsi que son manteau redevenu sec, puis elle était sortie sans bruit de son minuscule appartement.

« La journée va être belle ! » s'était-elle dit, en descendant le large escalier de l'immeuble cossu.

12

Maître Pouessel

Maître Pouessel était le principal associé du cabinet d'avocats dans lequel Rébecca effectuait son stage. Il intervenait également comme maître de conférences à l'université de Rennes. Il avait fait signe à l'étudiante, un matin, après son cours magistral, pour lui proposer de travailler à ses côtés durant sa *période probatoire*. C'était un homme à l'allure d'un notaire de province, connu pour ses célèbres plaidoiries dans l'univers étriqué de la juridiction suprême de Paris. L'étudiante s'était fait remarquer par ses interventions pertinentes et la vivacité de son esprit. Elle avait accepté son offre sans réfléchir, évidemment.

Mais ce matin-là, son maître de stage restait introuvable. En pénétrant dans le luxueux hall du cabinet lucratif aux plafonds ornés de lustres en cristal, elle s'était fait immédiatement interpeller par la rouquine intrusive de la veille :

— T'inquiète, je ne compte pas remettre ça, avait-elle commencé à balbutier. Je voulais juste te dire qu'apparemment le patron ne va pas venir. Le stagiaire à particule avait bousculé le petit groupe qui s'était constitué devant la machine à café, pour interpeller Rébecca :

— Alors, heureuse, Mademoiselle Müller ? … Dis-moi, je ne

savais pas que tu faisais dans les golden boy, petite cachotière.

— Ben, non… D'ailleurs, je ne suis libre pour personne. Elle s'était reprise immédiatement : Aujourd'hui, je ne pense qu'à l'affaire de Monsieur Buitton et Mademoiselle Limousin. J'ai vraiment envie de le coincer ce salaud qui les a ruinés.

— T'as pas remarqué que les patrons n'étaient toujours pas sortis du grand bureau ? Leur réunion a été plus longue que d'habitude. J'ai cru comprendre que Pouessel ne les avait même pas prévenus.

— Comment ça ? Rébecca était livide.

— J'ai bien l'impression que tu vas devoir te coltiner ses plaidoiries, *Mademoiselle Robin des bois*, l'avait chahuté son jeune collègue ; Tu devrais être contente, toi qui te voyais déjà ténor du barreau !

— Tu plaisantes ?

— Personne ne sait où il est, apparemment. Tu n'as qu'à demander le report des audiences de ce matin, lui avait alors suggéré d'une voix mielleuse la rouquine à lunettes.

Rébecca était quand même sortie de sa stupeur et s'était contentée de penser : « Vivement ce soir ! ».

La journée avait été longue. Très longue.

Les clients inquiets de Maître Pouessel avaient défilé jusqu'au soir, y compris à l'heure du déjeuner. Rébecca avait pris ses quartiers dans le bureau du Ténor, à la demande des autres associés et elle n'avait eu de cesse de faire des allées et venues entre le palais et la rue de la bourse, pour demander le report des audiences du jour. L'avocat-associé ne s'était pas manifesté de la journée et le climat était rapidement devenu tendu dans le cabinet. Rébecca était épuisée et en colère contre ce ténor du barreau qui se croyait tout permis. La fatigue aidant, elle s'était mise à se remémorer son propre père, ce juriste si différent des *Pouessel et compagnie*. Cet homme empreint de convictions, tout comme elle. Ce père que la vie lui avait arraché quelques années auparavant.

Dès l'adolescence, Rébecca s'était intéressée à son histoire familiale et à ses origines. Au fil des années, elle s'était fabriqué une sorte de carte du monde généalogique. Lors d'une séance chez un psy, elle avait entouré avec un feutre rouge les personnages centraux de son histoire ancestrale. Il lui avait même demandé un jour de surligner ceux auxquels elle s'identifiait. Spontanément, elle avait choisi son père. Il était sa référence de vie. Son baromètre pour distinguer le bien du mal. Sa carte ressemblait à une mappemonde et on y trouvait les marqueurs géographiques de ses ascendants.

De la Grèce, en passant par la Bretagne, mais aussi l'Italie et l'Allemagne, elle n'était pas parvenue à situer sur cette carte le berceau de ses origines de cœur que son père juif lui avait transmises. Ce peuple la fascinait par son unicité qui abolissait la notion même de frontière. Et lorsqu'il lui arrivait d'entendre des propos ne seraient-ce que teintés d'une once d'antisémitisme, Rébecca réagissait viscéralement. Ils étaient tous de sa lignée de cœur. Le soir où elle avait confié à Zoé ses origines, qu'elle portait à la fois comme un secret de famille, mais en même temps une grande fierté, celle-ci s'était contentée de lui répondre :

— Et tu ne crois pas en Dieu ?

— Quel rapport ? avait commencé à s'offusquer Rébecca.

— C'est avec eux que tout a commencé pourtant.

— De quoi parles-tu ?

— Mais de l'Exode Rébecca ! L'exode du peuple juif ! Ça ne te dit rien ?

— Bien sûr que si, mais je ne vois pas le rapport. En tout cas, pour une fois, on ne pourra pas dire que c'est moi qui ramène tout aux juifs. L'Exode. Carrément ! À l'origine de tout.

Zoé avait souri. La chrétienne qu'elle était avait une réelle affection pour le peuple à l'origine de l'Ancien Testament. Le débat s'était arrêté là. Zoé avait senti combien le sujet de la religion était épineux pour Rébecca.

13

Le coup de fil

La journée était passée en un rien de temps. La lumière, derrière l'imposante fenêtre du bureau de Maître Pouessel, n'éclairait plus suffisamment la pile de dossiers entassés devant Rébecca. Elle avait retiré les deux grosses pinces de son chignon, laissant sa chevelure aux reflets miel et acajou, tomber sur ses délicates épaules. Elle s'était longuement étirée, se disant combien son père aurait été fier de la voir, pour la première fois, dans sa robe noir et blanc. Combien il l'aurait félicitée pour avoir tenu tête aux parties adverses rechignant à reporter les audiences.

Tandis qu'elle songeait à rentrer, la sonnerie de son téléphone l'avait fait sursauter.

« Il faut que je règle le volume », s'était-elle dit tandis qu'elle hésitait à répondre au numéro inconnu qui s'affichait. Elle avait fini par décrocher et dire maladroitement :

— Rébecca Müller… Heu, je veux dire, Maître Müller… Que puis-je pour vous ?

— Bravo ! Vous pouvez recommencer en une seule fois ? C'était parfait sinon. Elle avait reconnu la voix rauque d'Hugo. Sans attendre sa réaction, il était parti dans un éclat de rire moqueur : Je suis au *Tonneau de Diogène*. Vous avez envie de me revoir ? Rébecca vexée par sa familiarité s'était contentée de lui répondre :

— Je croyais que c'était à moi de vous appeler ? Du moins, si j'en avais eu envie. D'ailleurs, comment avez-vous trouvé mon numéro ?

— J'ai appelé votre cabinet, tout simplement. Hugo, comme refroidi, avait demandé, le ton plus sérieux : Vous avez des nouvelles d'Eugène à ce propos ?

— Pardon ?

— Oui, Eugène Pouessel. On ne l'a pas vu ici.

Rébecca s'était souvenue qu'elle était seule au cabinet et qu'à ce titre, il était prévu que les appels du standard soient basculés sur sa ligne. On était en situation de crise, lui avait-on dit. Les clients de Maître Pouessel devaient être choyés plus que les autres. Et après tout, les stagiaires n'avaient pas à poser de questions de logistique aux associés. Elle s'était contentée de répondre à l'homme entreprenant :

— Écoutez, je ne suis pas une intime de Maître Pouessel. Ni de vous d'ailleurs. Veuillez bien m'excuser, mais je suis seule et j'ai un cabinet à faire tourner, quoique vous puissiez en penser.

Le trader n'avait pas répondu tout de suite. On reconnaissait, en fond sonore, la voix rocailleuse de la patronne du bistrot qui semblait s'intéresser à leur conversation :

— Qu'est-ce qu'elle a dit ?

— Il n'est pas là-bas non plus. Calme-toi Huguette, on va le retrouver ton homme.

Rébecca, assommée par la fatigue et les petits caractères en pattes de mouche de son code pénal, avait eu envie de mettre fin à cette conversation si banale, comparée à la douce sensation qui l'avait bercée dans son sommeil, la nuit précédente.

— Je suis obligée de vous laisser.

— On peut tout recommencer à zéro ? lui avait alors lancé Hugo sur le même ton que celui qu'il avait employé pour lui demander, la veille, de le rappeler.

— Comment cela ?

— Je suis un imbécile, je n'ai pas su m'y prendre. Je suis maladroit. Pardon… Comment fait-on pour convaincre la femme avec laquelle on a envie de passer le restant de sa vie ?

Rébecca était restée sans voix. Elle s'était souvenue de sa brève conversation avec Zoé, le soir précédent et elle avait eu une envie irrépressible de l'appeler. Immédiatement. Elle s'était souvenue aussi de la femme élégante que Hugo avait laissé en plan pour la rejoindre dans la rue. Elle s'était alors entendu dire, avec une voix éteinte :

— Mais qui êtes-vous, au juste ?

14

Le premier rendez-vous

Lorsque Rébecca était arrivée dans la cour, en bas de chez elle, Hugo l'attendait déjà devant la porte cochère. L'air sombre et grave, il tenait un grand parapluie dans une main, tout en avançant vers elle.

— Il va pleuvoir ce soir, s'était-il contenté d'annoncer à la grande surprise de la jeune fille, encore bouleversée par ce qu'il venait de lui déclarer au téléphone. Elle avait fini par se laisser convaincre. Cela avait été plus fort qu'elle. Ils avaient convenu qu'ils iraient tous deux dîner dans une brasserie.

— Vous n'avez pas trop froid ? S'était-il contenté de demander, d'un air protecteur qui l'avait rassurée. Rébecca avait tout au contraire très chaud. Elle se sentait même fiévreuse. Elle avait suivi Hugo.

En arrivant devant le grand restaurant de l'angle du boulevard de Bercy, un coup de vent glacial avait délesté la jeune fille de sa toque. Elle n'avait pas eu le temps de recoiffer ses cheveux et son visage, illuminé par les premiers réverbères de la rue, avait l'expression enfantine d'une gamine prête à commander une glace.

— C'est ici ?

— Oui, jeune fille. C'est bien là le lieu de notre premier rendez-vous.

Ils étaient rentrés en même temps que deux autres couples et Rébecca avait compris qu'Hugo était un habitué des lieux. Le serveur métis était aussitôt arrivé à leur rencontre en leur désignant d'emblée la table ronde à l'abri des regards. La brasserie du quartier de l'est de Paris grouillait de monde. Hugo avait tiré la chaise à barreaux en bois brut à l'intention de son invitée. Ils avaient pris place autour de leur petite table garnie de deux sets en papier rouge qui représentaient le croquis d'une vache fermière. Lui, s'était exclamé avec un air juvénile :

— Je suis affamé. Je crois bien que je vais lui faire sa fête à la Roussette. Le jeune serveur aux rastas, leur avait tendu presque aussitôt la carte.

— Moi, c'est le contraire, avait soupiré Rébecca le ventre noué. Elle était tendue.

À leur arrivée, la jeune avocate avait remarqué le petit clin d'œil entendu au jeune antillais, lorsqu'il leur avait proposé la table légèrement cachée par une plante artificielle exubérante. Rébecca était tendue, mais à la fois en effervescence à l'idée d'avoir pour elle toute seule, l'espace d'une soirée, cet homme particulièrement séduisant qui la regardait avec tellement de désir… Mais également terrorisée, car inévitablement, leur emplacement à l'abri des autres, inviterait aux confidences.

« Il va me prendre pour une folle ».

— Une flûte de bulles, Maître ? Rébecca s'était alors dit que Hugo venait déjà de gagner un point et elle s'était souvenue qu'il fallait qu'elle appelle Zoé.

— Elle va me tuer si je ne lui dis rien !

— Votre mère ? Vous voulez parler de votre mère ? lui avait demandé d'un air bienveillant Hugo. Rébecca s'était mise à rire nerveusement.

— Ma mère ? Mais qu'est-ce que ma mère a à voir là-dedans ? Hugo avait tout de suite compris qu'il venait de mettre le doigt dans une sorte d'engrenage qui avait sans doute besoin de dégrippant. Il s'était contenté de demander :

— Qui est-ce, *Elle*, alors ? Rébecca avait souri avec tendresse, pris une large respiration et elle avait commencé à raconter Zoé. Le serveur était revenu prendre leur commande au moment même où Rébecca prononçait :

— Ah, ma Zoé ! Si elle n'existait pas, il faudrait l'inventer, celle-là ! Hugo, l'œil brillant, l'avait interrompu d'une voix douce et dit à l'attention du serveur :

— Je vais me laisser tenter par une entrecôte pour deux… mais pour moi seul. Et vous, jeune fille ? Une salade, quand même ? Rébecca avait hésité et fini par répondre :

— Je pense que je vais simplement me laisser tenter par une coupe de champagne.

— Nous n'avons que des flûtes, avait rectifié le jeune antillais avec son accent créole. Puis, il avait ajouté, tout en arrachant la page de son carnet pour la déposer sur la table : Et pour vous ? Un *Fronsac,* je suppose.

— Exactement, jeune homme. Vous supposez bien. Un vin tranquille et fort en bouche. C'est tout à fait ce qui convient pour une entrecôte. Vous apprenez vite. Vous voudrez bien vérifier, s'il vous plaît, que le chef n'oublie pas ma sauce aux cèpes à part.

— J'allais le préciser, avait souri le jeune homme.

— Et pour Mademoiselle, merci de sortir de votre cave le meilleur champagne. Il faut que je fasse parler mon invitée. Il avait cligné de l'œil, en direction de la jeune fille, cette fois-ci. Rébecca avait senti ses pommettes s'empourprer.

— Une heure pour me faire tout avouer ? avait-elle essayé de plaisanter.

— Une heure ? avait relevé Hugo, une lueur scintillante dans le regard. Nous n'avons qu'une heure, dites-vous ?

Rébecca en avait même oublié jusqu'à Zoé. Sa Zoé pourtant. Elle s'était mise à raconter au trader l'atmosphère tendue du cabinet.

— Vous dites qu'il a disparu ?

— On peut dire ça comme ça. En attendant, je suis dans une situation impossible. Et le pire, c'est qu'ils ne vérifient rien du tout, les autres associés.

— Vous avez peur de faire une bêtise ?

— Cela arrive plus vite que vous ne le pensez. Cet après-midi, j'ai dû vérifier toutes les dates de chaque dossier afin de ne pas être hors délai. On peut perdre un procès à cause d'un vice de procédure ou un dépassement de date. Vous le saviez ?

— J'ai commencé des études de droit, moi aussi.

— Pour être juge ou avocat ?

— *That's the Eternal question*, avait-il claironné. C'est d'ailleurs pour cela que je me suis dirigé vers des études en arts plastiques.

— En arts plastiques ? avait relevé la jeune femme, apparemment ravie. Elle s'était entendue lui demander : Vous me peindrez un jour ? Elle s'était reprise, les pommettes plus rouges que jamais : Je dis n'importe quoi.

— Si je voulais vous peindre Rébecca… Je peux vous appeler ainsi, n'est-ce pas ? Je peux d'ailleurs vous tutoyer, également ? … Si je devais te peindre, avait-il repris gravement, je pense que je me contenterais de peindre tes yeux… ou plutôt ton regard.

— Mon regard ? Mais comment retranscrit-on le regard d'une personne ? C'est subjectif la perception d'un regard ! s'était exclamée la jeune femme, une chaleur naissante dans le ventre.

— Le peintre est subjectif par définition. Et c'est justement ce qui est intéressant. Cela m'est bien égal que les autres ne te reconnaissent pas du moment que moi je te vois ainsi.

— Et comment me voyez-vous, heu…me vois-tu ?

— Vaste question… vaste question.

— Si vaste que cela ? avait insisté Rébecca, impatiente de savoir. Hugo s'était contenté de lui dire en souriant :

— Aussi vaste que toi !

— Comment cela ?

Le beau trader avait hésité puis il s'était exclamé :

— Je crois bien que je pourrais passer des heures à peindre ton visage !

Il avait regardé Rébecca comme aucun homme avant lui. Le serveur était revenu avec son plateau argenté.

— Voici déjà vos boissons !

— Jeune homme, si vous m'aviez indiqué le temps d'attente pour la cuisson de mon entrecôte, j'aurais accompagné Mademoiselle et nous vous aurions pris une bouteille de ce délicieux champagne.

— Je vous apporte une seconde flûte, Monsieur ?

— Laissez tomber. Je tenais à vous le signaler tout simplement. Puis, il avait porté le verre bombé à ses lèvres, attendu un peu la bouche fermée et le regard concentré et avait fini par dire : Vous venez de vous rattraper. Il est excellent ce petit *Fronsac* !

— N'hésitez pas à m'appeler si vous avez besoin de moi lui avait répondu le serveur ravi en quittant leur table.

Hugo avait alors ôté son écharpe noire en cachemire, l'avait déposée sur le porte-manteau juste dans le coin de la salle, derrière lui. Il avait levé son verre et dit en regardant Rébecca, avec un œil malicieux :

— Je propose que l'on trinque à nous !

— Moi, j'ai plutôt envie de trinquer à la vie ! s'était-elle exclamée contre toute attente, des frissons grandissants de plus belle dans le ventre.

— Et je veux tout savoir ! À commencer par votre amie Zoé, avait ajouté Hugo.

Rébecca n'avait pas mâché ses mots. Zoé était la sœur qu'elle n'avait jamais eue. Sa seule certitude… Du moins, jusque-là.

Elle avait aussi abordé, spontanément, le décès de son père. Cet après-midi hors du temps, tandis qu'elle dansait un rock'n'roll endiablé avec un beau gosse, son baccalauréat enfin en poche, la sonnerie du téléphone avait retenti :

— Papa est mort ! Son frère avait été incapable de prononcer une syllabe de plus. Rébecca avait alors étouffé un cri poignant. Puis elle s'était surprise à être toujours vivante.

Hugo avait écouté gravement et attentivement. Il buvait

lentement son verre de vin ainsi que les confidences de Rébecca. Il comprenait tout. La jeune femme s'était arrêtée net, juste au moment où elle commençait à lui confier son découragement, à l'idée qu'elle ne croiserait sans doute plus jamais un homme comme son père. Son seul complice de vie, avant Zoé.

— Et toi ? avait-elle subitement demandé.

— Et moi ? avait répété en souriant Hugo.

— Oui, toi. Qui es-tu au juste ?

— Qui je suis ou qui suis-je, au juste ? avait commencé à la narguer le beau trader.

— Que veux-tu dire ? Ne chipote pas.

— Chipoter ! s'était exclamé Hugo. J'adore lorsque ta bouche dit ce mot !

Rébecca s'était sentie heureuse et sereine comme jamais. Elle avait écouté son voisin d'en face comme si elle le connaissait depuis toujours. Mais soudain, il avait lâché :

— Je suis marié Rébecca. La tête embuée de bulles, la jeune fille s'était contentée de soupirer et de chuchoter :

— Je m'en doutais. Merci quand même d'avoir commencé par là. Après avoir jeté un coup d'œil sur le cadran près du porte-manteau, elle s'était contentée de dire : Zoé avait raison, mauvais timing.

Hugo avait semblé regretter, presque aussitôt, son honnêteté. Puis, il avait fait une étrange proposition :

— Peux-tu m'écouter ?... Le temps d'une entrecôte saignante ?

— Je ne suis pas certaine d'en avoir encore envie. Rébecca s'était levée, son sac à main sous le bras : Je reviens. Juste le temps de me rafraichir un peu.

Ses jambes fourmillaient et vacillaient… Mais elle avait quand même réussi à quitter la table. Triste, mais droite devant les lavabos des toilettes des femmes, elle avait alors observé chaque pli de son visage. Elle s'était longuement demandé de quel regard pouvait bien parler Hugo. Elle avait sorti son lourd téléphone qui déformait la poche de son manteau et avait composé le numéro de Zoé d'une main tremblante.

— Rébecca, t'es où ? J'ai essayé de t'avoir au moins dix fois.

— Je sais, j'ai vu. Tu avais raison, il est marié. C'était trop beau.

Lorsque Rébecca avait ensuite regagné leur table, Hugo était en train d'écrire sur un bloc de feuilles à petits carreaux. Le brusque mouvement qu'elle avait fait en se rasseyant avait fait tomber sa flûte. Il avait relevé la tête, comme surpris et s'était contenté de lui dire :

— Vous êtes toujours là ?

— Je ne pouvais pas partir sans mon manteau.

— Et surtout votre toque, n'est-ce pas ?

— Que faites-vous ? lui avait quand même demandé Rébecca, intriguée par les gribouillages qu'elle distinguait sur la feuille devant lui. Soudain, elle avait réalisé avec tristesse qu'ils ne se tutoyaient plus.

— Je vous ai écrit Rébecca. Tenez !

— À quoi bon, Hugo ? C'était la première fois que la jeune fille prononçait son prénom en sa présence. Elle était en train de réaliser qu'elle adorait ces quatre lettres.

— Vous savez ce que signifie mon prénom, jeune fille ?

— Cessez de m'appeler ainsi. J'ai l'impression d'être toujours à la fac. Le trader avait quand même poursuivi :

— Cela veut dire *intelligence*, *pensée*, *esprit*.

— Je n'en doute pas, avait relevé sa jeune compagne de table en souriant, amusée par tant d'audace. Puis elle avait ajouté d'un ton solennel : Mais vous êtes marié.

Elle avait aussitôt enfoui d'un geste désordonné les feuilles manuscrites de Hugo dans son grand sac à main fourre-tout et remarqué soudain qu'ils n'étaient pas seuls dans cette brasserie.

Tandis qu'elle s'apprêtait à prendre congé de celui qui ne serait jamais à elle, il lui avait dit, tout en saisissant sa main :

— Lisez. Je vous demande seulement de me lire. Puis il s'était levé et avait ajouté à l'attention du serveur qui arrivait avec son entrecôte : L'addition s'il vous plaît, jeune homme. Je n'ai plus faim.

Rébecca avait alors marché, l'esprit hagard et triste, le dos courbé, le long des immeubles du 12e arrondissement. Hugo avait voulu la raccompagner jusqu'à la porte cochère, mais elle avait refusé. Elle s'était même montrée un peu trop ferme et froide, s'était-elle dit. Il n'avait pas insisté, se contentant de lui suggérer de lire ses mots dès qu'elle serait seule.

Le ferait-elle ? À cet instant précis, il n'en était pas question. Elle était trop déçue.

15

Candy

Tandis que Rébecca refermait la portière de sa Coccinelle, elle regarda longuement sa nouvelle maison. Elle se remit à penser à Hugo.

« Serait-il tombé, lui aussi, sous le charme de la vieille demeure choisie par leur Zoé ? ».

Elle était bien incapable de répondre à cette question. Le temps dévolu à leur histoire avait été tellement court. Les évènements qui venaient de se dérouler ces derniers mois, étaient passés à la vitesse d'un éclair. Ils avaient eu si peu de moments ensemble. Pas suffisamment en tout cas pour être capable de deviner quelle aurait été la réaction du trader devant cette insolite maison.

La jeune fille tourna d'un coup sec la clé dans le *Neiman* et lorsque le moteur se mit à claquer, une envolée de merles s'échappa en désordre dans le ciel bleu délavé. Elle était sur le point de dépasser en coup de vent la longère qui occupait l'angle du chemin de terre menant à sa nouvelle maison, lorsqu'elle vit une silhouette qui l'obligea à s'arrêter.

— Bonjour, vous devez être Rébecca ! Moi c'est Candy ! Votre voisine ! (Une femme qui semblait être du même âge qu'elle la dévisageait avec insistance) ; Je suis Candy. J'habite là.

Elle indiquait l'imposante bâtisse, juste derrière elle. Elle ajouta en désignant du menton deux rouquins coiffés à la militaire : Eux, ce sont mes petits monstres ! Vous avez dû déjà croiser le panier à salade de Combourg ! C'est Nicolas, mon mari qui le conduit le plus souvent.

— Bonjour. Se contenta de répondre Rébecca du bout des lèvres. Elle ajouta à l'intention des deux garnements qui titillaient le cabriolet avec leurs bouts de bois sec : Faites attention les garçons ! La capote est très fragile ! Et je viens seulement de la changer. Celle d'origine était un véritable gruyère. Je ne voudrais pas que ça recommence ! Les jumeaux, qui avaient les yeux clairs de leur mère, se mirent à rire et repartirent chahuter derrière la vieille longère.

— Vous venez d'arriver dans notre havre de paix, n'est-ce pas ? Nicolas a déjà croisé plusieurs fois votre sœur.

— Ma sœur ? … Le panier à salade ? Rébecca comprit que sa voisine faisait allusion à Zoé. Elle songea aux bouteilles de pétillant qui s'entrechoquaient à l'arrière de la *Titine*, dans leurs virées dans le vieux Rennes ; Votre mari la connaît, dites-vous ? Il est gendarme, c'est bien cela ?

— Non, non, ça n'a rien à voir avec son métier. Ils se sont parfois croisés dans le chemin. Et oui, il est gendarme !

— Ah, d'accord ! … Mais ce n'est pas ma sœur… Enfin, pas tout à fait… Zoé est mon amie.

Les deux femmes continuèrent à échanger poliment et Candy proposa de se retrouver le lendemain, pour un apéritif dînatoire, chez eux. Rébecca se souvint des recommandations de Zoé qui se préoccupait de sa vie sociale. À contrecœur, elle consentit à faire un effort, car même si la jeune prof d'anglais semblait charmante, Rébecca avait en horreur les *prises en otage* de voisinage, et aujourd'hui, plus encore que d'habitude.

— J'apporterai une ou deux bouteilles de pétillant, se contenta-t-elle de répondre.

— C'est parfait. Nicolas ne boit que ça, avait acquiescé Candy avec un réel enthousiasme.

Rébecca était repartie.

16

Leur chanson

La lumière du jour commençait à décliner tandis que c'était le milieu de l'après-midi. Le vent commença timidement à souffler et les feuilles aux couleurs automnales flamboyantes, à entamer leur course folle, le long des fossés de la route départementale 136, qui menait au bourg.

Soudain, la voix masculine de l'autoradio annonça leur chanson :

« *… Et à présent, pour les 20 ans de la mort de Louis Armstrong, je vous propose de vous laisser emporter par son titre culte, Somewhere over the rainbow !…*

— Pas maintenant ! Pas déjà ! supplia Rébecca.

… Quelque part au-delà de l'arc-en-ciel, bien plus haut… je te retrouverai ».

Rébecca connaissait par cœur la traduction des paroles de cette chanson. Hugo et elle avaient décidé, un samedi soir, tandis qu'ils passaient leur dernière soirée dans un club privé de jazz installé dans les catacombes de la Villette, que ce serait leur titre. Ni lui ni elles ne savaient alors, qu'ils dansaient ensemble pour la dernière fois. Déjà. Si vite.

Hugo lui avait traduit les paroles du monstre sacré du Jazz. Doucement, la bouche frôlant le lobe délicat de Rébecca, il l'avait fait tournoyer sur le petit rectangle de parquet et tout le monde les avait regardés avec envie et admiration.

— Quel monde merveilleux avec toi ! s'était exclamé l'homme qu'elle aimait d'un amour inédit. Alors, elle avait pris sa tête entre ses doigts fins, l'avait contemplé au-delà de ses yeux et lui avait répondu :

— Oui, mon Hugo. Le monde est décidément merveilleux… ensemble.

Rébecca redémarra aussitôt après les dernières notes de la chanson. Elle sortit du chemin boueux dans lequel elle s'était arrêtée, tellement elle sanglotait.

« Peut-être qu'il se passera ce que Louis Armstrong dit dans cette chanson. Peut-être que je le retrouverai au-delà de l'arc-en-ciel ». Puis elle lâcha à haute voix, la mâchoire serrée :

— Si seulement je savais où trouver cet arc-en-ciel. Elle se ravisa et repartit en direction du bourg en murmurant : Où es-tu à présent, sans moi, mon Amour ? Tu me manques tellement. Je dois tellement te manquer.

17

Véronique

Rébecca avait attendu une semaine avant de lire les feuillets à petits carreaux que lui avait remis Hugo, le soir de leur premier rendez-vous écourté. Mais lorsqu'elle s'était résolue à le faire, ce fut définitif. Elle se mit à aimer Hugo sans retour possible. Il s'était montré tellement honnête et authentique, au bout du compte. Certes, il était marié*, mais la plupart des mariages ne sont-ils pas de funestes comédies si on s'en réfère aux statistiques* ? lui avait-il écrit.

Dans son cas, les choses étaient plus complexes. Une histoire d'accident et surtout la culpabilité qui avait été la sienne, lorsque le drame avait eu lieu. Ensuite, il avait décidé de poser ses valises de *Casanova* dans le grand hôtel particulier qu'elle occupait…

… pour ne pas la détruire encore davantage. Seulement pour cette raison, il était resté avec Véronique. La fille unique d'un banquier de père en fils, ne pouvait plus avoir d'enfant depuis ce dramatique jour de Noël où Hugo n'avait pas vu arriver la malheureuse berline qui avait surgit, à tombeau ouvert, droit devant eux. La seule enfant de Véronique, née d'une première union, était morte sur le coup.

Et le temps était passé. Beaucoup de colère, parfois du désir, mais peu d'amour. Alors, il lui avait juré qu'il ne la quitterait jamais. Elle avait accepté de fermer les yeux sur cette entorse conjugale, à cette seule condition. C'était leur accord. Mais Rébecca n'était pas simplement une *entorse* de plus.

Un matin, il ne s'était pas réveillé en nage. Son cauchemar n'était pas venu le hanter. Le temps n'avait pas pansé ses plaies, mais la culpabilité était passée. Il avait cessé d'être obsédé par la vision du bitume, recouvert des paquets cadeaux éparpillés et éventrés sur la chaussée. Il avait enfin oublié cette odeur d'essence qu'il détestait tellement, à présent. Ce cri d'enfant. Et puis ce lourd silence.

Il avait eu l'idée de la quitter, sans y parvenir. La femme épuisée par le chagrin était devenue l'ombre d'elle-même.

« Chacun a son lot de sacrifices dans cette existence vaine, avait-il écrit, *et moi, mon fardeau, c'est Véronique »*.

Alors, il s'était arrangé de cette vie terne et sans perspectives. Il avait mis fin à ses rêves d'étudiant en arts plastiques, acceptant de travailler dans le cabinet en gestion du patrimoine de son beau-père, continuant à payer sa dette à cette épouse définitivement meurtrie, devenue amère et alcoolique.

— Je peux te donner tout de moi sauf ma liberté, avait-il dit à celle qu'il aimait par-dessus tout.

Rébecca n'avait eu d'autre choix que celui d'accepter.

18

Sept samedis

Rébecca avait également consenti à se contenter du samedi pour vivre leur amour. À présent, elle comprenait ce que voulaient dire ses amies de fac. Elle savait, enfin, combien il était bon de se trouver dans les bras du seul être humain qui parvenait à remplir tout le vide de votre âme. Elle avait cessé d'être une maîtresse en représentation et se laissait emporter par les caresses fougueuses et passionnées de cet homme, mâture et expérimenté. Elle avait appris à recevoir à son tour.

Sept samedis.

Leur histoire avait duré moins d'une saison, mais la plus belle de toutes, sans aucun doute. Elle aurait été bien incapable, à présent, de dire s'il avait s'agit de l'hiver, du printemps, de l'été ou de l'automne. Mais ce dont elle était certaine, c'est que la moisson avait été abondante. Sept samedis de fous rires, de larmes, d'abandon, de total accomplissement.

La femme d'Hugo avait compris très vite, qu'il avait fini par lui échapper. Elle avait bien essayé de le dissuader de poursuivre sa course au véritable bonheur, mais en vain. Les évènements s'étaient précipités, lorsque le médecin de famille avait annoncé à Hugo, plus fatigué que de coutume, le verdict.

Tout, ensuite, s'était passé très vite.

La tentative de suicide de Véronique, la grossesse inattendue de Rébecca, la décision d'Hugo de mettre fin à cette trop longue mascarade qu'était devenu leur mariage.

Mais le glas avait sonné plus tôt que le docteur ne l'avait annoncé. Rébecca ne supportait plus les samedis, désormais. Car ce samedi-là, il n'était pas venu. À la place, elle avait eu Véronique au téléphone. Celle-là même qu'elle avait aperçue avec Hugo au *Tonneau de Diogène*. Celle qui l'avait interpellée par sa beauté meurtrie.

La femme de Hugo s'était montrée brève. Elle lui avait seulement dit trois choses : Hugo venait de mourir dans ses bras. Ses obsèques auraient lieu *au cimetière du Père-Lachaise*. Seule la famille serait là.

Le bruissement d'ailes de papillons avait cessé net et aussitôt, elle s'était sentie dévastée et surtout terrorisée à l'idée d'avoir à enfanter d'un ventre orphelin. Elle allait devoir donner la vie à l'enfant d'un mort.

Le Dieu de Zoé lui avait alors semblé tellement cruel.

19

L'appel d'un mort

Rébecca se gara devant la boulangerie du village breton, aussitôt après sa brève conversation avec sa voisine Candy. Son attention fut attirée par une jeune femme au pas lourd qui en ressortait. Elle traînait par la main une gamine décoiffée, elle-même traînant son doudou. La femme, à la coupe au carré noir et aux reflets argentés, était en train de s'extasier devant un nourrisson dans son landau. Manifestement exaspérée par les tentatives de la fillette pour se faire remarquer, elle se mit à lui hurler, avec une voix de marchande de poisson :

— Arrête-toi tout de suite Joséphine ! Sinon c'est décidé, j'écris au père Noël que tu n'existes pas ! Interloquée et écœurée, Rébecca lâcha à voix haute :

— On aura tout entendu. Y'en a, on se demande vraiment s'ils n'ont pas trouvé leur progéniture dans un baril de lessive.

La nuit était déjà tombée. Lorsque la jeune femme se gara en bataille sur le grand parking principal, le gérant de la supérette commençait à ramasser son étalage de coquillages et de crustacés, devant l'enseigne encore allumée. Rébecca sortit aussitôt de la Coccinelle et lui annonça qu'elle n'en avait pas pour longtemps.

— Oh, vous pouvez y aller, soupira-t-il. Elle n'est pas près d'avoir fini sa caisse, l'autre. Vous ne l'avez pas croisée ? Madame se paie le luxe d'aller chercher sa gamine à l'école et de lui donner son goûter, pendant ses heures de travail.

Rébecca entra dans le magasin à la lumière blanche et reconnut tout de suite la caissière qui venait de regagner son poste, d'un pas nonchalant. Elle se débattait, à présent, avec les billets désordonnés de son tiroir-caisse.

— On va fermer, rechigna-t-elle, sans regarder Rébecca. Puis, elle s'exclama : Ah, c'est vous ! elle hésita et lâcha avec un sourire gêné : C'était une plaisanterie, tout à l'heure avec ma fille. Mais à cet âge, ils vous font tourner en bourrique. Vous savez, ma fille, c'est ma raison de vivre. Puis, regardant le ventre arrondi de la jeune femme avec insistance, elle ajouta : Vous comprendrez quand il sera là.

Rébecca ne fit pas cas de l'hôtesse de caisse et se dirigea sans détour vers les animaux de jardin en céramique verte. Elle s'arrêta devant une limace à la mine enjouée qui lui souriait et qui ressemblait comme une cousine *SDF* à la céramique qu'elle avait achetée dans le même rayon, sur un coup de tête.

« Je préfère l'escargot ». Elle avait décidé qu'elle le repeindrait en rouge et que seul Simon le saurait un jour. « Comme ça, nous serons les seuls à connaître sa véritable couleur. Ce sera notre secret ».

Elle s'étonna, alors, de ressentir des palpitations dans son ventre arrondi.

Et tandis qu'elle se dirigeait vers le rayon épicerie, son téléphone se mit à vibrer dans sa poche déformée. Elle le sortit et réfréna un cri glaçant. Sa tête se mit à tourner et ses yeux se remplirent de larmes. La main tremblante, elle voulut se débarrasser de son portable. C'était Hugo.

Assise, les mains posées sur son volant, Rébecca se demanda si elle finirait par démarrer sa *Titine*. La supérette avait éteint tous ses néons. Une main tapota à sa vitre et un visage peu amène surgit. C'était la caissière.

— Vous allez mieux ? feint-elle de s'enquérir.

— Oui, ne vous en faites pas, répondit la jeune femme sans un regard.

— Vous ne direz rien à mon patron, au sujet de tout à l'heure ?

— Ne vous en faites pas.

— Ça va aller pour repartir ?

— Oui... Je crois.

Rébecca démarra, laissant en plan la femme au visage fade. Tout en filant en direction du loft de Zoé, à quelques kilomètres de là, elle repassa en boucle dans sa tête les mots de Véronique.

20

La lettre

Rébecca arriva, un bocal de cornichons à la main, devant l'imposante porte en bois du loft de Zoé. Elle reconnut aussitôt la chanson qui s'échappait des baies vitrées de la vaste pièce du rez-de-chaussée. Elle sourit et se remémora ses soirées, avec sa sœur de cœur, tandis qu'elle avait vécu ici un an. Elle frappa doucement et Zoé lui ouvrit, les cheveux enroulés dans une serviette éponge. Celle-ci s'exclama :

— T'as vu ta tête ?! puis, à la vue des cornichons, elle ajouta : Je croyais que t'avais arrêté.

— Quoi ? La cigarette ? Mais j'ai arrêté Zoé.

— Non. Les cornichons. Tu t'enfiles ton bocal par jour, ma belle. Rébecca se contenta de lui répondre :

— J'ai quelque chose à te dire. Elle entra dans la vaste pièce et lorsqu'elle prit place, juste à côté du vieux fauteuil club de la grand-mère de son amie, elle dit d'un air faussement détendu : Alors, ce voyage en Italie, c'est pour quand ?

— Tu dis cela à cause de la chanson ? lui sourit son acolyte, ravie qu'elle se souvienne.

— C'est impossible d'oublier ta chanson préférée, ma Zoé.

— Une petite coupette ?

— T'es sérieuses ?

— Il faut bien qu'il commence, ce petit breton, se contenta de répondre Zoé d'un air goguenard, tout en tendant à Rébecca la bouteille de jus de kiwi. Elle ajouta avec un petit clin d'œil : Plus que trois mois.

— Ou deux !... Si j'arrive jusque-là ! déplora son amie. Puis, elle lui raconta sa conversation avec la femme d'Hugo. Zoé n'en revenait pas :

— Je peux fumer ? Culottée quand même, la Véronique.

— Cruelle, tu veux dire.

— Tu crois vraiment qu'elle a fait exprès de t'appeler avec le portable de Hugo ?

— Elle a dit qu'elle n'avait pas eu le courage de s'en débarrasser. Et qu'elle ne connaissait pas mon numéro.

— Tu l'as crue ?... C'est d'un glauque. Zoé hésita, mais poursuivit :

— Tu vas accepter l'héritage de Hugo ?

— Certainement pas, commença à s'emporter Rébecca.

— Mais c'est le père de Simon, quand même !

— Et l'hôtel particulier du père de Véronique, je te rappelle.

— Oui et de Hugo.

— Juridiquement. C'est tout.

— Moi, je trouve ça normal que ça lui revienne.

— Moi, je déteste ce culte de l'héritage.

— Comment cela ?

— J'ai envie d'apprendre à Simon à se débrouiller seul.

— Mais que va-t-il lui rester de son père, alors ?

— Nous. La jeune fille hésita : Il n'y a pas que ça. Je ne t'ai pas tout dit.

— Comment cela ?

— Il m'a écrit une lettre, quelques jours avant de mourir.

— Hugo ? … Elle te l'a avoué ?

— Elle n'avait pas trop le choix, apparemment.

— Pourquoi ?

— Je l'ignore. Tout ce que je sais, c'est que tout était chez leur notaire. Le testament de Hugo et cette lettre.

— Et qu'est-ce qui va se passer alors ?

— Véronique m'a appelée pour m'indiquer qu'un pli recommandé m'avait été envoyé par l'étude notariale. Il semblerait qu'il m'attende en poste restante à Combourg.

— Avec sa lettre ?

— Oui et également les papiers pour que j'accepte la succession… ou que j'y renonce.

— Que vas-tu faire ?

— Je vais tout refuser L'argent et la propriété concernée, dans le 16e.

— Et pour la lettre ?

— Je ne sais pas. Rébecca se leva, tira une bouffée sur la cigarette de Zoé et tout en se servant généreusement une poignée de cornichons, elle murmura : J'irai la chercher demain. Tu viendras ?

— T'es sérieuse ma Réb ?

Zoé prit Rébecca dans ses bras de sœur.

Rébecca se tenait debout, le regard vide. La file d'attente, devant l'unique guichet du petit bureau de Poste de Combourg, diminuait lentement. Trop lentement. Zoé marchait en long et en large, tout en gardant un œil sur Bocal, dehors. Sa tête poilue et pleine de nœuds dépassait légèrement de la vitre conductrice de la Coccinelle. Il paraissait conduire et adorer cela. Rébecca aurait aimé s'asseoir, surtout en ce moment, mais les trois chaises étaient occupées par des têtes blondes qui se disputaient un porte-monnaie :

— Seulement les pièces jaunes ! s'exclama d'un air agacé, l'aîné; Maman a dit qu'il fallait mettre de côté que les jaunes !

Le plus petit commença à s'énerver, en se laissant tomber et en roulant sur lui-même, tout en poussant des cris stridents. L'employée du guichet finit par grommeler aux deux amies que c'était leur tour. Elle prit la pièce d'identité que lui tendait Rébecca et grogna aux nouveaux arrivants qu'elle allait bientôt fermer, avant d'aller fouiller dans l'arrière-boutique. Lorsqu'elle revint, Rébecca n'était plus là.

— Mais, elle est passée où, votre copine ?

— Donnez-moi la lettre, lui répondit Zoé d'un ton sec ; Elle ne se sentait pas bien. Elle est sortie prendre l'air. La guichetière bougonna un instant, puis après avoir jeté un coup d'œil sur la grande aiguille du cadran, elle lâcha :

— D'accord, on fait comme ça. Elle rectifia et précisa : Vous m'assurez que vous la lui donnez tout de suite ?!...

— Promis. Regardez, elle est juste devant et elle attend !

— … Surtout que l'enveloppe est drôlement épaisse.

Dehors, Rébecca était assise au volant de la Coccinelle, la portière avant grande ouverte. Les enfants de la salle d'attente s'amusaient avec le drôle de cabot, qui avait été relégué à la banquette arrière et qui manifestait son mécontentement en jappant. L'enveloppe à la main, Zoé courut rejoindre sa tendre amie.

Perdue dans ses pensées, Rébecca attendait que Zoé sorte du bureau de Poste. Elle ne s'était même pas rendu compte que Bocal jouait depuis la banquette arrière avec les têtes blondes des pièces jaunes. Lorsque Zoé referma la portière, la jeune femme sursauta :

— Tu l'as ?

— Oui. Regarde.

Zoé tenait d'une main tremblante le pli épais que lui avait remis l'employée pressée. Elle hésita, mais demanda.

— Tu la lis ici ?

— Non, pas ici. Rentrons.

Les enfants s'écartèrent en riant des pétarades que fit le moteur de la Coccinelle, en démarrant.

Zoé et Rébecca étaient restées silencieuses durant tout le trajet du retour. Bocal également. Juste après le grand virage qui longeait un chemin de terre recouvert de cailloux insolites, Zoé demanda brusquement :

— Tu crois vraiment que Hugo est mort dans les bras de Véronique ?

— Je l'espère, répondit posément Rébecca. Zoé était stupéfaite.

— T'es sérieuse ?

— Oui. Je l'aimais Hugo. Tu le sais.

— Je ne vois pas le rapport.

Rébecca hésita. Puis, elle murmura tout en serrant le frein à main de la Coccinelle qu'elle avait garé sauvagement, dans la petite rue perpendiculaire au loft :

— Je l'aimais, Zoé ! … Je l'aimais au point de souffrir à la seule idée qu'il ait pu mourir seul.

Zoé resta silencieuse. Une larme coulait sur sa joue.

Rébecca était plongée dans ses pensées. À cet instant, son esprit était dans sa chambre parisienne. Là où Hugo lui avait tout avoué au sujet de sa maladie. Là où ils se retrouvaient chaque samedi.

Chaque fois que Hugo et Rébecca s'apprêtaient à faire l'amour, son bel amant au teint légèrement hâlé, allait rejoindre le premier, la chambre de la jeune femme pour y préparer leur rendez-vous intime. Ensemble, un samedi, ils étaient partis dans le quartier du Sentier et avaient acheté une provision de bougies au parfum préféré de Hugo. Chaque fois qu'il allumait le cylindre de cire couleur miel aux senteurs d'épice, il s'exclamait :

— L'odeur de la cannelle est aussi agréable que son goût !

Rébecca attendait. Impatiente. Juste devant le miroir de l'entrée, de l'autre côté de la porte. Il s'en suivait, dans le secret de leur alcôve, des caresses, des baisers et des confidences sans fin. La jeune femme épanouie connaissait à présent le sens du mot abandon.

Un samedi apparemment comme les autres, Rébecca s'était faufilée dans le lieu obscur, seulement éclairé par la petite bougie qui entamait sa cadence de feu follet. Elle avait surpris Hugo assis sur le lit. Il tenait en silence sa tête dans ses mains robustes. Il avait gémi :

— Ne rentre pas.

— Mais pourquoi ? Tu ne m'aimes plus ?

— Bien sûr que si… Si seulement tu te doutais à quel point.

Il lui dit tout, cet après-midi-là. Il venait d'apprendre qu'une autre tumeur, encore plus intrusive que les autres, était apparue. Rébecca avait feint d'encaisser la nouvelle menace :

— Nous allons sortir. Je vais t'emmener danser, comme ça tu ne pourras pas mourir.

— Que veux-tu dire mon Amour ? lui avait répondu Hugo, le regard déjà ailleurs.

— Tu n'en auras pas le temps, tellement on va danser, tellement on va s'étourdir, lui avait assuré Rébecca sur le ton d'une enfant ; On a bien dit que l'on mourrait dans les bras l'un de l'autre, quand on serait vieux, n'est-ce pas, … Mon Amour…, avait insisté la jeune femme en réalité anéantie.

Hugo l'avait suivie. Les deux amants n'avaient pas fait l'amour, mais ils étaient allés danser dans un club privé aménagé dans les catacombes de la Villette. À leur retour, tandis que Hugo s'était endormi, Rébecca s'était discrètement éclipsée dans sa minuscule salle de bain. Elle avait enfin osé le test de grossesse qu'elle avait acheté dès leur second samedi.

Positif…

L'enveloppe était sur la table basse. Rébecca et Zoé la scrutaient, sans un mot.

— On l'ouvre ? supplia Zoé.

— J'ai besoin d'une cigarette, répondit son amie, la mine déplorable.

— T'es sûre ?

— Ne discute pas Zoé. Donne-moi une cigarette, sinon je pars me chercher une bouteille de pétillant dans le frigo.

Zoé s'exécuta. Rébecca ouvrit avec difficulté l'enveloppe. Elle lut à voix haute :

Mardi 2 janvier.

Mon Amour, Ma Princesse, Ma douceur, Ma raison de vivre,

Cette démarche épistolaire me coûte, tu ne peux mesurer à quel point. Il est douloureux pour moi, tandis que je tiens péniblement cette plume, de me dire que ce jour proche où tu liras mes mots, je ne serai pas là pour te consoler.

Mon Amour, je t'ai fait la promesse de désormais prendre soin de moi pour voir grandir Simon ou Salomé, le fruit de notre passion. J'aurais voulu vivre avec vous, mes Amours, pour vous protéger et vous préserver de ce monde cruel, qui me paraît à cet instant, si vain. Mais le mal m'envahit et je sens bien qu'il ne va pas tarder à avoir gain de cause de mes excès passés. Mon corps me lâche.

Comment te consoler, alors même que je ne suis pas encore parti ? Tandis que ton ventre porte la vie, je me rapproche de la mort, inéluctablement. Elle est presque là. Je le sais. Il est trop tard pour revenir en arrière et c'est un juste retour des choses, sans doute. On ne peut pas indéfiniment narguer cette dame froide et insolente, sans qu'elle ne décide de venir vous chercher un jour. Sans qu'elle ne se souvienne qu'elle est déjà en retard.

Nous n'avons plus assez de temps pour que je fasse le portrait que tu m'as demandé, mais j'ai peint cent fois dans ma mémoire, tes yeux et surtout ton regard d'émeraude pailleté. Ainsi, quoiqu'il arrive, c'est lui que je verrai lorsque j'embarquerai pour ce pays lointain. Je loue la vie pour cette rencontre extraordinaire, pour ce miracle, dans un monde trop ordinaire à mon goût.

Mercredi 3 janvier.

Pardon Ma Princesse, mais j'ai décidé de laisser faire la grande dame, car je suis épuisé et las.

Et puis, après tout, peut-être qu'il ne s'agit pas comme je l'ai toujours pensé, de la fin de mon existence ici-bas, mais plutôt du début d'une autre vie, ailleurs, comme en est convaincue notre Zoé.

Jeudi 4 janvier.

Ma Douceur, si vraiment son Dieu existe, demande à Zoé de prier pour que soient réunis nos deux noms dans le Grand Livre de La Vie. Sinon, je demanderai moi-même à ce créateur l'autorisation de revenir. Et pourquoi pas ?

Alors, qui sait, je te retrouverai peut-être, « un soir dans une fête », comme le chante si bien ton film préféré.

J'ignore où je serai lorsque la sentence va tomber, mais mon dernier souffle te sera entièrement dédié, à toi mon unique Amour.

Vendredi 5 janvier.

Ma Raison de vivre, depuis quelques jours, une mélodie magnifique m'obsède et curieusement m'apaise. Sans doute le cantique que Zoé m'a fait écouter. Et je me dis que j'ai envie de comprendre pourquoi, seul ce chant qui envahit ma tête, me procure la même béatitude que lorsque nous sommes réunis.

Il existe, je l'espère, un secret de Vie qui justifie tout, ma Magnifique Rébecca. J'en suis même certain, à présent. Ce n'est pas possible autrement.

Ce n'est pas possible sinon... Tout cet amour... sans raison.

Une telle abondance de bonheur ne peut que nous avoir été offerte par un créateur à l'origine du Tout. Un tel Amour entre nous ne peut qu'avoir été façonné par quelque chose qui nous dépasse. Comme ce vase d'argile, dans ce magnifique cantique.

En attendant que nous nous retrouvions peut-être, profite des quelques attraits de cette vie.

Achetez-vous une jolie maison. Plante des rosiers de toutes les couleurs et chaque fois que tu composeras un bouquet, dis-toi que c'est moi qui te l'offre... en attendant.

À très vite, Ma magnifique Destinée.

Ne m'attends pas, mais sois prête.

Samedi 6 janvier.

Mon Amour regarde-moi mon amour au revoir...

Au fil des jours, l'écriture de Hugo devenait de moins en moins lisible. On déchiffrait à peine ses derniers mots :

... Véronique, donne lui...

Rébecca replia, les mains tremblantes, la lettre tâchée par ses larmes. Elle murmura en sanglotant :

— Il ne craignait plus de mourir, Zoé !...

21

Au Père Lachaise

Le loft était devenu aussi silencieux qu'un cimetière un soir d'hiver. Zoé se sentait incapable de braver le regard de sa sœur de cœur, dont la douleur envahissait la pièce. Comment pourrait-elle oublier cet homme, qui l'avait aimé à ce point ? Elle se souvint, alors, de ce samedi noir :

Aussitôt après que Rébecca avait eu Véronique au téléphone à la place de Hugo et que celle-ci lui avait annoncé son décès, elle avait appelé Zoé qui s'était contentée de dire :

— J'arrive !

Dans le wagon-bar du TGV, elle avait passé trois heures à se demander comment Rébecca allait bien pouvoir mener sa grossesse à terme, tandis que son unique amour venait de mourir. Rébecca avait lâché avant de raccrocher :

— Je ne vais pas y arriver.

Elles s'étaient toutes deux rendues en taxi au cimetière du *Père Lachaise.* Rébecca lui avait serré la main à la briser durant tout le trajet. Elle n'avait cessé de répéter :

— Ce sont mes yeux qu'il voulait voir en dernier.

En rentrant dans le jardin funéraire de Guillaume Apollinaire, La Fontaine et tant d'autres, Rébecca avait tout de suite reconnu la femme de Hugo, qu'elle avait vu une seule fois au *Tonneau de Diogène*. Elle avait également reconnu, au loin, à travers le voile embué de son regard, les silhouettes aux cheveux hirsutes du bistrot du 5e arrondissement. Ils étaient tous là, éparpillés parmi les autres formes noires plus guindées, qui soutenaient Véronique, vacillante.

… Mais pas elle.

Zoé et Rébecca étaient restées cachées derrière une stèle en marbre. L'homme d'église, un cousin éloigné de la veuve de bonne famille, avait loué les qualités du défunt sous la pluie sale du ciel parisien et le cercueil était descendu dans un silence de plomb. Rébecca avait voulu courir vers la dernière demeure de son unique amour. Zoé l'avait retenue de ses bras de sœur tout contre son cœur et lui avait susurré les mots de son psaume préféré. Rébecca s'était laissé faire, les yeux clos et fatigués, le corps fendu par la douleur, l'âme suspendue aux branches de son amie. Elles étaient reparties sans un mot, au moment où Véronique s'était effondrée à genoux devant le caveau que les fossoyeurs rebouchaient avec leurs pelles.

— Tu te rends compte ? avait seulement dit Zoé à son amie qui marchait comme un fantôme, errant sans répit; On est peu de chose comme a dit le curé, de la poussière, rien que de la poussière. C'est pour cela que je ne peux m'empêcher de penser qu'il doit bien y avoir quelque chose d'autre derrière tout ça. Ce serait absurde, sinon.

Mais elle avait aussi vite compris, que cette fois-ci, pour la première fois, il ne fallait surtout pas qu'elle évoque devant la vraie veuve de Hugo, ne serait-ce que la possibilité de l'existence de son Dieu.

22

Esther

Lorsque Rébecca sortit de la salle de bain du loft, les yeux rougis, après qu'elle eut lu à voix haute les derniers mots de Hugo, elle se souvint qu'elle avait promis à sa nouvelle voisine de venir le soir même avec Zoé, prendre un apéritif dînatoire dans leur longère.

— On amène du pétillant ? avait demandé sa sœur de cœur, soulagée d'apprendre qu'elles ne passeraient pas la soirée seules.

— Oui, et le bocal de cornichons, avait acquiescé Rébecca sans engouement.

Les deux amies avaient également décidé qu'elles iraient dormir, pour la première fois, dans la nouvelle maison comme elles se l'étaient promis le jour de la signature du compromis.

Elles arrivèrent devant le portail en bois vert, le coffre rempli de leur barda de camping. Une vieille femme, vêtue de noir, était plantée devant la pancarte dissuasive des anciens propriétaires :

Attention, Chien Méchant.

Elle semblait quand même vouloir pénétrer dans la cour

gravillonnée de l'arrière de la maison. Rébecca klaxonna sans ménagement, afin que l'inconnue la laisse rentrer. Dès qu'elle aperçut la Coccinelle, l'insolite visiteuse avança d'un pas déterminé vers les deux jeunes femmes.

— Vous habitez toutes les deux ici ? se hasarda-t-elle à demander d'une voix mal assurée.

— Oui, répondit Zoé sans hésiter.

— Moi aussi j'y ai vécu, soupira l'étrangère.

Elle ressemblait à ces vieilles paysannes, dont le visage avait subi les intempéries des campagnes et dont on ne parvenait plus à imaginer, derrière les plis et rides, les vrais traits. Ses yeux sombres et tristes détaillaient la bâtisse en pierres et elle poursuivit :

— J'ai vécu ici les plus beaux moments de ma jeunesse... du moins, jusqu'à ce jour d'hiver 1942... (Les deux jeunes femmes se regardèrent, les yeux écarquillés) ; C'est ici que mes parents nous ont mis à l'abri de la gestapo. Puis, timidement, elle demanda : Vous croyez que je pourrais voir la chambre ?

— Quelle chambre ? s'exclamèrent en chœur Zoé et Rébecca.

— Là où tout s'est passé, gémit la femme courbée.

Candy arriva, accompagnée de ses deux poils de carotte et leur lança :

— Alors, on le prend cet apéro ? On vous a vu passer devant la maison. Vous n'avez pas oublié au moins ? Elle s'arrêta net et regarda avec une mine peu avenante la visiteuse : Encore vous, Madame Blum ! ... Mais je vous ai pourtant dit qu'on ne savait rien de toute cette histoire !

Rébecca, contrariée par cette remarque sèche, ne trouva pas sympathique sa nouvelle voisine et dit :

— Je viens d'apprendre une mauvaise nouvelle. Elle se retourna d'un air suppliant vers Zoé et la laissa ajouter :

— Juste une heure Candy. On va seulement pouvoir rester une heure.

— C'est parfait pour la première fois, répondit déçue la prof d'anglais puis elle bougonna : Vous venez seules, n'est-ce pas ? Zoé se précipita pour répondre à la place de son amie. L'expression du visage de Rébecca était déformée par la rogne.

— On peut amener Bocal quand même ? Rassurez-moi, Candy, les chiens sont admis chez vous ?

— Dis oui maman, s'exclamèrent les jumeaux, tandis que leur mère sourit, gênée. D'une voix douce, Rébecca s'adressa à la vieille femme qui semblait désabusée :

— Vous pourrez revenir demain, si vous le souhaitez... Madame... Comment déjà ?

— Esther. Pour vous, ce sera Esther. Tout en replaçant le fichu noir entourant sa tignasse argentée, elle ajouta : Merci Mademoiselle. Mademoiselle comment d'ailleurs ?

— Rébecca. Rébecca Müller, annonça alors fièrement la jeune fille.

— Müller, avec un tréma ?

— Tout à fait Esther. Müller avec un tréma. Les deux femmes échangèrent un regard complice et Rébecca proposa, avec un large sourire : Venez à l'heure du thé. Nous avons amené tout ce qu'il faut pour camper ici quelques jours, en attendant le camion des déménageurs.

— Entendu. J'amènerai mon strudel, une recette de ma mère. Je suis bien certaine que vous n'en avez jamais mangé d'aussi bon !

— Je ne connais pas le strudel, Esther. Avec grand plaisir alors… N'est-ce pas Zoé ?

— Venez vers 15 h, renchérit la fidèle amie en souriant avec tendresse. D'une voix hésitante, elle ajouta : Et comme ça, vous pourrez la revoir cette chambre.

La lumière avait commencé à baisser et de fines gouttes de pluie à tomber. Les deux amies suivaient sans gaité de cœur Bocal, qui tournoyait autour des jumeaux, chacun brandissant son épée en bois. Zoé demanda discrètement à Rébecca :

— Qu'est-ce qui s'est passé d'après toi dans cette chambre ? Et d'ailleurs, dans laquelle ?

— On le saura bien assez tôt demain, se contenta de répondre la propriétaire des lieux ; Commence pour le moment à réfléchir à ce que l'on va bien pouvoir se raconter avec Candy et son mari.

— On n'aura qu'à parler de toutes tes contraventions entassées dans la boite à gants de ta *Titine*. Zoé affichait son sourire espiègle.

— Comment cela ?

— Ben, souviens-toi, il est gendarme le Nicolas ! … Non, mais sérieux, ma Réb, t'as vraiment cru que le panier à salade c'était pour moi ?

— Mince, j'avais oublié ! Un gendarme dans ma rue ! Il ne manquait plus que ça.

— Ben, ton grand-père maternel était bien gendarme, non ?

— Oui, mais en Corse. Ça n'a rien à voir. Ils sont sympas en Corse. C'est comme des gentils voyous, un peu. Zoé ignora la réponse de son amie avocate et elle redemanda :

— Non, mais sérieux Réb, de quoi pouvait bien parler Esther

Blum d’après toi ?

— Je te l’ai dit, attendons demain.

23

Voisins et Ragots

L'immense cheminée en pierre de la longère des voisins crépitait avec réconfort, lorsque les deux amies accompagnées de Bocal arrivèrent dans la bâtisse joliment rénovée. Et si Candy n'avait pas déplu à Rébecca, elle aurait sans doute aimé leur confier son histoire dans l'intimité de ce lieu cosy. Là, il n'en était plus question. Nicolas était penché au-dessus de la flambée de bûches et les jumeaux aux cheveux orange dressaient la table, qui s'annonçait festive.

— On met une assiette pour Bocal ? demanda l'un d'eux à Candy.

— Par terre alors, répondit la mère depuis la cuisine flambant neuve.

Nicolas était un homme d'une trentaine d'années à la mine joviale. Rébecca se dit qu'il paraissait plutôt sympathique… pour un gendarme. Dès que tout le monde fut assis, Zoé ne put s'empêcher de chercher à savoir :

— Mais dis-moi Candy, tu n'as pas l'air d'apprécier Esther.

— Qui ? demanda la jeune mère, les yeux écarquillés.

— Ben, la vieille femme de tout à l'heure. Candy semblait hésiter à répondre. Elle finit par lâcher :

— Ah. Elle… Je déteste ses allusions.

— Que veux-tu dire ?

— Elle est venue nous voir, il y a quelques jours, pour nous demander si nous savions quelque chose.

— À quel sujet ?

— Ah, tu n'es pas au courant ? Toi non plus, Zoé ? Pourtant tu traînes pas mal dans le coin pour trouver des maisons à rénover.

— Oui, mais sur ce coup-là je ne suis au courant de rien. De quoi veux-tu parler ?

— De la rafle de ses parents en 42 !

— Ah ! s'exclamèrent les deux amies ensemble. C'est donc à cela qu'elle devait faire allusion.

— Mais que s'est-il passé au juste ? s'enquit Rébecca. Et quel rapport avec ma maison, d'ailleurs ?

Candy s'apprêta alors à leur raconter cet hiver-là, qui avait tant marqué l'histoire du bourg. Mais elle les prévint d'abord :

— Moi, je retranscris ce que la coiffeuse m'a rapporté, mais j'imagine qu'en 50 ans, l'histoire s'est transformée.

— Et que dit-on ici ? demanda gravement Rébecca.

— On dit que quelqu'un du village a dénoncé les Blum, les pharmaciens de l'époque et qu'ils ont été obligés de confier leurs deux filles aux Morvan.

— À qui ?

— Aux Morvan ! Les propriétaires de ta maison à l'époque,

Rébecca !

— Et que s'est-il passé ensuite ?

— Et bien, d'après la rumeur, les parents Blum ont bien été embarqués un matin par la gestapo.

— Et ?

— Ben, ils ne sont jamais revenus, répondit la voisine ; Comme plein d'autres d'ailleurs.

— Et leurs filles ? L'interrompit sèchement Rébecca.

— Ça a été leur tour ensuite, apparemment, sauf que cette fois-ci c'était ici, chez les Morvan.

— Toutes les deux ?

— Je suppose.

— Mais comment cela ?

— Ça s'est passé pendant que le couple Morvan était parti quelques jours, dans le Finistère. À leur retour, elles n'étaient plus là. Elles aussi ont été dénoncées, je crois.

— Mais par qui ? Le même ?

— Ou la même, rectifia Nicolas qui s'exprimait pour la première fois ; Personne ne le sait. Pour les parents non plus. Et c'est d'ailleurs pour cette raison qu'elle erre dans le coin. Elle doit vouloir retrouver ce salopard de collabo… Et je la comprends !

Rébecca le trouva décidément sympathique :

— Et pourquoi elle est venue vous voir ?

— Parce que mon grand-père était gendarme ici à l'époque et que c'est bien connu, ajouta-t-il avec un petit sourire en coin, on est au courant de tout, nos autres.

— Tu lui as demandé ce qui s'était passé, au juste ?

— J'ai essayé. Mais il refuse de parler de cette époque. En même temps, il a dû en voir des choses pendant la guerre. Il changea de sujet et demanda à Rébecca : Alors, comme ça c'est Georgio qui va s'occuper de ta nouvelle extension ?

— Qui ?

— Georgio, le vieux maître d'œuvre corse. Je l'adore ce type. Rébecca sourit en pensant à son propre grand-père, invitant du regard Zoé à répondre à sa place :

— Oui, c'est d'ailleurs moi qui ai fait appel à lui. J'ai l'impression qu'il bosse vite et bien.

Candy et Nicolas partirent dans un éclat de rire et dirent en chœur :

— Si tu le dis !

— Comment cela ? s'inquiéta Zoé.

— Tu verras bien. Devant la mine déconfite de la jeune architecte, Nicolas ajouta :

— T'inquiète, on exagère. Mais veille à tout ce qu'il fait quand même. On ne sait jamais.

— Mais comment ça ? Zoé lança un regard consterné en direction de Rébecca.

— Disons qu'il a les défauts de ses qualités, renchérit Nicolas mort de rire ; On a même un voisin pour lequel il a fait un crépi sous la pluie, abrité par une bâche, un soir d'hiver, une lumière frontale sur la tête.

— T'es sérieux ? Zoé se décomposait à vue d'œil.

— Ben va voir, c'est de l'autre côté de la D 136 ! Du coup, il a tout recouvert de bois. On dirait un chalet maintenant. Candy pouffait de rire.

— On parle bien du même homme ? insista, Zoé.

— Oui oui, Georgio Marco, une vieille connaissance de grand-père d'ailleurs. Nicolas se reprit : En tout cas à l'époque. Aujourd'hui, je crois bien qu'ils ne se voient plus. Il hésita : J'ai d'ailleurs l'impression que papy ne voit plus grand monde ici.

— Ah bon ? Mais pourquoi ?

— Aucune idée. Puis, il mit en garde la nouvelle propriétaire : Méfie-toi des gens d'ici Rébecca. Ils parlent trop. Ils déforment tout.

— J'irai tout de même voir demain, les propriétaires du chalet, le coupa Zoé. Comment s'appellent-ils ?

— Arthur.

— Monsieur et Madame Arthur, tu veux dire ?

— Non, Arthur tout seul. C'est son prénom.

Dehors, le vent gémissait et les feuilles aux reflets d'automne tombaient de plus en plus vite et tournaient en rondes monotones. Une branche vint heurter la porte vitrée de la longère.

— Il va faire froid cette nuit, annonça Candy. Rébecca et Zoé décidèrent de rejoindre leur campement de fortune.

— Il faudrait peut-être qu'on allume la chaudière, annonça Zoé à l'attention de son amie, tout en se levant.

Bocal sortit le premier, les oreilles tanguant sous le vent.

— Je n'aime pas Candy ! s'exclama Rébecca, tandis que les deux amies rentraient sous le crachat breton.

— Moi non plus, acquiesça Zoé. Nicolas est agréable par contre !

— Et les gamins insupportables, sourit Rébecca. Elle prit un air pensif et dit : Je me demande comment sera Simon au même âge.

— Ce sera le plus beau et le plus intelligent, voyons ! D'ailleurs, tu as pris ta décision au sujet de l'héritage de son père ?

— Oui.

— Et alors ?

— Je vais renoncer à tout. Papa m'a laissé suffisamment d'argent pour envisager notre avenir de manière sereine. Du moins sur ce point-là, murmura-t-elle tristement.

Lorsque les jeunes filles arrivèrent sur le perron, Rébecca demanda :

— D'après toi ? Elle parlait de quelle chambre Esther ?

— Nous le saurons demain, se contenta de répondre Zoé, occupée à installer leur campement dans le séjour glacial.

24

La chambre

Les premiers rayons du soleil transpercèrent les persiennes de la cuisine de fortune, qui donnait sur le salon dans lequel les deux amies avaient dressé leur campement. Zoé se leva d'une traite et annonça à Rébecca son programme pour la journée. Elle voulait savoir si Nicolas et Candy avaient exagéré l'ampleur des dégâts, causés par le maître d'œuvre, qu'elle avait choisi pour la rénovation de la maison de son amie.

— Tu te rends compte Réb ! Il ne manquerait plus que je bosse avec un amateur incapable de lire des plans ! Ça va être la vitrine de mon travail d'architecte, ce projet ! Rébecca se contenta de lui répondre :

— Tu crois qu'il va accepter de couper le figuier ton amateur ? Nicolas nous a dit qu'il était Corse. Il ne va peut-être pas vouloir. Il paraît qu'ils sont persuadés que ça porte malheur d'arracher les racines d'un figuier, là-bas.

— On n'est peut-être pas obligé de tout couper, se hasarda alors Zoé.

— T'es sérieuse ? Et pourquoi pas le laisser repousser dans la future cuisine, pendant qu'on y est !

— Tu chipotes Réb ! Bon, moi je file sous la douche et je vais voir l'étendue des dégâts chez le Arthur en question !

— Tu ne prends pas de chicorée ?

— Je ne suis pas enceinte, moi. Je m'arrêterai au troquet du bourg pour un café digne de ce nom. J'en profiterai pour essayer de leur tirer les vers du nez, au sujet de ce drame qui s'est passé, il y a 50 ans, ici. Sérieux Réb, ajouta Zoé en contemplant le petit parc lumineux : T'imagines, toi ? … Non, mais sérieux, t'imagines une rafle dans cet endroit paradisiaque ?

— Ça me glace le sang, je te l'avoue. Sans oublier ce qu'on dit au sujet des murs qui renfermeraient la mémoire des lieux. Moi qui voulais essayer de faire de cette maison celle d'un nouveau bonheur.

— On ne sait pas au juste Réb. Tu as entendu Nicolas. C'est un village particulier ici.

Les deux femmes convinrent que Zoé s'arrête dans la supérette du bourg, pour y acheter du thé, pour leur invitée particulière qui leur avait promis un strudel aux pommes.

— Et rapporte des cornichons aussi ! lui précisa Rébecca dès qu'elles furent arrivées toutes deux en haut de l'escalier en chêne.

— Tu viens prendre ta douche avec moi ou quoi ? la taquina Zoé.

— T'es bête. Non, je veux juste m'imprégner de l'atmosphère des chambres.

— Tu crois vraiment que tu vas sentir quelque chose ?

— J'ai vu la tête d'Esther. Toi aussi d'ailleurs. Il s'est passé quelque chose de grave ici, c'est certain. Je veux vérifier.

Et tandis que Zoé éventrait son vieux bagage en cuir orné d'un cavalier, pour y dénicher ses effets de toilette, Rébecca pénétra dans la pièce qui était destinée à son bébé. Esther Blum n'avait précisé aux jeunes filles, ni ce qu'il s'était passé au juste en 42, ni dans quelle chambre. Rébecca ressortit de la première, celle dans laquelle elle installerait le lit à barreaux pour Simon.

— Ce n'est pas ici, se contenta-t-elle de chuchoter. Zoé qui venait de sortir de la petite salle de bain, juste à côté des deux chambres, lui demanda :

— Pourquoi tu chuchotes ?

— Chut ! répondit Rébecca concentrée. Les deux amies pénétrèrent dans la seconde pièce. Zoé alla ouvrir les volets des deux grandes fenêtres qui donnaient au-dessus des rosiers. Elle s'exclama : Il fait froid ici ! Laissons rentrer la lumière.

La chambre était encore vide et Rébecca se dirigea vers la petite porte en bois bordeaux, juste en face d'elles.

— Elle n'est pas d'origine, dit Zoé de son air d'architecte, tout en désignant du doigt une sorte de petite trappe, un peu plus loin sur la gauche. Regarde ! C'est la trappe de visite des combles.

— Que veux-tu dire ?

— Lorsque la maison a été construite, ils n'ont pas dû prévoir comme toi, de faire un dressing ici. C'est par là qu'ils passaient pour les réparations. Il ne fallait pas être gros.

Les deux amies ouvrirent la porte bordeaux. Elles découvrirent un couloir dans la sous-pente du grenier. Visiblement, il longeait également la chambre d'à côté, dépourvue quant à elle, de porte ou de trappe. Elles se regardèrent sans un mot, figées et muettes. Zoé chuchota à son tour :

— Je ne sens rien. Et toi ? Rébecca se contenta de répondre gravement :

— S'il s'est passé quelque chose dans cette maison… Elle vacilla et reprit : S'il s'est passé quelque chose, c'est forcément là.

— Que veux-tu dire ? lui demanda Zoé d'un air anxieux.

— Je dis tout simplement, que ça sent le malheur dans ces combles ! Zoé sortit brusquement de l'étroite pièce et déclara :

— Et bien justement, je vais aller faire ma journaliste dans le bistrot du bourg.

— N'oublie pas les cornichons, se contenta de répondre son amie. Un bocal !

Le bâtard aux moustaches en bataille dressa son oreille pointue quand il entendit prononcer son nom. Il avait fait la fête à sa maîtresse en jappant, lorsqu'elle était sortie de la salle de bain. Et à présent, il semblait attendre, apeuré et tremblant, que Zoé redescende pour qu'il puisse la suivre…

… et quitter cette chambre.

25

Le troquet

Bien déterminée à en savoir plus sur cette histoire de déportation, Zoé avait choisi de tirer les vers du nez des quelques habitués, qui s'agitaient derrière les vitres sales du seul bistrot du bourg. Lorsque sa *2 Chevaux Charleston* se gara à cheval sur le trottoir en face, la jeune fille remarqua la carotte du bar-tabac qui clignotait et elle sourit en lisant le nom du troquet : *De l'eau en vin*.

« Pas mal, pour un bar situé en face de l'église ».

Elle sourit de plus belle, en imaginant la tête du curé, sortit précipitamment de sa *Titine* à elle et traversa la route principale du bourg.

Assis en brochette devant le bar en zinc, trois hommes l'accueillirent avec un enthousiasme excessif :

— Et voilà l'arc-en-ciel ! s'exclama l'un d'entre eux. Le vieux patron à la grosse barbe de Viking parut embarrassé et précisa à la jeune fille :

— Ne leur en voulez pas mon petit, tout à l'heure, on a eu droit au crachin et aussitôt après au soleil. Alors forcément, vous arrivez juste à ce moment-là. C'était trop tentant pour eux. Vous ne pensez pas ?

— Si, si, bien sûr, les rassura Zoé. Elle ajouta avec un air malicieux : j'ai un faible pour les arcs-en-ciel.

— Allez, pour la peine, je vous offre votre breakfast jeune fille, lui dit l'armoire à glace de patron tout en passant un rapide coup de lavette sous son nez pour effacer les auréoles rouges. Il ajouta avec un clin d'œil : Un café croissant ou la petite réserve du patron avec une tranche de saucisson à l'ail ?

— Juste un grand crème, s'il vous plaît. Zoé arborait un large sourire qui dévoilait ses dents parfaites. Elle ajouta avec espièglerie : Ou plutôt un grand café avec un tout petit nuage de lait et un croissant. Elle semblait être d'humeur enjouée et le patron s'en rendit compte. Il demanda :

— Vous vous installez au bar ? Parce que si c'est oui, vous allez faire trois heureux ! L'homme le plus proche d'elle, vêtu d'une salopette bleue renchérit :

— À moins que vous n'ayez déjà un amoureux… Mademoiselle… ?

— Mademoiselle Zoé, répondit en souriant la jeune fille.

— Et pour ce qui est de l'amoureux ? insista lourdement le client.

— Joker ! répondit-elle, malgré tout flattée. Comme elle l'avait prévu, elle commença à entamer la conversation. Elle demanda à la cantonade : On m'a dit que vous faites parfois café-philo ici ?

Le patron ne put réprimer un rire à ventre déboutonné et s'exclama :

— Tout ce qui se passe le soir au bistrot reste au bistrot, mon petit ! L'homme à la combinaison bleue tâchée d'auréoles brunes se rapprocha de Zoé et lui demanda :

— Je peux ? Il attendit que le propriétaire des lieux soit occupé à servir un client pour lui préciser sur le ton d'une confidence : En fait, c'est pour se donner bonne conscience qu'il appelle ça les soirées café-philo. Sérieusement, vous en connaissez beaucoup, vous, des gens d'ici qui viennent au bistrot pour jouer aux philosophes ? Zoé ne fit pas attention à sa remarque et demanda plutôt :

— Mais de quoi parle-t-on ici si ce n'est pas de philo ?

— Sérieusement, vous avez cru que c'était vrai ce qu'il vous a dit, le boss ?

— Pourquoi pas ?

— Vous croyez vraiment qu'il y a beaucoup de troquets qui organisent des débats d'intellos fumeux ?

— Certains bars tendance à Rennes.

— Mais Rennes, c'est la capitale ! s'exclamèrent ses deux collègues, tout en faisant signe au patron de les resservir.

— Mais de quoi parlez-vous, alors ?

— Du bourg ! s'esclaffa l'homme le plus éloigné de la jeune femme.

— Des autres ! renchérit son voisin de gauche.

— Une sorte de *café tam-tam* si vous préférez, précisa le troisième.

— Et vous n'avez pas honte de l'avouer ? Zoé était ahurie.

— De toute façon, c'est nous ou le curé d'en face, poursuivit-il avec une voix trop forte. Et nous, on n'invente pas ! On vérifie toutes les rumeurs et on rétablit la vérité.

— Comment ça ?

— On poursuit et on applique les préceptes de *Charly le communiste*. On perpétue si vous préférez.

— Mais de quoi vous voulez parler ? La jeune fille en restait comme deux ronds de flan. Elle demanda : Et d'ailleurs, qui est ce Charly ? Un communiste, dites-vous ? Soudain, son regard passa devant le cadran, juste au-dessus de la machine à café qui fumait. Tout en posant ses pièces à côté de la tasse en gré ébréchée, elle dit à l'attention de ses trois voisins : Mince, il faut que je file. Je reviendrai. J'ai trop envie de connaître les cancans d'ici.

— Justement, vous n'avez pas compris, lui dit sur un ton plus sérieux le patron du bistrot qui avait fini par se joindre à eux. Si vous voulez des cancans, c'est en face qu'il faut aller !

Dehors, sur la place principale, de l'autre côté de la rue, on commençait à voir sortir des silhouettes sombres et courbées. Le clocher se mit à sonner le glas, tandis qu'une voiture break noire garnie de chrysanthèmes s'éloignait. Zoé observa le funèbre manège. Elle repensa aux obsèques de Hugo. Elle tourna son visage ému vers cette curieuse chapelle, dont la carotte clignotait. Elle prononça presque religieusement :

— Je reviendrai… Quel drôle d'endroit que ce village !

26

Arthur

Les habitués du curieux bistrot n'avaient pas prêté attention aux derniers mots de Zoé. C'était mal connaître, la bougresse. Elle reviendrait. Mais il lui fallait à présent aller vérifier de ses propres yeux, tous les ragots au sujet de la maison que Monsieur Marco aurait saccagée, du côté de la D 136. Du moins, c'est en ces termes que Candy et Nicolas lui avaient rapporté la stupéfiante anecdote. Et à présent, les mains serrées sur son volant rongé de toutes parts par Bocal, elle n'avait plus qu'une seule idée en tête : S'entretenir avec le propriétaire de la maison dont le vieux maître d'œuvre s'était occupé. Le fait que Nicolas lui ait précisé que le malheureux avait été contraint de camoufler le crépi mal fait avec du bois, dépassait pour elle tout entendement. Ce n'était pas possible ! Pas à ce point-là.

« Ce n'est pas possible, il a dû mal comprendre », n'avait-elle eu de cesse de se répéter, tandis que le moteur de sa *Deudeuche* faisait se détourner les têtes des badauds du hameau.

Lorsqu'elle arriva au bout d'un sentier tortueux, juste de l'autre côté de la D 136, elle ne put que se rendre à l'évidence. Devant elle, était dressée une grande maison dont tous les murs, y compris ceux de la petite dépendance sur le côté, étaient entièrement recouverts d'un bois qui commençait déjà à se fendre par endroits.

— Comment a -t-il pu !

Très vite, le propriétaire des lieux, averti par les aboiements d'un grand chien de montagne qui semblait être chez lui, sortit de la *boite en bois* et alla à sa rencontre. Peu aimable de prime abord, il dit en ronchonnant à l'attention de la jeune fille :

— Ce n'est pas ici Mademoiselle. Zoé qui avait eu le temps de détailler les traits gracieux du jeune homme, lui répondit avec une moue qui plissa coquettement la fossette de sa fine bouche :

— Quoi donc ? Qu'est-ce qui n'est pas ici ? D'ailleurs, c'est bien vous le propriétaire de ce magnifique… De ce chalet des plus originaux, je dois bien l'admettre. C'est une grande première pour moi. Vous avez utilisé quel bois ?

— Je viens de vous dire que vous vous étiez trompée. *Cobac Parc*, c'est au bout de la D 136. Zoé comprenant que le jeune propriétaire était vexé, lui répondit :

— Je sais où se trouve le parc d'attraction d'à côté. Moi, je suis en train de vous parler de votre maison. Puis, elle se présenta : Moi c'est Zoé. Je suis architecte d'intérieur.

— C'est bien ce que je disais. Vous vous moquez de moi ! Comme tous les autres qui empruntent le sentier juste pour venir constater l'ampleur des dégâts.

— Je dois bien avouer qu'il y est allé fort sur ce coup-là, le vieux Corse, soupira avec compassion Zoé; Mais pourquoi ne pas avoir refait le crépi ? Pourquoi avoir choisi de tout camoufler avec ce revêtement bas de gamme ? Regardez ! Ça commence à se fendre de toutes parts ! Elle passa lentement sa main experte sur les veines des lattes de bois. Elle demanda : C'est quoi ? Du pin ?

— Presque. Plutôt du bois de cagette, j'aurais dit.

— Vous auriez peut-être dû choisir un bois plus noble. Elle regardait ostensiblement ses escarpins. Le jeune homme, la mine dépitée, s'exclama :

— Mais c'est pas moi ! C'est ce vieil imbécile de Corse ! Il se calma et demanda, d'un air suppliant : C'est rattrapable, vous croyez ?

— Oh, vous savez, le bâtiment a progressé ces dernières années… On peut pour ainsi dire tout rattraper de nos jours. La jeune architecte bafouillait.

— Je vous trouve optimiste, Mademoiselle, lâcha le jeune propriétaire en tournant les talons. Puis, il s'adressa au Saint-Bernard qui voulait jouer : Allez viens Argos ! C'est encore une touriste qui nous prend pour la grande roue ! On rentre mon chien ! Zoé lui lança d'un air amusé :

— En même temps, votre chien s'accorde parfaitement avec votre chalet ! Elle regretta sa remarque, mais fut rassurée, lorsque le jeune homme se retourna et partit d'un franc éclat de rire :

— Zoé ? C'est bien cela ? Lui c'est Argos et moi c'est Arthur.

— Comment vous dites ? … Pour votre chien ?

— Argos, comme le chien d'Ulysse. Il reste toujours aussi blanc, même après ses odyssées de vieux célibataire le long de la D 136. Et il est rapide comme l'éclair; D'ailleurs, ajouta-t-il d'un air taquin, je suis d'accord avec vous ! Cette boite n'a rien à faire là ! Y'a qu'un vieil imbécile de Corse pour confondre la Bretagne avec les Alpes. Mais pour ma part, je préfère parler de mon Périclès plutôt que d'un chalet de montagne.

— Ah, parce que vous trouvez que votre maison ressemble au

navire du grand Ulysse ?

— Disons que l'idée me convient davantage. Pas à vous ? ajouta-t-il, en observant attentivement Zoé; Vous ne trouvez pas que j'ai un air de valeureux guerrier grec ? Perso, je trouve qu'ici ça ressemble plutôt à un bateau.

Zoé était charmée. Tellement charmée, qu'elle accepta de rentrer quelques minutes dans la maison d'Arthur.

La jeune architecte regagna sa Charleston, tandis qu'Arthur tentait désespérément de rappeler son Goliath de chien. Il aboyait sourdement après Bocal penaud, les oreilles basses, qui s'était réfugié sur la banquette arrière. Zoé ne prêta aucune attention à la scène cocasse. Une seule chose l'obsédait. Elle était abasourdie par ce qu'elle venait de voir. Candy et Nicolas n'avaient pas exagéré.

Mais, en même temps, un sentiment étrange l'envahissait. Un sentiment qui ne lui était pas inconnu. Pourtant, Arthur ne ressemblait en rien à celui qui lui avait fait tant de peine lorsqu'elle était adolescente et qu'alors, son petit cœur encore vert de jeune fille s'était fendu en deux. Non, il ne lui ressemblait ni physiquement ni pour le reste, probablement. La grande crainte de Zoé ici-bas, résidait dans les faibles chances de rencontrer à nouveau un Samuel. Quelqu'un qui comme lui, qui comme elle, aurait à la fois ce côté très spirituel tout en restant très actuel. Ce mariage difficile entre la modernité et les croyances et traditions. Les leurs étaient les mêmes. Des croyances plutôt moquées par ce monde moderne. Aucun autre garçon ne pourrait s'empêcher de regarder d'un air ironique ses contradictions. Personne à part son Samuel, ne pourrait la comprendre à ce point. Et pourtant, elle ressentait cette même impression.

Elle s'empressa d'aller faire les courses, comme prévu avec Rébecca le matin même, pour la visite d'Esther. Elle essaya de chasser de son esprit cette douce rêverie qui l'enchantait tellement, mais l'effrayait aussi.

27

Sarah

Il était presque 15 h, lorsque Zoé rentra à la maison, un sac de la supérette du bourg à la main. Ses lèvres arboraient un sourire triomphant :

— Et voilà, tout est là ! Dès qu'elle vit le visage de son amie, elle s'exclama : Oh, dis-moi, j'ai l'impression qu'il y a réunion en haut lieu dans ta caboche. Si tu voyais ta tête !

Elle avait acheté, comme convenu, du thé et des cornichons, mais également trois mugs blancs qui représentaient des chats avec une queue noire en guise d'anse. Occupée à ajuster la toile cirée de la table de camping rectangulaire, Rébecca lança :

— J'étais en train de me demander ce qui a bien pu se passer ici, il y a 50 ans. Je veux dire, à part la rafle de la gestapo.

— On va vite le savoir, répondit Zoé en désignant du menton la fenêtre du salon. Bocal courut vers la porte d'entrée en jappant. Derrière la fenêtre entrouverte, on entendait distinctement des pas lents dans l'allée des rosiers. Zoé s'exclama : Vas lui ouvrir ! Esther, la silhouette courbée et fatiguée, arrivait d'un pas lourd vers l'escalier.

— On vous attendait ! Lui adressa la propriétaire en ouvrant la vieille porte d'entrée. Son visage trahissait une réelle émotion.

La vieille femme se contenta de lui rendre son sourire d'un air qui glaça le sang des deux amies.

Esther avait consenti, avec la docilité d'une enfant, à aller s'asseoir sur un tabouret un peu bancal. Son regard grave détonait avec le sourire innocent et mélancolique qu'elle affichait, tout en buvant son thé à petites gorgées discrètes. Elle se contentait d'approuver d'un hochement de tête mécanique chaque fois qu'une de ses nouvelles amies prononçait une phrase.

— Vous aviez raison, il est délicieux ce… Comment dites-vous, déjà ?

— Strudel. Un strudel aux pommes. Du moins, celui-ci. Au grand étonnement des jeunes amies, la vieille femme avala d'une traite le restant de sa tasse et demanda : Vous êtes toujours d'accord ?

— Pour aller voir la chambre ? Bien sûr ! lâcha Rébecca, dans un souffle.

— Je ne serai pas longue, soupira Esther. Juste le temps de vérifier quelque chose. Je ne suis jamais retournée là-haut, depuis… Depuis tout ce temps. Elle s'interrompit, sortit un vieux mouchoir en tissu à fleurs, jauni par le fer à repasser et regarda longuement les deux jeunes visages en face du sien. Elle ajouta en murmurant, émue aux larmes : Si seulement j'avais su qu'elle m'obéirait.

— Qui ? demandèrent ensemble les jeunes femmes.

— Sarah. Ma petite sœur, Sarah. Elle hésita et reprit : C'est moi qui lui ai demandé de rester cachée dans les combles de leur chambre.

— Que voulez-vous dire Esther ? susurra la voix douce de Rébecca. La vieille femme se contenta de répondre :

— C'est à cause de moi si elle est morte comme ça. Puis, sur un ton suppliant : Je peux monter ?

Lorsque les trois femmes arrivèrent dans la chambre vide, Esther retint un cri et lâcha à nouveau :

— Je n'étais jamais revenue ici depuis ; Zoé et Rébecca restaient silencieuses. La vieille femme poursuivit comme si elle était seule : Tom m'avait pourtant prévenue. Il se doutait qu'ils allaient nous chercher, ma petite sœur et moi, tout de suite après la rafle de nos parents.

— Mais qui est Tom ? s'exclamèrent en chœur, les deux jeunes filles.

— C'était le garçon de ferme. C'est lui qui livrait le journal également. Mon père lui donnait toujours un de ses bâtons de réglisse. Il aimait beaucoup mes parents, je crois. Rébecca se hasarda à vouloir la faire parler de sa famille :

— Les voisins m'ont effectivement rapporté que vos parents étaient les pharmaciens du bourg. C'est bien cela n'est-ce pas ?

— Oui, se contenta de répondre Esther.

— Mais on n'a jamais su qui les avait dénoncés ? demanda Zoé.

— On n'a pas vraiment cherché… Mais il a peut-être regretté quand même, surtout quand il a appris pour Sarah… Elle était si jeune. (Zoé et Rébecca se fixaient sans un mot). Esther poursuivit : Ce jour-là, papa venait d'ouvrir la pharmacie, m'a-t-on dit. (Les deux jeunes filles étaient suspendues aux lèvres tremblantes de la vieille femme). Elle poursuivit péniblement : Ils sont arrivés avec la traction noire et ensuite, tout s'est passé très vite. Rébecca se souvint d'avoir été étonnée de constater que la rue principale du bourg breton s'appelait la rue des déportés.

— Et ensuite ? demanda-t-elle, attentive.

— Je ne sais rien d'autre, soupira Esther. Sauf pour les pilleurs.

— Comment cela ?

— La nuit qui a suivi, on est venu tout prendre dans l'appartement au-dessus de la pharmacie. Même le piano.

— Le piano ?

— Mais qui ? s'offusqua Zoé.

— Oh, impossible de savoir, soupira Esther. Tout le monde était au courant pour le piano. Tout le village était là, chaque midi, debout sous les fenêtres à nous écouter mon père et moi. Sauf le samedi. La boutique était fermée, car c'était *Shabbat.* Papa, qui était un homme pieux, réservait ce jour de repos au recueillement et à l'étude de la Torah ; Tout en avançant prudemment vers la porte bordeaux des combles, elle gémit : Je n'ai jamais compris pourquoi on nous avait dénoncés. D'abord mes parents puis nous. Les gens d'ici semblaient nous apprécier pourtant. Mon père ne comptait pas ses heures. Même parfois le samedi, en cachette de notre mère, il ouvrait quand c'était urgent.

— Comment cela ?

— Maman allait se balader à pied pendant que papa étudiait

la Torah. Elle était croyante elle aussi, mais pas pratiquante. Moi, je restais à la maison ce jour-là. Sarah également. On regardait la femme de ménage faire ses pâtisseries avec le lait de la vache Roussette. Pendant ce temps, papa enseignait les questionnements de la vie à son fils Antoine. Esther sourit tendrement. Les deux amies étaient bouche bée :

— La femme de ménage ? … La vache Roussette ? Esther poursuivait :

— Il passait son temps à blablater avec le jeune Antoine pendant que nous, on s'émerveillait devant les jaunes d'œuf de la fermière. Vous savez, c'était la guerre. On se débrouillait comme on pouvait. Les fermiers n'avaient plus qu'une vache et il ne restait qu'un seul taureau dans le village. Alors, elle complétait avec ses ménages chez nous et on lui prenait des œufs et du beurre. Elle était gentille la fermière ; Qu'est-ce qu'il a changé Antoine, lui aussi. Je l'ai vu tout à l'heure, justement, à la pharmacie. Je me doutais qu'il allait marcher dans les pas de papa. Il l'admirait tellement.

Elle s'arrêta, la gorge nouée et commença à vaciller. Elle se raccrocha aux bras de Rébecca. Elle fixait avec un air de défiance l'ouverture bordeaux.

— C'était juste derrière cette porte ! Elle n'existait pas à l'époque. Sa mâchoire se mit à trembler. Elle ajouta sourdement : C'est ici que Monsieur Morvan l'a retrouvée. C'était leur chambre.

— Qui ? Votre sœur ? Mais quand ? demanda Zoé d'un ton glacé.

— Après la guerre, gémit de plus belle Esther. Il ne l'a retrouvée qu'après la guerre. Quand il a fait faire cette ouverture. Vous vous rendez compte ? Elle était comme momifiée ! se mit à hurler la vieille femme toujours accrochée à Rébecca. Les deux amies étaient tétanisées et se regardaient avec stupeur, lorsque l'une d'elles lâcha :

— Mais comment est-ce possible ? Pardon de vous demander cela Esther mais vous étiez où, vous, quand ce drame a eu lieu ?

— Je n'étais pas là. La vieille juive vacillait légèrement. Ses doigts fins et déformés tenaient le bras de Rébecca, droite et livide. Avec peine, elle poursuivit : Ma petite sœur avait 10 ans et elle est morte seule derrière cette porte. De faim, sans doute… Et de peur… En silence. Comme je le lui avais ordonné, gémit-elle encore plus fort ; s'accrochant encore davantage à la jeune fille, elle demanda : Je peux l'ouvrir ?

— Bien sûr. La voix de Rébecca était sourde.

La porte bordeaux grinça lorsque Esther l'ouvrit. Le regard empli de larmes, elle murmura :

— Je lui avais demandé de rester cachée derrière cette cloison, sans bouger et en silence, jusqu'à ce que je revienne la chercher. Seulement le temps que les Morvan reviennent. Ils devaient rentrer le soir même. Ils étaient seulement partis pour montrer leur nouvelle Citroën à sa famille à elle. Je n'ai appris qu'après la guerre qu'Yvon Morvan était rentré seul, un mois plus tard ; Elle m'a obéi, sanglota Esther vacillant de plus belle.

— Mais comment cela ? Zoé était blême et tremblante.

— Elle était la seule à pouvoir se faufiler par la petite trappe, sous le lit des Morvan. À l'époque, cette porte n'existait pas. Elle était toute petite Sarah. Elle adorait se faufiler partout.

La femme psalmodiait comme une sorte de complainte dans une langue inconnue des deux jeunes amies. Ses lèvres bougeaient et ses mots résonnaient dans la pièce, comme une prière. Esther fixait la laine de verre auréolée par l'humidité filtrant sous les ardoises. De sa main sèche et noueuse, elle commença à tâter sous la sous-pente. Son souffle était rauque et lent.

— Je lui ai promis que les Morvan n'allaient pas tarder à rentrer. Ils étaient partis dans le Finistère, tous les trois, pour aller voir sa sœur à elle. Le temps d'un week-end. Seulement le temps d'un week-end, pourtant, gémit Esther.

— Tous les trois ?

— Oui, avec Tom le garçon de ferme, le fils de Clémence Morvan. Mais ça, c'est une autre histoire. Le regard perdu, elle poursuivit : Il était dévoué, le petit. Et je crois bien qu'il avait le béguin pour moi. Il m'avait mise en garde. Il savait que les faucheurs à la traction noire, reviendraient pour finir le travail. Il avait prévenu Yvon Morvan, également. Mais personne ne l'a écouté. Alors, ils sont quand même partis. Mon père leur avait donné sa *Citroën Traction 15*, pour les remercier… pour Sarah et moi. Cela lui faisait tellement plaisir à Madame Morvan. Puis, elle ajouta en chuchotant : Il ne s'en est jamais remis, le pauvre homme. Ça, plus la mort de sa femme, ça l'a achevé.

Elle s'arrêta et tout en passant sa main maigre entre la poutre des combles et la laine de verre, elle s'exclama.

— Il n'est pas là ! Les jeunes filles attendaient. « Mais de quoi parle-t-elle ? » ; Elle répondit : Le coffret. Le petit coffret de ma mère. Tous nos souvenirs, je suppose. La seule chose qu'elle nous a confié à Sarah et moi. J'avais demandé à ma petite sœur de le cacher ici. Je ne comprends pas.

— Et qu'y avait-il dedans ? osa demander Zoé.

— Notre mémoire… probablement.

La vieille orpheline sortit péniblement son vieux mouchoir de la poche de son manteau usé et ajouta :

— C'est comme si nous n'avions jamais existé.

28

Monsieur Marco

Rébecca et Zoé venaient de raccompagner Esther jusqu'au portail. Aucune d'elles n'osa ouvrir la bouche. Soudain, on entendit arriver sur le gravier, le long des cerisiers derrière la maison, une camionnette brinquebalante. Une porte claqua, suivie d'un juron puis d'un crachat. Les deux amies se regardèrent et se mirent à partir dans un rire nerveux.

— Ça doit être Monsieur Marco ! s'exclama Zoé. Son visage se ferma et elle dit : Il va m'entendre, celui-là.

— Pourquoi tu dis ça ? T'as du nouveau ? … Mais oui, c'est vrai ! … Ce matin, tu es allée chez le propriétaire de la maison en kit. Il était là ? Zoé sembla amusée par son amie novice dans son domaine de prédilection :

— Elle n'est pas en kit, mais c'est presque pire.

— Comment cela ?

— Et bien, je crois qu'on va y retourner ensemble, parce que franchement, il faut le voir pour le croire. Rébecca remarqua avec tendresse les joues rosées de Zoé. Elle demanda avec une infinie douceur dans la voix :

— Dis-moi ? Il a quel âge ce propriétaire ?

Un homme surgit derrière les deux amies en criant avec une voix à l'accent ensoleillé, le prénom de Zoé. La jeune architecte perdit sa gaité comme neige au soleil et soupira :

— Je vous ai dit que je détestais qu'on me hurle dans les oreilles, Monsieur Marco.

— Vous n'avez pas l'air de bonne humeur aujourd'hui, Mademoiselle Zoé, chanta-t-il presque.

— C'est le moins que l'on puisse dire, Monsieur le soi-disant spécialiste en rénovation ! Le vieil homme sembla blessé. Il sortit une petite boite en fer jaune de sa poche en lambeaux, en retira une prise de tabac entre ses deux gros doigts rocailleux qui ressemblaient à des pouces. Il la fourra dans ses narines touffues et l'aspira d'un grand coup et bougonna :

— Qu'est-ce que vous avez tous aujourd'hui ?

— C'est ce qu'on appelle l'effet boomerang, Monsieur le maître d'œuvre de pacotille, lâcha Zoé excédée. J'en ai appris de belles ce midi ! Alors comme ça, on est spécialiste dans les reconversions, Monsieur Marco ?

— Pardon ? On avait l'impression que le vieux corse était en train de s'étouffer avec son tabac brun.

— Et votre spécialité apparemment, c'est de transformer les pentys Bretons en chalets de montagne.

— Pardon ? Monsieur Marco s'étranglait; Vous n'avez pas le droit de dire cela, Mademoiselle Zoé. Vous ne savez pas tout.

— Ce que je sais, c'est que vous étiez chargé de refaire un crépi et pas de massacrer comme vous l'avez fait, un penty avec une toiture typique en ardoises ! Vous êtes une honte pour la profession, Monsieur le maître d'œuvre ! Le vieux Corse se liquéfiait. Il se redressa, toussota, regarda Rébecca et la détailla longuement. Puis, il dit à l'attention de Zoé qui fulminait :

— Vous pouvez nous laisser s'il vous plaît ? Je voudrais m'entretenir avec la propriétaire des lieux.

« Susceptible en plus », pensa la jeune architecte. Rébecca, embarrassée, prétexta un coup de fatigue. Elle força une grimace et les mains caressant son ventre arrondi, elle déclara :

— Je vous laisse gérer cela. L'homme s'exclama :

— C'est vrai, … Votre sœur m'a dit que c'était pour bientôt cette affaire.

— Cette affaire ?

— Oui, enfin…, poursuivit, embarrassé et les joues en feu le vieux Corse. Cette affaire de bébé, quoi…

Il baissa la tête tout en regardant ses bottes en caoutchouc. À ses pieds, un minuscule ver de terre semblait vouloir se cacher sous les graviers. Il dit alors avec une voix douce, au grand étonnement des deux amies :

— On est peu de chose, Mesdemoiselles.

Zoé et Rébecca se regardèrent. Rébecca ne put s'empêcher d'aller dans le sens du visiteur et soupira :

— C'est vrai, un jour tout s'arrête. C'est absurde, je sais ; Le vieil homme, ne semblant plus y tenir, se baissa pour attraper entre ses gros doigts le vermisseau et le déposa délicatement dans un parterre herbeux, aux pieds d'un rosier rouge. Étonnée par son geste, Rébecca sourit et demanda : Mais que faites-vous ? Elle ne vous a rien fait cette pauvre limace !

— Limace ?! s'exclama le souffle coupé le vieil homme. Limace ! répéta-t-il, cherchant désespérément le regard de la jeune architecte qui fulminait toujours. Il lâcha net : Vous aviez raison Mademoiselle Zoé, ils ne connaissent rien à rien ces parisiens qui nous envahissent ! Pour votre information, dit-il avec presque de la tendresse dans la voix, c'était un lombric et il serait mort dans les graviers. Rébecca profita de cette remarque pour feindre d'être vexée. Elle tourna les talons, fit un clin d'œil malicieux à Zoé et dit :

— C'est bien ce que je disais. Je vous laisse tout gérer. Puis, en virant sur le devant de la maison, d'où dépassaient les branches du figuier qui commençait à se dégarnir, elle s'exclama à l'attention du vieux Corse : Votre copain le ficus a mauvaise mine ! Elle ajouta, en direction de son amie dépitée : N'oublie pas de parler également de l'avenir du figuier avec notre ami, Miss architecte !

Dans le petit parc, la brise se levait doucement et les réverbères tout au loin, au bout du jardin, commençaient à s'allumer le long de la départementale 136.

Lorsque Rébecca referma doucement la porte d'entrée en bois qui couinait comme une vieille planche, elle eut tout de suite envie de remonter dans la chambre. La petite porte bordeaux était restée ouverte. Elle repensa aussitôt aux tâtonnements infructueux d'Esther entre les poutres et la laine de verre des combles et elle décida d'essayer à son tour.

« Si je pouvais lui apporter ne serait-ce qu'un instant de paix », pensa-t-elle tristement.

Très vite, en passant la tête sous l'arcade en bois, au niveau de l'ouverture rectangulaire plus récente de la maison, elle remarqua une sorte de lanière en cuir qui dépassait de l'épaisse laine grisâtre, juste au-dessus d'elle. Elle tira dessus et un petit coffret en métal tomba avec un bruit de cloche, à ses pieds.

— Le coffret !

Empressée de ramasser *son trésor*, elle releva d'un mouvement brusque la boite en métal rouillé. Celle-ci s'ouvrit, éparpillant sur les lattes de plancher brut, des liasses épaisses de courrier jauni. Elle se remémora les complaintes d'Esther et eut le cœur brisé en songeant qu'il s'agissait là de la seule mémoire de la famille Blum. Elle se rendit compte, alors, qu'elle ne savait rien d'Esther, en fait. Certes, ses parents, les pharmaciens, sans doute jalousés par les envieux du bourg, avaient été déportés à Auschwitz et n'étaient jamais revenus. Leur malheureuse petite fille Sarah s'était cachée ici pour obéir à sa grande sœur. Elle était morte en silence. Mais Esther ? Candy et son mari avaient conclu qu'elle avait été déportée, sans doute elle aussi, vers un camp de la mort, mais la vieille femme n'avait rien précisé à ce sujet. Tout ce que savait avec certitude Rébecca, c'est qu'elle était absente lorsque sa sœur agonisait.

« Mais elle, où était-elle alors ? », se demanda Rébecca, tandis qu'elle replaçait religieusement une à une les enveloppes timbrées, dans leur écrin de métal rouillé.

Lorsque Rébecca referma la boite noire de la famille Blum, elle entendit la porte s'ouvrir au rez-de-chaussée.

— Réb, t'es où ? raisonna la voix chaude et curieusement chantante de Zoé. La jeune femme sourit en se souvenant de l'adorable manie de son caméléon breton qui aimait imiter avec un talent sans pareil, les singularités régionales de ses interlocuteurs. Elle pensa aussi que cela lui avait terriblement manqué, tandis qu'elle avait vécu seule à Paris.

— Là-haut. Je descends, répondit-elle en replaçant en hâte le coffret dans sa cachette. Et tout en dévalant l'escalier qui gémissait à chacune de ses enjambées pesantes de future maman, elle demanda à son amie : T'as réussi à t'en débarrasser ?

— Tu veux parler de Georgio Marco ? Non, il est dans le jardin… avec le figuier. Puis l'amie soucieuse protesta : Dis-moi Réb, tu te souviens que tu n'accouches que dans 3 mois ? Fais gaffe en descendant quand même !

— Au plus tard Zoé, au plus tard dans 3 mois… Souviens-toi, je t'ai confié ce que je pensais à ce sujet. Mais réponds-moi plutôt. Qu'est-ce qu'il fait ?

— Il cherche une solution pour ne pas avoir à l'arracher.

— Mais tu ne lui as rien dit ?

— C'est pas évident Réb. Il est têtu le vieux Corse. Et tu sais ce que l'on dit sur son île au sujet des figuiers qu'on déloge.

Rébecca était fatiguée. La nuit qu'elle venait de passer sur un matelas pneumatique ne lui avait pas permis de récupérer. Elle dit sans ménagement :

— De toute façon, ça va être vite réglé cette affaire puisque je crois bien que je vais tout annuler.

— Tu plaisantes ?

— Non, pas du tout. Je suis fatiguée de tout ça.

— Mais tu ne veux plus de ton extension ?!

— Mon extension ?! reprit Rébecca sur un ton ironique… J'ai

plutôt l'impression que je ne suis pas chez moi ici !

— Tu exagères Réb. Tu sais bien que je prends tout en main pour justement te décharger de toutes ces considérations bassement matérielles, comme tu dis.

— Oui, mais pour le coup, les choses sont pires que tout ! Non, mais sérieusement Zoé, il envisage vraiment de garder le figuier à l'intérieur de la nouvelle extension ? Mais c'est du pur délire !

— Non, pas tant que ça, osa s'aventurer son amie.

— Pas tant que ça ? Mais il t'a promis une semaine de vacances dans sa maison de Vico, ou quoi ?

— Ne sois pas désagréable Réb. Je dis simplement que ça peut être pas mal aussi d'avoir un vrai figuier dans la future cuisine, plutôt qu'un ficus en pot comme tout le monde.

— T'es sérieuse ? Le pire c'est que t'es sérieuse Zoé, commença à s'énerver Rébecca; Et vous comptez le faire ressortir par où le tas de branches ? Elle ajouta, tout en saisissant le gonfleur pneumatique pour rafraichir son lit : J'appelle ça du boulot d'amateur ! Vous ne valez pas mieux l'un que l'autre, si je comprends bien.

Zoé ne dit pas un mot. Mais sa mâchoire pointue se mit à trembler douloureusement. Rébecca le vit et se ravisa aussitôt. Elle s'assit sur le duvet qu'elle venait de remettre en place :

— Pardon ma Zoé. C'est vrai que je t'ai laissée t'occuper de tout. Mais tu admettras quand même qu'il est vraiment spécial, ce soi-disant professionnel du bâtiment.

— Oui je sais… La jeune architecte hésita puis se hasarda quand même : Mais comme dit Nicolas, il doit bien avoir les qualités de ses défauts, non ?

— Si tu le dis. Rébecca se mit à sourire, le visage plus détendu et elle demanda : Tu ne m'as pas répondu tout à l'heure, il est comment notre voisin montagnard ? Zoé comprenant que son amie parlait d'Arthur se mit à rougir comme une adolescente :

— Ce n'est pas un montagnard, mais plutôt un charmant guerrier grec.

— Pardon ?

— Non, rien, rien. C'est un petit jeu entre nous deux.

— Vous deux ? releva Rébecca avec un large sourire qui lui donnait un air tellement sympathique.

— Ne cherche pas à savoir ma Réb, s'en amusa Zoé. Puis, sur un ton plus grave : De toute façon, tu sais bien que personne ne pourra jamais détrôner l'élu de mon cœur.

— Si tu le dis.

Zoé vint rejoindre Rébecca installée à la romaine sur sa couche :

— Fais-moi de la place, j'ai besoin d'un gros câlin, dit-elle en posant sa tête sur le ventre de son amie. Celui-ci se mit à gigoter au contact de sa joue. Les deux jeunes femmes se mirent à rire. Rébecca avait les yeux pleins de larmes. Elle se contenta de dire d'un air mélancolique :

— Au moins, toi, il te reconnaîtra quand il va arriver. Puis, elle se ravisa et dit avec son air qui précédait toujours une blague : Il ne faudrait quand même pas qu'il t'appelle papa quand il va te voir à la maternité; Les deux sœurs de cœur furent prises d'un fou rire incontrôlable et Rébecca renchérit : Tu devrais dire cela à Monsieur Marco !

— Quoi donc ?

— Il avait l'air perdu tout à l'heure avec *cette affaire* de bébé, dit-elle, en l'imitant. Ça pourrait être amusant de l'embrouiller.

Tu as dû lui dire que Hugo était mort, n'est-ce pas ?

— Je ne sais plus.

— Raison de plus pour s'en amuser. De toute façon, quoi qu'on dise dans un patelin, c'est toujours déformé. Alors autant en profiter pour se faire plaisir. Tu n'es pas d'accord ?

Zoé repensa au *café Tam -Tam* dans lequel elle avait pris son petit déjeuner le matin même et elle répondit :

— Tu ne sais pas si bien dire ma belle !

— Que veux-tu dire ?

Elle raconta alors à Rébecca, sa visite incongrue dans le troquet *De l'eau en vin*, non sans enjoliver les choses comme elles aimaient toutes deux à le faire.

— Quel drôle de village, quand même ! ne put s'empêcher de s'exclamer son amie.

— C'est exactement ce que je me suis dit, renchérit Zoé, hilare.

— Mais tu ne m'as toujours pas répondu. Il a quel âge ce bellâtre grec ?

— Notre âge, se contenta de répondre Zoé. Puis, elle alla chercher dans son grand sac de luxe en cuir une cassette vidéo, dont le titre sur l'étiquette adhésive était à peine lisible.

— C'est quoi ?

— Mon film préféré. C'est également le sien.

— Pas mal comme premier point commun ! Zoé l'interrompit et se laissant aller à son nouvel enthousiasme, elle répondit :

— Si tu savais tous les points communs que nous avons.

Rébecca fit semblant de ne pas entendre, mais elle était ravie.

Elle pensa : « Si seulement elle pouvait l'oublier, ce mono qui avait de la boue dans les yeux ».

— Rappelle-moi déjà le titre de ton film préféré ? Depuis le temps que tu me serines avec !

— *L'aventure de Madame Muire*, répondit Zoé avec précaution.

— Ah oui, c'est vrai, commença à rechigner Rébecca avec une moue d'enfant. L'un de tes vieux trucs en noir et blanc.

— Attends de le voir avant de critiquer Réb ! Crois-moi, tu vas adorer ! Elle continua timidement : Je me suis dit qu'on pourrait faire du feu ce soir et le regarder, blotties l'une contre l'autre, comme autrefois, sous la couette coquelicot.

— Mais comment veux-tu qu'on fasse ? On a tout juste de quoi faire bouillir de l'eau.

— Tout est dans la *Deudeuche* ! Zoé avait un sourire de renard rusé.

— Chipie ! Tu es allée chercher ton téléviseur et ton magnétoscope chez toi ? C'est pour cela que tu es rentrée si tard ?

— Tout à fait mon cher Watson. Cette fois-ci, tu n'y échapperas pas !

— C'est bien le film qui parle d'une histoire d'amour entre une jeune et jolie veuve et un vieux fantôme de capitaine de marine, qui jure et qui crache ? Zoé sourit et répondit :

— Ça ne te rappelle personne ? Au bruit que fit la porte d'entrée, elle s'exclama : Tiens, quand on parle du loup !

Georgio Marco n'avait pas frappé et déjà, il se tenait dans l'entrée, occupé à étudier l'ouverture principale qui donnait sur l'étroit escalier en granit. Les deux amies l'entendirent râler. Il s'exclama en ronchonnant :

— Ce serait trop dommage de se débarrasser de ce magnifique escalier d'époque !

Zoé se tourna aussitôt vers Rébecca pour observer sa réaction. Celle-ci fulminait et ça se voyait. Elle se releva avec la difficulté d'une tortue sur le dos et dit sur un ton de colonel, à l'attention du vieux Corse :

— Alors maintenant, écoutez-moi bien, Monsieur Marco ! Ici, c'est chez moi ! On est bien d'accord, n'est-ce pas ?

— Mais je n'ai pas dit le contraire, commença à riposter le vieux maître d'œuvre, seulement, je vous aurai prévenue !

— Comment cela ?

— Pour le figuier.

— Mais je croyais que l'on parlait de l'escalier, à l'instant ! Rébecca avait du mal à contenir son agacement. Elle dit d'un trait : écoutez-moi bien tous les deux ! J'ai l'impression que c'est le monde à l'envers ! En principe, ce sont les clients qui sont freinés dans leurs lubies de rénovation, pas le contraire. Alors, puisque manifestement il me revient le rôle de vous ramener à la raison, que les choses soient bien claires : On ne garde ni le figuier, ni l'escalier ! Et ce n'est pas négociable !

Zoé comprit qu'il était inutile de discuter. Monsieur Marco également. Revenant à de meilleurs sentiments, il ne put s'empêcher néanmoins de répondre :

— Ok. De toute façon, ce n'est pas urgent. On va s'occuper de tout le reste avant. Le temps de tout faire sauter dans le parc pour l'extension.

Zoé était affolée. Elle regardait Rébecca d'un air implorant. La réaction de son amie fut celle à laquelle elle s'attendait.

— Tout sauter ? Tout sauter, dites-vous ? Zoé, pince-moi ! Je dois être en train de faire un mauvais rêve.

— Ne vous en faites pas, Mademoiselle Rébecca… Le vieil homme comprit qu'il n'aurait pas dû se lancer dans les considérations pratiques du projet de rénovation. Il implorait du regard Zoé.

— Je sais ce que je fais. J'ai l'habitude. C'est mon métier.

— Vous me faites penser à un avocat qui promet la liberté à son client, alors qu'on se doute d'avance qu'il va finir en prison.

— Mais comment ça, Mademoiselle Rébecca ?

— C'est perdu d'avance votre joli programme de feu d'artifice ! Il n'est pas question qu'on organise ici un spectacle de reconstitution de la bataille de Waterloo !

Zoé sourit et repensa à l'attraction que suscitait la maison recouverte de bois d'Arthur. Rébecca poursuivit :

— On ne fera rien sauter du tout ! J'ai acheté en grande partie cette maison pour ses conifères ! Je ne vais certainement pas attendre les 20 ans de mon fils pour lui construire une cabane dans les arbres ! Pour l'instant, occupez-vous d'isoler toutes les fenêtres. Il fait un froid de canard, ici, la nuit. Et aménagez mon dressing avant toute chose ! Les déménageurs arrivent demain avec toutes mes affaires ! Zoé la coupa net :

— Je vous l'avais dit qu'il fallait commencer par-là !

— Je peux monter ? répondit Monsieur Marco manifestement vexé.

— Allez-y, répondit Rébecca en accentuant un soupir trop

fortement exprimé.

Et lorsque depuis le salon, elles entendirent le vieux Corse arriver dans la chambre à l'étage, il s'exclama :

— Merde, c'était donc vrai ! Il redescendit aussitôt et surgit dans le séjour où l'attendaient Rébecca et Zoé, l'air dubitatif. Il brandissait un vieux cliché en noir et jaune, tout froissé, comme s'il était resté plié et replié pendant très longtemps. Le vieil homme le montra rapidement à Rébecca en disant : C'était resté coincé sous la porte des combles. Je l'ai trouvé en la refermant; Il scruta à nouveau les silhouettes qui figuraient sur la photo, manifestement prise dans un studio de l'époque avant-guerre. On apercevait le nom de l'enseigne de Combourg, à l'encre bleue entourée d'un double cercle. Il lâcha, la mâchoire crispée : Les gens avaient raison alors !

— Mais de quoi parlez-vous ? Le maître d'œuvre hésita et se ravisa en remettant le cliché dans sa poche rapiécée :

— On m'a appris dans mon pays que tout ce qui se passait au maquis restait au maquis. Ce qui s'est passé par le passé reste dans le passé.

— Vous plaisantez ? lui demanda Rébecca, de nouveau agacée.

— Je ne veux pas que Mademoiselle Esther sache, se contenta-t-il de répondre.

— Sache quoi, Monsieur Marco ? insista Rébecca. Surprise par le fait que le vieux maître d'œuvre et Esther Blum puissent se connaître, elle se contenta de répéter : Qu'elle sache quoi ?

— Pour sa mère et le gendarme. Le vieux Corse semblait très embarrassé. Laissons les morts où ils sont !

— Mais de qui parlez-vous ?

— J'en ai déjà trop dit.

Zoé et Rébecca comprirent qu'il serait inutile d'insister. Les deux jeunes amies étaient soufflées. « Trop d'émotion pour aujourd'hui », pensèrent-elles. Pour essayer de détendre l'atmosphère devenue quasi irrespirable, Rébecca tenta maladroitement de taquiner à nouveau le vieil homme, à propos de ses compétences :

— Allez retrouver votre femme autour de votre piscine, Monsieur Marco ! À moins qu'elle ne fuie, elle aussi ?

— Pardon ? Vous parlez bien de ma femme ? Pourquoi elle fuirait ?

— Non, je veux parler de votre piscine. Zoé m'a dit que vous étiez très fier de l'avoir construite tout seul.

— Ma piscine ? Mais elle ne fuit pas ma piscine ! releva le maître d'œuvre, offensé.

— Oui, c'est ça ! continua Rébecca... Comme le crépi du pauvre Arthur qu'il a fallu recouvrir de bois ! Et je ne parle pas de la bataille de Waterloo que vous envisagez de retranscrire, apparemment, dans mon jardin en rasant toute la flore !

Le regard noir de la jeune femme dissuada le vieux Corse de se rebeller. Ils convinrent tous trois de se retrouver le lendemain, juste avant que les déménageurs n'arrivent, pour attaquer l'aménagement du futur dressing dans les combles de la chambre de Rébecca.

— Je vous raccompagne, déclara posément Zoé ; J'en profiterai pour prendre dans le coffre de ma *Deudeuche* mon barda de ciné-club. Elle fit un clin d'œil complice à son amie. Rébecca acquiesça et déclara :

— Il est urgent que je me change les idées.

Le vieux visiteur ne demanda pas son reste. Tout en ouvrant la porte qui donnait sur le perron qu'il savait désormais en sursis, il prit congé des deux amies :

— Bienvenue dans notre drôle de village !

Zoé s'empressa de le rejoindre et l'entraîna vers la sortie. Rébecca l'entendit dire au vieux Corse :

— Vous auriez dû prendre des gants avant de lui annoncer pour la bataille de Verdun.

29

Confidences sur un matelas gonflable

Le générique de fin défilait. Les deux amies de cœur étaient blotties l'une contre l'autre.

— Alors, ma Réb ? Qu'est-ce que je te disais ? Pour moi, c'est ça l'amour. Ça ou rien.

— Que veux-tu dire ?

— Même pour Samuel, je crois que je n'ai jamais ressenti un sentiment aussi fort. En même temps, j'étais jeune.

— Mais c'est un film, ma Zoé ! Les fantômes n'existent pas. À phénomène exceptionnel, sentiment exceptionnel, je suppose. Zoé se contenta de répondre gravement :

— Qu'en sais-tu, toi, au sujet de l'existence ou non des fantômes ?

— Oh là ! Déjà que je commence tout juste à me faire à l'existence de ton Dieu invisible ! Ne bouscule pas trop mes certitudes de cartésienne.

Mais Rébecca était conquise. Et Zoé le savait. « Comment résister lorsqu'on est romantique comme tu l'es, ma Réb ? »

Zoé connaissait par cœur son amie. Elle ne pouvait que s'être laissée emportée par cette atmosphère hors du temps, cet amour inoxydable car éternel. Cette histoire tellement moderne pour un film aussi vieux. Cette histoire d'amour et de liberté à deux, qui racontait la vie d'une jeune bourgeoise qui avait choisi, au détriment de son confort, d'échapper au regard étriqué de son milieu. Elle avait décidé d'occuper seule avec sa fillette, une grande maison isolée de tout et hantée par le fantôme de son ancien propriétaire : Un vieux capitaine de marine marchande grincheux, mort en mer. Mais la belle veuve lui avait tapé dans l'œil. La romance qui s'en était suivie avait été d'une puissance renversante. La jeune architecte s'entendit dire :

— Franchement, Réb, tu n'aimerais pas rencontrer un fantôme ? Se rendant aussi vite compte que ses propos dénotaient avec le schéma classique d'une chrétienne, elle ajouta : Tu sais ma Réb, plus je vieillis, plus je crois en un Dieu pas très conventionnel pour les autres croyants.

— Que veux-tu dire ?

— Disons que je me suis fabriqué ma tambouille spirituelle.

— Comment ça ? Tu veux dire, ta propre religion ?

— Non, pas ma propre religion. Ce sont les hommes qui ont inventé ce mot. Je ne l'aime pas ce mot. Il est à l'origine de bien des confusions. La religion, ce n'est que les mots des hommes. Moi je préfère parler de foi. Les mots des hommes déforment tout, quand et comme ça les arrange. Elle ajouta, le visage grave, car elle mesurait l'ampleur de ses propos : Et moi, j'en ai assez qu'ils interprètent les mots de Dieu !

Rébecca était médusée. La pertinence des propos de son amie croyante la foudroyait de vérité. Le Dieu que Zoé s'était construit au fil de sa maturation spirituelle, lui apparaissait plus séduisant. Car la chrétienne venait de dire également :

— Si je devais partir seule sur une île déserte, si on me demandait d'emporter avec moi une seule citation de ma bible, elle ne tiendrait qu'en trois mots : *Dieu est amour*. Zoé semblait apaisée. Elle se mit à sourire et poursuivit doucement : Comprends bien, ma Réb, je viens de m'affranchir de la prison des hommes. Comprends bien aussi, que le fait pour moi, de croire en un Dieu synonyme du mot *amour* me suffit. Le reste, ce n'est que modalités. À la grande surprise de Rébecca, elle déclara sans transition : J'ai la même position au sujet de l'idée de la réincarnation. Pourquoi cette croyance de certains, serait si antinomique que cela avec l'idée d'un créateur céleste ? La blagueuse qu'elle était ne put s'empêcher de plaisanter : Du moment que les adeptes de cette spiritualité m'assurent que mon passé d'éventuelle *mouche à caca* est révolu et que je me rapproche d'une vie meilleure. Rébecca éclata de rire. Zoé en rajouta, ravie par l'effet obtenu : Je voulais juste voir si tu suivais ; Mais pour en revenir à nos fantômes, pourquoi pas eux, également ? Pourquoi pas, ma Réb ?

Son amie s'étira lentement. Le matelas s'était redégonflé. Tout en se tortillant pour se masser le dos d'une main, elle dit en bâillant :

— Les fantômes comme modalité de l'éternité ? C'est bien cela ? Si tu le dis ma Zoé ! Son amie hésita, mais poursuivit quand même :

— Sérieux Réb, tu crois que ce genre de choses, de phénomènes quand même rapportés par beaucoup de personnes, existent ? Tu crois par exemple qu'il serait possible que tu revoies un jour Hugo ? En fantôme ? On aurait dit une petite fille. Elle ajouta tristement en hachant ses syllabes : Tu crois qu'il serait possible que je le revois un jour, moi aussi ? Je veux dire, dans ce monde-là ?

Rébecca fut émue devant la détresse sincère de son amie. Toujours assise à côté d'elle, elle lui saisit délicatement le menton et plongea son regard émeraude dans les yeux marrons, devenus pâles, de Zoé. Elle prononça :

— Si je le revoyais, ma Zoé, que voudrais-tu que je lui dise de ta part ? La jeune femme hésita. Puis, elle formula sa requête avec une intonation enfantine :

— Je voudrais que tu lui demandes s'*IL* existe bien ?

— Mais qui ?

— Dieu.

Rébecca détourna son regard pour que son amie ne la voit pas pleurer. Pour que la chrétienne ne se rende pas compte, combien l'athée était ébranlée. Combien elle était touchée et presque coulée d'avoir été choisie pour poser cette question au seul capable d'y répondre. On entendait crépiter les branches de figuier dans la cheminée rococo. Zoé poursuivit : C'est difficile de croire, tu sais. De croire tout le temps, ma Réb. De croire jusqu'au bout.

— C'est difficile de croire ? Mais ce n'est pas Nietzche, qui comparait la croyance en Dieu aux illusions que procure l'opium ?

— Mais qu'est-ce que tu crois ? C'est pas Baudelaire qui en prenait et qui évoquait le vertige insoutenable pour l'homme à l'idée de l'éternité ? Zoé baissa le ton : Croire, ma Réb, … Croire ma Réb, c'est également croire à l'enfer, comme possibilité d'éternité ! C'est quand même un comble pour une croyante, non ? Crois-moi, Réb, tu n'es pas si mal lotie que ça.

Rébecca eut l'impression d'entrevoir un instant un coin de son âme de chrétienne. Elle lui susurra, dans un murmure, tandis qu'elle posa sa main sur son ventre :

— Je te promets que je fais tout mon possible pour te comprendre. Elle se redressa, elle sourit et ajouta : Admets quand même qu'il nous complique sacrément la tâche pour que l'on croit en son existence, ton Dieu silencieux, sur toutes ces questions à son sujet. Elle songea au ver de terre : Regarde, tout à l'heure, il aurait suffi que Monsieur Marco écrase d'un orteil cette malheureuse limace pour que tout s'arrête pour elle. Et hop, finis la limace et le souvenir de toutes ses péripéties ici-bas, dans mon jardin ! En pensant au geste du vieil homme, elle ne put s'empêcher d'avoir un élan de sympathie pour lui, malgré tout.

— Ver de terre, Réb ! Il s'agissait d'un ver de terre, la reprit Zoé en souriant tendrement.

— Ver de terre ou limace, peu importe, poursuivit son amie. Le fait est qu'on est tous destinés à ne plus exister ! Alors, à quoi bon comprendre, pourquoi et comment on a existé un temps. Elle réfléchit, puis semblant décontenancée, elle dit : Mais toi, tu savais. Du moins, tu avais fait le choix de croire et tu t'en tenais à cela. Que s'est-il passé depuis ?

— Il s'est passé que Hugo est mort, se contenta de répondre d'une voix éteinte Zoé.

— Oui, comme plein de monde, tous les jours depuis la nuit des temps. Comme ta grand-mère aussi.

— Oui, mais là c'est différent.

— Mais pourquoi ?

— J'étais persuadé qu'il était ton *Mazel*.

— Mon quoi ?

— Ton Mazel, ta destinée, ta moitié si tu préfères. Demande à notre nouvelle amie juive, c'est un terme de chez eux.

Rébecca était stupéfaite. Il est vrai qu'elle taquinait souvent Zoé au sujet de son Dieu Amour et tout puissant. Elle le trouvait, quant à elle, trop silencieux, surtout en ce moment, mais cela la rassurait, malgré tout, de savoir son acolyte aussi attachée à un Dieu certes invisible, mais qu'elle disait omniprésent.

— Mais si tu ne crois plus, que va-t-on devenir ? se surprit-elle à murmurer.

— Je n'ai pas cessé de croire. Je doute simplement, précisa Zoé… En fait, je crois toujours autant, mais je suis triste, tout simplement.

— Triste de quoi ?

— Je suis triste que Hugo n'ait pas été ton *Mazel*, en fait.

— Que veux-tu dire ?

— Oui, je ne peux pas croire que Dieu te l'ait enlevé si rapidement si ça avait été le cas. Je sais que la foi n'est pas une assurance tous risques, mais quand même… Soudain, son visage s'éclaira : Mais, j'y pense, si Hugo n'était pas ton *Mazel*, cela veut dire que…

— Mais où veux-tu en venir, Zoé ?

— Je veux en venir au fait que ton *Mazel*, le vrai existe peut-être et t'attend quelque part.

— Et Hugo, alors ? Il aurait été le brouillon de Dieu ? Non, mais Zoé ? Comment veux-tu que je te prenne au sérieux ?

— Ce n'est pas ce que je veux dire. Non, pas un brouillon, un entraînement plutôt. Une sorte de préparation de cœur.

— Explique-toi.

— Oui, il a ouvert ton cœur tellement fermé aux hommes jusque-là. Peut-être pour te préparer pour le bon.

— C’est toi qui dis ça ? Avec toute l’affection que tu avais pour Hugo ?

— Je l’aime toujours autant ma Réb. Cela ne change rien. Et ce n’est pas négligeable, d’ailleurs d’avoir été le brouillon de Dieu pour te donner la vue du cœur. Un magnifique brouillon. Elle reprit son souffle et poursuivit.

— Je pense exactement la même chose de Samuel ! Lui non plus, ce ne devait pas être mon *Mazel*. En tout cas, ça me réconforte de le penser. Rébecca, fatiguée et encore sous l’effet de l’atmosphère romanesque du film, se contenta de dire :

— Et bien, en attendant de rencontrer nos *Mazel-fantômes*, je propose que l’on se montre bien humaines et charnelles, en finissant comme des petites gorettes ce fabuleux strudel.

— Chiche ! rebondit avec enthousiasme Zoé. Puis, elle demanda : D’après toi, qu’est-ce qu’il a voulu nous cacher, Monsieur Marco ?

— Je n’en sais rien, mais quelque chose me dit qu’Esther n’aimerait pas du tout apprendre une vérité blessante au sujet de sa mère.

— Tu as raison. D’ailleurs, je pensais justement tout à l’heure, que l’on sait beaucoup de choses au sujet de Léa et Isaac Blum ainsi que sur leur fille Sarah, mais rien d’Esther.

— Je me suis fait la même remarque, lorsque j’ai retrouvé le coffret noir.

— Que dis-tu ?

— Oui, j’ai retrouvé la boite qu’elle cherchait.

— Et qu’en as-tu fait ?

— Je l’ai remise à sa place.

— Et que comptes-tu faire ?

— Je vais la lui donner. Pourquoi ? Elle nous a bien dit qu'elle repasserait, pour nous apporter, cette fois-ci, un strudel aux abricots, non ?

— Mais, tu n'as pas peur ?

— De quoi ?

— De ce qu'elle pourrait découvrir.

Rébecca scruta un instant, en silence, le visage inquiet de Zoé. Elle ajouta gravement :

— On est bien d'accord, on a compris toutes les deux la même chose ?

— Je crois bien que oui, hélas. Mais c'est délicat de tirer des conclusions hâtives.

— Tu as raison. Il faut qu'on vérifie ce qu'il y a dedans. Et comme le dit Monsieur Marco, nous laisserons peut-être ensuite, *les morts vivre leur vie.*

Zoé se mit à rire :

— Il n'a pas tout à fait dit ça comme ça. Puis, elle ajouta avec la même tendresse : C'est comme pour la limace, l'idée est là.

— Oui, l'idée est là, répéta Rébecca un peu vexée. Comme pour Verdun à la place de Waterloo ! Et de manière inattendue, elle lâcha :

— Je vais chercher le coffret.

30

Le coffret

Lorsque Rébecca referma le petit coffret en métal, elle soupira longuement et annonça à Zoé :

— On ne lui donne rien !

— Je suis d'accord avec toi, Réb. Esther ne doit pas savoir. Je me suis dit exactement la même chose quand tu as lu la lettre de sa mère. C'est incroyable, cette histoire ! Elle murmura comme si lâcher ces mots viendrait à trahir ce lourd secret et prononça tout doucement : Non, mais franchement, tu crois vraiment que le grand-père de Nicolas pourrait être le père de Sarah ?

— Quelle importance ? Ils sont tous morts. Rébecca soupirait. Zoé riposta :

— Pas le grand-père de Nicolas ! Il nous a parlé de lui au présent, hier soir.

— Je doute qu'ils soient au courant dans le hameau, soupira de nouveau Rébecca, sans conviction.

— Tu plaisantes ? Tu sais bien que tout finit par transpirer ici. Le problème étant plutôt, ce qu'ils savent au juste, à part le fait que le samedi, pendant qu'Issac Blum étudiait la Torah, sa femme partait rejoindre son amant; Le jour du *Shabbat*, Réb ! Non, mais sérieux Réb, le jour du Shabbat !

— Moi, ce que je retiens de cette histoire d'amour, parce que c'était une histoire d'amour Zoé, c'est flagrant... Rébecca tapotait de l'index, la petite surface noire en métal... Ce que je retiens, c'est que le samedi, c'était à eux aussi leur seul jour de retrouvailles. Tu as lu comme moi, les lettres enflammées des deux amants. Je me demande d'ailleurs comme toi, ce qu'elles faisaient là. Mais tu as raison, les gens savaient. C'est certain. Elle hésita : Tu imagines ? C'est peut-être le gendarme qui les a dénoncés à la gestapo après avoir lu la lettre de Léa Blum !

— Arrête. J'y ai pensé moi aussi. Mais ça serait un sacré salopard, alors !

— L'amour ultime peut rendre fou, je pense. Et eux, ça faisait plus de 10 ans.

— Désolée, mais moi je n'appelle pas ça de l'amour, trancha d'un ton sec Zoé.

— En tout cas, il va falloir qu'on décide ce qu'on fait pour Esther.

— Oui, on ne sait jamais ce qu'elle pourrait découvrir. T'imagines, si elle tombait sur une vérité dérangeante ?

Les deux jeunes femmes convinrent qu'il serait préférable de parler à Esther pour ne pas prendre le risque qu'un habitant du bourg, *sous couvert de lui vouloir du bien*, finisse par tout lui révéler. C'est alors qu'elles réalisèrent qu'elles n'avaient aucune idée, ni l'une ni l'autre, de l'endroit où Esther pouvait bien s'être installée, depuis son retour dans le hameau Le Rocher Abraham.

31

La rivière

Rébecca se réveilla en sursaut. Elle vérifia instinctivement avec sa main que Simon était toujours bien là.

— Mais qu'est-ce que tu gigotes !

Elle tourna la tête vers le lit défait de Zoé et comprit, aux éclats de voix qu'elle entendait derrière la fenêtre, que Monsieur Marco était déjà arrivé. Une odeur de chicorée flottait dans l'air et elle sourit en pensant à son amie. Elle songea également à ce guerrier grec qui vivait en face, de l'autre côté de la départementale 136.

« Ce serait tellement magnifique, que ma Zoé puisse enfin rencontrer un homme qui ait les moyens de la combler de bonheur. Zoé est une ravissante et précieuse perle de culture qu'il faut mériter. Une fille comme elle, ça se bichonne dans un écrin ».

Elle songea aux confidences, que les deux amies s'était faites la veille, après avoir vu le film préféré de Zoé. Sa sœur de cœur lui avait expliqué que pour certains juifs, tout était écrit par avance. Leur Dieu prévoyait une âme sœur pour chacun. Elle avait été séduite et en même temps terrifiée par cette perspective à double tranchant. Le nom, donné à cette *complémentarité*, était *Mazel*.

Elle se remémora Hugo et se dit qu'il était impossible qu'elle puisse éprouver encore davantage d'amour pour un homme. Et même si la vie venait à lui réserver de rencontrer *son Mazel*, le vrai, elle avait d'ores et déjà tout donné à Hugo. Simon bougeait de plus en plus, comme jamais jusque-là.

— Tu ne vas quand même pas sortir aujourd'hui, dit-elle, la voix pleine de tendresse. Puis, soudain inquiète, elle ajouta : Il ne faut pas que tu sortes aujourd'hui mon petit Simon, je ne suis pas prête.

Peu après la première nuit d'amour entre les deux amants, sans réfléchir, elle s'était rendue dans la pharmacie du coin, pour y acheter un test de grossesse. Quoiqu'il arrive à présent, elle aurait un *mini Hugo*, au moins. C'est la seule chose qu'elle s'était dite. Mais aujourd'hui, elle réalisait vraiment qu'elle serait la maman de Simon, pour toujours. Elle songea également à sa propre mère, à leurs divergences et au fossé qui s'était creusé entre elles depuis la mort de son père. Sans ce lien, les deux femmes s'étaient éloignées l'une de l'autre. Rébecca n'avait d'ailleurs rien dit à sa mère de son histoire d'amour avec Hugo. Elle lui avait également tu sa grossesse, malgré les insistances de Zoé. L'amie fidèle était persuadée, quant à elle, que Simon pourrait jouer le rôle de traducteur entre ces deux femmes qui ne se comprenaient pas. Rébecca, elle, en doutait. La main toujours posée sur son ventre, elle réalisa qu'il faudrait un jour présenter Simon à cette grand-mère.

« On verra plus tard ».

À cet instant, une seule chose la préoccupait vraiment : Comment allait-elle pouvoir aimer cet enfant dont le père était mort.

Anxieuse, elle se leva avec difficulté. Elle s'avança vers la fenêtre à petits carreaux entrouverte et aperçut le vieux maître d'œuvre aux côtés d'un autre homme. Dès qu'ils la virent, Monsieur Marco sembla changer de conversation.

— Que disiez-vous ? s'inquiéta-t-elle. Zoé n'est pas avec vous ?

— On l'a envoyée chercher une pompe immergée à Combourg, se contenta de répondre le vieux corse.

— Mais pourquoi faire ?

— Descendez ! On va vous montrer !

Lorsque Rébecca rejoignit les deux hommes sur le côté de la maison, elle remarqua immédiatement l'énorme dalle qui avait été soulevée et posée sur l'herbe à côté. Au bruit de gargouillis qu'elle entendit, elle s'exclama :

— Mais qu'est-ce que c'est ?

— Une rivière ! Une rivière souterraine, répondit Monsieur Marco.

— Mais comment cela ? Comment est-ce possible ? La jeune fille déplora l'absence de son amie architecte.

— Et bien, bougonna Monsieur Marco qui semblait très contrarié, votre maison a été construite sur ce cours d'eau ! Ce n'est pas fréquent et ça va pas mal compliquer les choses !

— Décidément, ça va finir par me coûter combien tout ça ? Je suppose qu'il va falloir reprendre tous les plans de Zoé pour l'extension ?

— Pas nécessairement Mademoiselle Rébecca. Pas nécessairement. Le vieil homme était songeur. La jeune fille haussa le ton :

— Que voulez-vous dire ?

— On trouvera une solution. On trouve toujours des solutions !

Soudain, la jeune fille se souvint d'une émission qu'elle avait vue, il y a plusieurs années et de toutes les légendes qui accompagnaient ce genre de découvertes insolites.

— Mais c'est catastrophique que cette rivière soit là ! Elle était dépitée.

— Ah, désolé d'avoir raison sur ce coup-là, Mademoiselle. Mais là, on va être obligés de faire avec. On ne pourra pas la déplacer comme le figuier ou l'escalier. Le visage du maître d'œuvre trahissait une certaine satisfaction.

— C'est pas de bol ! lâcha soudain l'homme métissé qui accompagnait le maître d'œuvre.

— Comment cela ? Et qui êtes-vous d'ailleurs, Monsieur ?

— Il paraît que ça porte le mauvais œil, murmura-t-il.

Monsieur Marco fit un signe de croix. Rébecca le remarqua et intriguée, elle demanda :

— Vous voulez parler de ces légendes bretonnes ou de ces phénomènes ésotériques ?

— Eso quoi ?

— Toutes ces choses qu'on raconte. L'inconnu ne répondit pas, mais regarda le maître d'œuvre en chuchotant :

— Tu lui as raconté ?

— Non, je ne lui ai rien dit, chuchota à son tour le Corse.

— Mais de quoi parlez-vous ? commença à s'impatienter la jeune fille. Sur un ton directif, elle demanda à nouveau : Mais qui êtes-vous, Monsieur ?

— Je m'appelle Tom. C'est Georgio qui m'a demandé de venir au sujet de votre figuier.

— Tom ? Tom, dites-vous ? Le Tom des Morvan ? Celui qui a

prévenu les parents d'Esther pour leur rafle en 1942 ?

— Oui. Tom pour vous servir, se contenta de répondre l'homme au teint basané. Il soupira : Si seulement ils m'avaient écouté, Maman et Yvon. Il hésita et reprit : Il a payé le prix fort, ensuite, mon beau-père.

— Que voulez-vous dire ?

— Déjà, Maman est morte, on ne sait pas trop comment et pourquoi. En tout cas, mon beau-père ne m'a rien expliqué. Lorsqu'il est enfin rentré… Puis, d'une voix tremblante, il poursuivit : Je crois bien que j'aurais préféré qu'il ne rentre pas non plus.

— Mais pourquoi ?

— Ça été trop difficile de le voir ainsi. Tom se tu. Son regard semblait revoir les fantômes du passé. Il reprit : Je l'aimais comme un père, cet homme. Il s'était montré tellement bon avec Maman et moi. Il raconta alors à la jeune femme, combien sa mère était belle, mais combien également, elle avait été montrée du doigts, sans relâche, par les habitants du hameau. Tout ça parce qu'elle était rousse; Les gens d'ici l'appelaient la *fille du diable* ! Tous les hommes auraient voulu pourtant se trouver à la place de mon beau-père. Ils ne l'ont pas épargnée, Maman !

— Oui, je me souviens, renchérit gravement Monsieur Marco. Certains l'appelaient même *la fille mère de café au lait.*

— Fille du diable ? Fille mère ? Café au lait ? s'offusqua Rébecca. Puis elle demanda au fils de Clémence Morvan : C'est vous, café au lait ?

— Oui, sourit légèrement l'homme.

— Et cela vous amuse ?

— Oh, vous savez, dans les campagnes comme ici, on ne voit

jamais de personnes de couleur. Surtout à l'époque ! Mon père biologique était congolais et je pense même que certains habitants d'ici n'avaient jamais vu, avant moi, de métis.

— Vous êtes sérieux ? Mais c'est atroce ici ! Ni juifs, ni noirs, ni rousses, si je comprends bien, commença-t-elle à s'emporter.

— Moi aussi, ils ont mis du temps à m'accepter, murmura à son tour Georgio Marco.

— Vous savez, Mademoiselle Rébecca… Tom s'arrêta, gêné. Je peux vous appeler ainsi, moi aussi ? Rébecca lui fit signe que oui, d'un léger mouvement de tête et il poursuivit : Vous savez, je crois bien que tout le monde a une sacrée part de racisme en lui naturellement. La différence se fait après.

— Que voulez-vous dire ?

— Et bien, je pense qu'il est difficile d'accepter la différence sans s'y intéresser suffisamment pour l'accueillir. Les gens vous surprennent souvent, au bout du compte, lorsqu'ils daignent bousculer leurs peurs primitives. Moi, je me suis montré patient. Au début, lorsque maman est venue se cacher ici de sa famille, je n'étais ni plus ni moins que le *bâtard du bourg*. Maman était rouquine et elle avait un teint de lait qui dénotait avec le mien, vous vous en doutez. Yvon Morvan, qui était natif d'ici, il lui a fallu drôlement de courage pour nous imposer ! (Son regard était empli de tendresse, lorsqu'il prononçait le nom de celui qui l'avait accueilli comme son propre fils, tellement il était épris de sa mère). Il ajouta en soupirant : On devait être heureux. Il nous l'avait tellement répété et promis.

— Mais que s'est-il passé, au juste ? l'interrompit Rébecca.

L'homme changea de visage. C'était la première fois qu'elle vit une telle expression.

— Vous faites allusion à l'arrivée de la gestapo ici ? demanda-t-il d'un air solennel. Cela, je ne peux pas vous le raconter. Ni les autres d'ailleurs. Personne n'était là. Par contre, je peux vous raconter le retour du pauvre Yvon Morvan.

— Son retour ? Comment cela son retour ? Mais vous, vous n'étiez pas avec lui, dans le Finistère ? Parce que moi, c'est ce que j'ai compris !

— Non, je n'étais pas avec eux. Tom baissait la tête.

— Mais pourquoi Esther m'a dit cela alors ?

— Parce que c'est ce que maman a voulu faire croire à tous les habitants du hameau. Pour qu'il ne sache pas. Par prudence, même Esther ne le savait pas.

— Mais de qui parlez-vous ?

— De celui qui a livré à la gestapo les parents Blum. L'homme se mit à gémir. Il reprit avec difficulté : On espérait qu'il ne saurait pas qu'elles étaient cachées ici, les deux sœurs Blum et surtout qu'elles seraient seules. Maman voulait que je reste au cas où, mais il savait, apparemment. Et sans lui, mon beau-père ne serait pas devenu fou. Tandis que là… Il soupira de nouveau.

— Que voulez-vous dire ?

Tom regardait Georgio Marco. Son ami lui fit un signe de sa main rocailleuse.

— Vas-y. Dis-lui ! De toute façon, y'a prescription.

— Non, il n'y a pas prescription, Monsieur Marco ! L'interrompit l'avocate en fronçant du sourcil.

— C'est pas ce que je voulais dire, balbutia le vieil homme. Seulement, ça ne sert plus à rien de ressasser tout ça.

— C'est ma faute ce qui s'est passé, entièrement de ma faute, soupira Tom.

— Mais de quoi voulez-vous parler, enfin ?

— Je suis resté pour faire le guet ! Il reprit lentement : Mais je ne les ai pas vus passer.

Il se mit alors à raconter qu'il était à l'époque garçon de ferme, dans la coopérative du bourg, juste à côté. Que sa mère et Monsieur Morvan avaient fini par consentir à ce qu'il reste dormir chez les fermiers, pour courir prévenir les filles Blum si jamais la gestapo venait les chercher à leur tour. Que la ferme se trouvait sur le chemin que la gestapo devait emprunter pour se rendre chez les Morvan. Qu'il aurait suffi qu'il traverse les champs, pour arriver avant. Il précisa : On n'était pas sûrs que beaucoup de monde sache où elles étaient cachées. En tout cas, on espérait que celui qui avait dénoncé les parents, l'ignore. On avait même essayé de faire courir le bruit qu'elles avaient quitté la France.

— En pleine période de guerre ?

— Oui, je sais, c'était illusoire de penser que le traître de St Paul ne se douterait de rien. C'est d'ailleurs ce que je leur ai dit ! Mais ils sont quand même partis. Tom sanglotait.

— Et vous dites que votre beau-père est rentré seul du Finistère ?

— Oui, Maman est morte là-bas. Monsieur Morvan a été incapable de m'en dire plus. Le pauvre homme ! À son retour, il n'était plus le même.

— Comment cela ?

— Ben oui, quand il est venu me rechercher à la ferme et qu'il est arrivé dans la cour, il a même failli écraser le chien avec la traction des Blum. Tom peinait à poursuivre son récit : Il était livide. Il n'avait plus de regard. Il m'a simplement dit : Tom, ils sont morts.

— Ils ?

— Oui, Maman et le bébé.

— Ah, parce qu'elle était enceinte votre mère ?

— Oui. L'homme cachait son visage dans ses mains. On l'entendait à peine : Alors, vous imaginez comment ça l'a achevé, quand il s'est rendu compte que Sarah et Esther n'étaient plus là !

— Vous n'avez pas eu le temps de les prévenir, c'est bien cela ? demanda Rébecca d'une voix douce.

— Oui, murmura Tom. Je devais faire le guet. Je devais faire le guet et j'ai préféré jouer avec le chien. Tom semblait abattu.

— Vous n'avez rien vu alors ?

— Je ne me suis pas retourné quand le chien a aboyé.

Le grand jardin devint silencieux. On entendait plus que le chant lugubre de la rivière souterraine.

— Et quand votre beau-père a compris, j'imagine qu'il a dû s'effondrer, poursuivit quand même Rébecca.

— Oh, j'ai bien cru qu'il allait se tirer une balle dans la tête avec son vieux fusil de chasse. Il hésita puis s'exclama : Mais le pire, ça a été quand il a découvert Mademoiselle Sarah !

— J'imagine, acquiesça la jeune femme, le visage blême. Mais comment s'en est-il rendu compte ?

— En faisant une ouverture pour les combles. Juste après la fin de la guerre, gémit l'homme. Il ajouta : En mettant la porte, c'est aussi horrible que cela. On a tout de suite compris qu'Esther l'avait cachée là.

— Parce qu'elle a été embarquée, elle ? C'est bien ce que vous voulez dire ?

— Ben oui, sinon, où voulez-vous qu'elle soit partie ?

— Elle ne nous a rien dit à ce sujet, répondit Rébecca en songeant à sa conversation de la veille avec Zoé.

— Elle est comme ça Esther. Elle faisait passer Sarah avant tout le reste. Une vraie petite mère malgré son jeune âge. J'aimerais tellement la revoir.

— Moi aussi, renchérit Monsieur Marco avec un drôle de regard.

— L'un de vous deux sait où elle vit, d'ailleurs ?

— Non, soupirèrent en chœur les deux hommes.

— Mais le pire, ça a été après ! Tom s'adressait au vieux maître d'œuvre. Tout en scrutant le trou à ses pieds, juste à côté de la dalle en granit, il lâcha : Maintenant, je comprends mieux pourquoi tout cela s'est passé ! Rébecca était émue aux larmes. Elle attendait en silence que Tom poursuive : Il est devenu fou à cause de tout ça !

— On le deviendrait à moins.

— Ah, mais je ne veux pas parler de la rafle et de l'horrible découverte !

— Mais de quoi parlez-vous alors ? L'homme regarda de nouveau Monsieur Marco. Il semblait hésiter. Celui-ci lui fit signe de la tête de poursuivre, se contentant de dire :

— Il faut qu'elle sache. Elle vit ici quand même. En plus, c'est la chambre qu'elle a choisie pour elle.

— Mais de quoi parlez-vous ?! La jeune propriétaire commençait à s'impatienter.

— Il se passe des choses étranges dans cette pièce.

— Pardon ? Face à l'embarras évident du bonhomme, Monsieur Marco prit les devants et demanda à la jeune femme :

— Vous savez ce que l'on dit des maisons construites sur des rivières souterraines, Mademoiselle Rébecca ?

— Pas vraiment, hormis quelques superstitions boiteuses. Que dit-on ?

— Qu'elles favorisent la perception d'autres mondes. Rébecca ne put masquer son étonnement :

— Comment ça ? De quels mondes voulez-vous parler ? Et que s'est-il passé dans ma maison, bon sang ?

— Ça a commencé la nuit qui a suivi le retour de mon beau-père.

— Mais de quoi parlez-vous, bon sang ? Le ventre de Rébecca lui semblait de plus en plus lourd.

— Sarah venait voir mon pauvre beau-père toutes les nuits, apparemment. À mon avis, elle est toujours là. La jeune propriétaire n'en croyait pas ses oreilles. Elle dit :

— Et bien, sympa la chambre ! Vous êtes en train de me dire qu'elle est hantée par une gamine de 10 ans ? C'est bien cela ? Elle se reprit : De toute façon, je ne crois pas aux revenants.

— Vous avez tort, riposta Monsieur Marco. En tout cas, moi, maintenant, je suis certain que tout cela a eu lieu à cause de celle-là ! La rivière semblait devenir de plus en plus bruyante.

— Mais que dites-vous ? Je sais que l'on raconte que ce n'est pas très bon d'avoir de l'eau vivante sous sa maison, mais ça s'arrête au risque pour ses habitants d'être un peu déprimés. C'est tout… Non ? Du moins, c'est ce que j'ai entendu dire.

— Non ! Ce n’est pas tout, déclara gravement le vieux Corse.

— Mais qu’insinuez-vous, enfin ?

Il réfléchit longuement. Il semblait choisir chacun de ses mots. Rébecca semblait inquiète.

— Vous savez, Mademoiselle, une rivière comme ça, ça produit un sacré rayonnement ! Vous n’imaginez même pas à quel point ça impacte les champs magnétiques du corps physique des êtres humains, qui vivent dans la maison construite dessus ! Les premiers propriétaires ne devaient pas savoir. Ils ne l’auraient pas construite ici, sinon !

— Vous pouvez vous montrer plus clair ? s’impatienta la jeune femme.

— Ben, Mademoiselle Rébecca, vous savez quand même que les scientifiques disent que tout est vibration, dans ce monde. On est des êtres vibratoires !

— Mais d’ailleurs, comment vous savez tout ça ?

— C’est ma fille qui m’a tout expliqué. Elle est géologue !

— Qu’est-ce qu’elle vous a dit au juste ?

— Jennifer m’a dit qu’on émettait tous des sortes de rayonnements électromagnétiques. Vous ne le saviez pas ? demanda-t-il d’un air fier.

— On nage en pleine science-fiction, dites-moi, se mit à plaisanter la jeune fille; Non, je ne me suis pas vraiment intéressée à cette question, je dois bien l’avouer. Mais je ne vois toujours pas où vous voulez en venir.

— Et bien, il parait qu’une rivière sous une maison, ça change carrément toute la donne ! Il parait que cela a un impact direct sur notre énergie ! Et ma fille dit que nous sommes des sortes de réserves d'énergie. Le vieil homme dévoila avec un timide sourire une dentition en perdition. Il dit : Comme des sortes de piles, si vous préférez ! Il reprit son air d'écolier sérieux : Pas seulement notre corps, mais notre esprit aussi.

— Et alors ?

— Et eux, ici, ne sont également qu'énergie.

— Mais qui donc, eux ?

— Les esprits des morts, Mademoiselle Rébecca.

— Mais de quoi parlez-vous au juste, Monsieur Marco ?

— Je dis seulement qu'on ne sait pas grand-chose de tout cela ! Beaucoup ici pensent que ce genre d'endroit favorise la communication entre tous les mondes qui existent et qu'on ne voit pas forcément. Une meilleure communication entre le monde des vivants et celui des morts, si vous préférez.

— Vous êtes en train de me parler de toutes ces théories fumeuses qui évoquent des mondes parallèles ?

— Oui, c'est bien ça ! C'est exactement ça, Mademoiselle Rébecca ! Heu, je veux dire… non, pas fumeuses.

— Et la mort pour vous, c'est un monde parallèle, alors ?

— On peut dire ça comme ça, acquiesça le vieil homme.

— De toute façon, je ne crois pas aux fantômes. Le ton de Rébecca était sans appel.

— Et bien, vous nous direz, alors !

Le vieux Corse se tourna vers Tom en lui faisant un clin d'œil entendu. Son visage ressemblait à celui d'un mauvais élève ravi d'avoir eu raison de son institutrice. Soudain, on entendit les chiens des voisins aboyer.

— C'est Zoé ! Rébecca sembla comme soulagée. Elle demanda : Vous comptez faire quoi avec la pompe *bidule chouette* ?

— En savoir plus sur la source de cette rivière ! Je vais envoyer mon neveu là-dedans. Il est dégourdi le San Antonio.

— Mais pourquoi faire ?

— Parce que je suis curieux. Il ajouta sur un ton étrange : Cette rivière est naturelle. Ce n'est pas l'homme qui l'a faite. Il hésitait, mais lança quand même : Je connais le coin par cœur. Je ne vois pas du tout d'où elle peut partir et où elle peut bien arriver.

— Vous pensez la même chose, Tom ?

— Oui, Mademoiselle Rébecca. Je pense même que cette maison est peut-être l'intersection entre des mondes parallèles, qu'on ne voit pas. Il parait que cela arrive plus que l'on croie. Il rectifia : Enfin, je veux dire qu'elle est différente des autres maisons, quoi. Vous ne ressentez-rien, vous, ici ? En tout cas, moi je comprends mieux à présent.

— Mais quoi donc ? s'énerva la propriétaire des lieux. Elle demanda aux deux acolytes : Vous êtes passés boire un café au bar *l'eau en vin*, ou quoi ? Zoé m'a raconté ce qu'ils mettent dans leurs tasses là-bas !

— *De l'eau en vin*, Mademoiselle Rébecca ! C'est comme ça qu'il s'appelle.

— Pourquoi vous dites ça ? demanda Tom comme vexé. Vous ne croyez pas aux phénomènes bizarres, vous ?

— Je suis comme St Thomas, répondit sèchement Rébecca.

— Et les phénomènes étranges ? Vous n'y croyez pas non plus ? s'enquit Monsieur Marco. Il y a eu beaucoup de druides dans le coin. Et ces gens-là sont attirés par ces lieux particuliers. C'est culturel et traditionnel, ici, que de croire !

— De croire sans voir ? Ce n'est pas mon genre.

— Mon beau-père n'a rien vu, mais je peux vous garantir que ses oreilles faites de chair et de sang, l'ont bien entendue, la pauvre petite Sarah. L'homme semblait apeuré.

Rébecca était sidérée et fatiguée. Et tandis que Zoé arrivait à leur rencontre, la fameuse pompe dans les bras, comme découragée, elle dit :

— Faites comme vous voulez, envoyez votre neveu là-dedans si ça vous chante et profitez-en pour étudier comment on pourrait bien utiliser toute cette eau gratuite. Je ne sais pas moi, pour le lave-vaisselle ou les toilettes !

— Vous êtes sérieuse, Mademoiselle Rébecca ?

— Ah, c'est sûr que ça ne vous parle pas, à vous, les économies d'eau avec une piscine qui fuit !

— Ma piscine ne fuit pas ! Arrêtez de colporter des choses pareilles ! J'ai une réputation à tenir, ici, moi !

— Alors justement, faites votre boulot ! Puis, elle marmonna : Il n'y a même pas pensé, je crois rêver !

— Bien sûr que si, j'y ai pensé ! J'ai même aussitôt pensé au figuier. On pourrait lui imaginer une sorte de petite nappe d'eau constante, qui le nourrirait sans que vous ayez à vous en occuper. Rébecca n'en croyait pas ses oreilles. Avant même qu'elle n'ouvre la bouche, Monsieur Marco rectifia : Enfin, je veux dire qu'on aurait pu imaginer un accès à cette eau pure pour pas cher.

— On n'imagine rien du tout puisque je ne garde pas le figuier ! L'escalier non plus d'ailleurs !

— En tout cas, moi, j'ai envie de savoir ! lâcha le vieil homme.

— Savoir quoi ? La jeune fille était manifestement à bout.

— Ben, d'où peut bien partir cette rivière et où elle peut bien arriver ! Je vous l'ai déjà dit. Parce que moi, je ne vois vraiment pas !

Zoé avait entendu la fin de la conversation. Son visage était fermé et ses yeux étaient noirs.

— Franchement, Réb, tu ne penses pas que tu ferais mieux de te reposer plutôt que de blablater ?

— Pardon ?

— C'est fréquent les rivières souterraines. Il n'y a rien d'étrange à cela.

— Je ne suis pas d'accord avec vous, Mademoiselle Zoé. Le vieux Corse sortait et ressortait nerveusement sa blague à tabac.

Rébecca était perdue. Elle n'avait jamais vu son amie dans un pareil état. Zoé poursuivit en chuchotant :

— Tu es fragile en ce moment et je ne voudrais pas qu'on te mette en tête des idées *de magie rose*. Je suis bien certaine que tu es en train de te dire que si toutes ces théories fumeuses au sujet de tout et n'importe quoi existent, c'est que… que Hugo pourrait lui aussi… revenir. C'est bien cela, ma Réb ?

— Quoi ? Je disais justement que je ne croyais pas à ce genre de choses. Mais toi, tu penses à sa lettre, c'est ça ?

— Je ne pense à rien du tout. Je dis simplement que tu es fatiguée et influençable en ce moment.

Rébecca baissa la tête et fila vers la maison sans répondre. Les amies s'étaient parfaitement comprises. Son visage était défait.

Son ventre lui semblait encore plus lourd que d'habitude.

Tandis que la camionnette rouillée de Monsieur Marco s'éloignait dans le chemin de terre, qui passait devant la maison de Rébecca, Zoé pensa qu'il était grand temps de faire le point avec son amie. La découverte des deux hommes la contrariait vivement.

« Il ne manquait plus que cette rivière souterraine sous la maison ».

Elle aussi, avait entendu tout et n'importe quoi au sujet de ces cours d'eau qui perturbaient le quotidien des habitants vivant au-dessus. Et surtout, toutes les rumeurs de mauvais aloi ou de maléfices qui entouraient la présence de ces endroits peu communs. La jeune chrétienne refusait de parler de cela et même d'y penser. En accompagnant son père Pasteur, elle avait été amenée une fois, à côtoyer des phénomènes inexplicables et dérangeants. Une seule fois. Mais cela avait suffi à la conforter dans la conviction que si les interventions du créateur n'étaient jamais tarifées, celles du côté sombre avaient un coût exorbitant. Et lorsque l'addition tombait, il fallait s'en acquitter.

Le pauvre bougre qu'elle avait vu se déformer sur son lit, tandis que son père priait, agenouillé dans sa chambre, lui avait enlevé toute tentation d'en savoir plus. Depuis, plutôt que de laisser ceux qu'elle aimait commencer à se poser des questions à ce sujet, elle avait décidé de les décourager d'emblée à en savoir plus. Et là, elle n'était pas dupe ! Elle connaissait Rébecca par cœur. Celle-ci prétendait ne croire qu'en ce qu'elle voyait, mais elle avait remarqué qu'une lueur particulière avait scintillé dans les yeux de son *Alice aux pays des merveilles*.

Bien sûr que Zoé savait que le maître d'œuvre disait sans doute vrai. Elle n'avait pas tout entendu, mais elle avait capté l'essentiel. Et ce serait le pompon que Rébecca se mette à croire au surnaturel à cause des propos des deux hommes, alors qu'elle était si critique à l'égard de Dieu et de ses miracles.

Pour Zoé, flirter avec les phénomènes étranges, revenait à prendre l'énorme risque de tomber du mauvais côté. Celui de l'ésotérisme et de la force obscure. Celui de la magie noire et du mal. Il n'était pas question qu'elle laisse prendre ce risque à son amie. Rébecca, affaiblie psychologiquement par la mort de Hugo, pourrait se laisser séduire. Il était tellement facile de répondre aux tentations du mal et tellement difficile de trouver Dieu. Non, il n'était pas question de la laisser s'intéresser à cette rivière.

Tandis que Zoé gravissait l'escalier en granit qui menait à la porte d'entrée, elle se ravisa en se disant que cette fois-ci, il ne s'agissait pas du tout de la même situation qu'avec son père. Rébecca n'était pour rien dans l'existence de cette rivière souterraine. Donc, ce ne serait pas davantage de sa faute si des phénomènes étranges venaient à se manifester dans la maison. Cela la rassura quelque peu.

Monsieur Marco lui avait annoncé qu'il reviendrait dans l'après-midi, pour envoyer une sorte d'eau fluorescente dans l'eau turbulente sous la dalle en granit. Ainsi, on saurait où l'intruse arrivait. Cela semblait beaucoup le tracasser. Il lui avait dit avec un ton bon enfant :

— Ça va nous permettre de savoir où va et peut-être d'où part *la varice*.

— La varice ?! s'était exclamée la jeune architecte.

Il lui avait alors expliqué avec son langage d'autodidacte que l'eau sous la maison, provenait forcément d'une bifurcation inattendue, depuis une rivière qui existait probablement à proximité.

— Vous comprenez ! avait-il expliqué avec de grands gestes désordonnés ; il faut qu'on trace son parcours. Et là, il nous suffira de repérer le jaune fluorescent quand il ressortira au grand jour.

Selon lui, il n'était pas nécessaire pour la suite des travaux, de comprendre pourquoi Mère Nature avait réservé sa surprise justement ici. On ne changerait rien aux plans de Zoé. Mais l'homme avait semblé y tenir malgré tout. Il avait appelé son neveu San Antonio, comme prévu et les deux hommes avaient convenu de se retrouver devant la rivière souterraine, l'après-midi même.

La matinée était vite passée et les déménageurs n'étaient pas encore arrivés. Zoé était inquiète, car elle avait trouvé que Rébecca avait mauvaise mine, lorsqu'elle était revenue du magasin de bricolage. Quand elle pénétra dans le séjour, cette dernière dormait profondément sur son étroit matelas pneumatique, sa lourde couette bleu électrique, pliée en deux sur elle.

— Rébecca, réveille-toi, les déménageurs vont arriver, lui dit-elle doucement, tout en remplissant d'eau la bouilloire déformée pour lui préparer une chicorée. Arthur l'avait appelée plus tôt dans la matinée, tandis qu'elle s'impatientait devant les bavardages sans fin du vendeur de l'enseigne d'outillage, qui conseillait d'autres clients. Il avait proposé d'aider les deux jeunes femmes à emménager, mais Zoé ne l'avait pas encore annoncé à Rébecca ; Arthur ne va pas tarder non plus, se contenta-t-elle de lui dire.

— Notre voisin de l'autre côté de la route ? commença Rébecca avec une voix encore endormie.

— Oui, il a proposé de nous aider.

Soudain, on entendit un vacarme qui provenait de la cour arrière de la maison. Le camion des déménageurs était arrivé et les hommes en combinaison grise avaient ouvert en grand les portes battantes du conteneur rempli des effets de Rébecca, récupérées un peu partout. C'est Zoé qui s'était occupée de tout organiser. Elle voulait dispenser Rébecca d'avoir à parler à sa mère. Celle-ci avait accepté que ses meubles d'étudiante restent entreposés dans le garage de l'appartement qu'elle occupait, depuis le décès de Monsieur Müller. Zoé appréciait beaucoup cette femme et savait que les griefs de Rébecca à l'encontre de sa mère étaient nés d'un quiproquo. Madame Müller aimait sa fille, incontestablement, mais elle ne savait pas comment le témoigner à cette jeune femme tellement en mal d'affection, alors.

— J'ai perdu le seul être humain pour qui je comptais vraiment, lui avait dit Rébecca lorsqu'elle avait évoqué avec elle le décès de son père.

Zoé entendit des voix masculines résonner dans le jardin de devant.

— Allez, debout jeune fille ! s'empressa-t-elle de dire à son amie. Celle-ci ne réagit pas. Zoé insista : Rébecca, les déménageurs sont là ! Et à mon avis, on ne va pas chômer ! La jeune femme semblait être repartie dans un profond sommeil; Mais tu es brûlante ! Zoé était penchée au-dessus du front en sueur de son amie.

— Je ne le sens plus, se contenta de prononcer avec difficulté Rébecca. Il gigotait tellement, tout à l'heure et j'ai même eu très mal au ventre. J'ai cru que j'étais en train d'accoucher, mais là, je ne le sens plus bouger.

— Mais ce n'est pas possible, Réb ! On s'est mis d'accord ! Tu tiens le plus possible !

— Je sais, soupira la jeune femme. Puis, elle répéta, le regard perdu comme celui d'une fillette : Zoé, je ne sens plus bouger Simon.

— Il dort peut-être, tenta son amie, s'efforçant de garder son sang-froid.

— Non, ce n'est pas normal… Amène moi à l'hôpital ! se mit soudain à supplier la jeune femme.

32

Les flammes jumelles

Zoé était assise dans la salle d'attente de la maternité de Dinan et guettait un signe de l'infirmière qui lui avait promis de venir la tenir au courant de l'évolution de la situation. Quelques heures auparavant, elle avait pourtant insisté pour emmener Rébecca au CHR de Rennes, car elle n'avait pas confiance dans le petit hôpital. Mais son amie n'avait rien voulu entendre :

— Tous les jours, d'autres mères accouchent là-bas.

Mais ce qu'ignoraient les deux jeunes femmes alors, c'est que les choses se présentaient mal. Très mal. Si Simon venait à naître maintenant, il n'était pas certain que Rébecca ait atteint les 7 mois de grossesse requis pour entrevoir un accouchement sans risque pour le bébé. Du moins, les jeunes amies l'ignoraient-elles. Et il faut bien dire que la jeune avocate ne s'était pas ménagée.

À Paris, aussitôt après l'enterrement de Hugo, elle avait dû entièrement se substituer à son maître de stage pour assurer une sorte de passation, avec le futur associé qui allait le remplacer. En effet, Maître Pouessel n'était jamais rentré, ni au cabinet *Berthelot et Associés* pour reprendre ses affaires en cours, ni chez lui pour retrouver sa femme et ses jumeaux.

Depuis sa disparition, du jour au lendemain et à la grande surprise générale, Rébecca et ses jeunes confrères avaient appris qu'il était le père des deux stagiaires jumeaux qui avaient eu la bonne idée de les amener dans ce bistrot parisien *Au tonneau de Diogène*, pour patienter en attendant qu'une table se libère dans le petit restau chinois. Ils avaient également appris, que la patronne était ni plus ni moins, l'épouse de Maître Pouessel et la mère des jumeaux. Et ce n'est que quelques semaines plus tard, que tout ce petit monde qui grouillait dans le quartier du Palais Brongniard, avait été mis au courant des motivations du ténor du barreau pour tout plaquer du jour au lendemain.

— Il avait rencontré sa *flamme jumelle* ! leur avait révélé sur un ton goguenard, les autres associés.

Il avait rencontré sa flamme jumelle, il en était persuadé et il abandonnait tout pour se consacrer à elle. Bien évidemment, la journée qui s'en était suivie, au sein du cabinet luxueux du quartier de la Bourse, avait été un débat sans fin entre les jeunes avocats-stagiaires. Le hall était resté en ébullition jusqu'au soir.

— Il a complètement débloqué le *vieux Vergés* ! avait déclaré l'étudiant au *nom à particule*. Puis, il avait ajouté d'un air déçu : Je m'attendais à tout de sa part, mais pas à ce mauvais délire.

Les jeunes avocats s'étaient regroupés à l'heure du déjeuner, autour de l'ordinateur de Rébecca qui occupait toujours le vaste bureau cossu du maître de stage. Ils avaient entré fiévreusement, dans le moteur de recherches, le terme *flammes jumelles*. Mais rien n'était apparu sur l'écran.

— Il a pété les plombs, le vieux ! s'était exclamé un autre étudiant.

Les jeunes stagiaires n'avaient rien trouvé sur l'internet, cette magnifique invention qui leur permettait depuis peu, de gagner un temps précieux dans leurs investigations de juristes en herbe. Rien n'y figurait au sujet des *flammes jumelles* ! C'est alors qu'à la surprise du petit groupe, la rouquine aux lunettes de star leur avait expliqué de quoi il s'agissait.

— Ma tante médium m'en a parlé ! avait-elle lancé fièrement à l'attention de Rébecca qui l'ignorait un peu, depuis qu'elle s'était mise en tête de tout lui faire avouer au sujet de sa brève discussion avec Hugo, le soir du restau chinois.

Elle avait alors expliqué aux autres, qu'il s'agissait d'individus qui étaient habités par la même âme divisée en deux. Très vite, la discussion avait dérivé vers la notion même d'âme. Encore fallait-il y croire !

Certains d'entre eux étaient même persuadés qu'admettre qu'une âme puisse exister, revenait à croire en Dieu. Rébecca avait écouté distraitement. Elle s'était même montrée plus attentive, aux réactions de ses collègues plutôt qu'à leurs propos, agréablement surprise par leur attitude consistant à spéculer sur les conséquences théoriques et théologiques d'un tel concept. Elle s'était même dit que décidément, il ne fallait pas se fier aux apparences. Ces stagiaires tellement carriéristes et arrivistes en temps ordinaire, lui étaient soudain apparus comme des gamins normaux, habités finalement par une réelle curiosité intellectuelle et humaine sur les secrets de la vie. La rouquine avait pris un apparent plaisir à attirer toute l'attention sur elle. Elle leur avait expliqué ce que lui avait affirmé sa tante : Parfois le créateur, pour certains, la destinée, pour d'autres, divisait à l'origine une âme pour la placer dans deux corps différents. Mais personne ne connaissait la motivation de cette séparation d'âme. En tout cas, les quelques adeptes qui commençaient à se retrouver dans les arrières boutiques des librairies spécialisées de Paris, étaient au moins d'accord sur un point : Il ne s'agissait pas d'une erreur du créateur. C'était intentionnel. Il s'en était suivi un débat sans fin sur la signification du mot *Créateur*.

Et après que le petit groupe eut convenu de définir ensemble, au préalable, tous les termes qui entouraient la notion d'âme et de créateur, la rouquine avait tout expliqué dans le moindre détail au groupe de stagiaires médusés : Parfois, il arrive, lui avait assuré sa tante, que des personnes soient habitées, chacune, par la moitié de la même âme et lorsque le hasard pour certains, le destin pour d'autres, leur permettait de se retrouver, il en découlait un bouleversement énergétique comparable à celui qui était à l'origine de tout.

Elle leur avait également assuré, que ce nouveau concept commençait à séduire les milieux des croyances spirituelles plus conventionnelles et même certains représentants religieux. *L'étudiant à particule* avait brandi alors, le mot *blasphème*.

L'idée même que des « âmes jumelles » puissent exister, laissant alors entrevoir des perspectives au-delà de ce que racontaient les contes de fées, avait conquis les plus romantiques qui avaient alors volontiers troqué leur robe noir et blanc contre celle d'*Alice au pays des merveilles*, le temps d'un après-midi.

Zoé, quant à elle était restée dubitative lorsque Rébecca lui avait fait part de l'effervescence du cabinet. Elle s'était contentée de répondre sèchement à son amie qui l'avait appelée aussitôt :

— Et puis quoi encore ? Décidément, les hommes m'étonneront tout le temps dans leur facilité à opter pour des réponses sans queue ni tête, alors que tout est écrit si clairement dans la bible.

Les deux amies étaient restées en froid durant deux semaines, aussitôt après que Rébecca avait raccroché au nez de sa sœur de cœur. La jeune femme s'était sentie trahie, car elle n'avait pas eu l'occasion jusqu'ici, de mesurer que Zoé pouvait, elle aussi, manifester des idées étriquées dans les carcans du christianisme. Évoquer l'existence et le devenir des âmes, Rébecca avait bien compris que cela était réservé à une élite religieuse et elle avait été même furieuse que son amie intelligente puisse se laisser aller ainsi à la tentation de la dérive sectaire. Elle la pensait en effet plus ouverte, que tous ces chrétiens détenteurs d'une vérité suprême, qui décourageaient bon nombre de non croyants, ne serait-ce qu'à se poser des questions existentielles.

— Tu es en train de raisonner comme une bigote, ma pauvre Zoé !

Et lorsqu'elles s'étaient retrouvées, elles s'étaient mutuellement demandé pardon et n'avaient jamais plus abordé le sujet des flammes jumelles.

Et à présent, Zoé était là, tremblante et recourbée, au-dessus des magazines de la salle d'attente qui expliquaient comment accueillir un bébé.

33

Simon

Perchée sur la chaise de la salle d'attente des urgences du petit hôpital de Dinan, une revue tremblant dans ses mains, Zoé se mit à regretter le début de leurs années insouciantes de stage. Rébecca comme avocate et elle comme architecte. Elle pensa qu'elle aurait dû débattre à cœur joie, à l'époque, de cette hypothèse complètement farfelue de l'existence des flammes jumelles, mais tellement romantique aussi. Elle se mit également à songer avec culpabilité, au nombre de fois où elle avait renoncé à entrainer Rébecca chez un obstétricien, pour suivre attentivement sa grossesse.

« Mais pourquoi me suis-je montrée aussi facile à convaincre ? ».

L'infirmière entra dans la salle d'attente au moment où Zoé allait se lever pour questionner une énième fois la secrétaire peu aimable. Son visage trahissait une certaine inquiétude, mais Zoé fut rassurée que ce ne soit pas le médecin en personne qui soit venu la renseigner sur l'état de santé de sa meilleure amie, ainsi que sur celui du bébé. En effet, Simon n'avait pas bougé de tout le trajet en *2 Chevaux*, le long des petites routes tortueuses de campagne. Elles avaient pourtant, justement choisi la voiture de Zoé en espérant que ses trépidations le réveillent. Lorsque les deux femmes étaient arrivées sur l'arrêt minute des taxis, Zoé s'était empressée d'alerter les urgences de la maternité. Son amie était peut-être en train de perdre le bébé ! L'attente avait été insoutenable. Zoé avait quand même appelé Arthur, pour lui demander d'arriver plus tôt à la maison et superviser les déménageurs. Rébecca avait été immédiatement prise en charge par l'équipe médicale. Moins d'un quart d'heure après, Zoé avait été bousculée par un homme aux cheveux blancs qui enfilait précipitamment une blouse et qui se dirigeait vers les portes battantes du bloc en criant :

— Appelez le pédiatre ! Appelez le pédiatre, c'est urgent !

Zoé fut soulagée lorsque l'infirmière lui fit un sourire, qui la transforma un instant en jolie femme, alors qu'elle avait un visage peu gracieux.

— Tout s'est bien passé, déclara-t-elle. Vous êtes bien sa sœur ? C'est ce que l'accueil m'a dit.

— Oui, c'est ça… Alors ? ça s'est bien passé ? Comment vont-ils ?

— N'ayez crainte, Mademoiselle Müller. Tout a fini par bien se passer. Zoé détourna le regard, embarrassée par son mensonge :

— Pour les deux ?

— Oui, pour la maman et le bébé. Par contre, il faudrait convaincre votre sœur de revenir nous voir.

— Comment cela ? Il y a eu des complications ?

— Pas à proprement parlé sur le plan physique. Elle choisit ses mots et poursuivit : Mais la maman aura besoin d'un soutien psychologique soutenu. Vous savez, nous vivons dans une société où il va de soi de devenir mère instantanément. Or, ce n'est pas du tout le cas. Nous ne sommes pas des animaux.

C'est notre groupe social qui a décrété que l'on devenait mère au moment même où nous échangeons notre premier regard avec *notre asticot*. L'infirmière se mit à éclater de rire.

Zoé, soulagée, la trouva fort sympathique. Elle demanda, plus détendue :

— Que voulez-vous dire ? Rébecca ne souhaite pas rester avec son bébé ? C'est cela ?

— Ah non, nullement. D'ailleurs, elle n'est toujours pas réveillée. Nous avons dû avoir recours à une césarienne. Le bébé dormait et se trouvait en hypothermie. Cependant, demanda-t-elle en clignant nerveusement des yeux, vous êtes bien certaine qu'elle n'avait pas encore atteint les 7 mois nécessaires à la gestation ? Nous, nous avons estimé que sa grossesse remontait à plus de 7 mois. Zoé, embarrassée, répondit :

— Pour être tout à fait sincère, Rébecca ne s'est pas du tout montrée prudente dans son suivi de grossesse. Je ne pense même pas qu'elle ait fait vérifier par un labo sa date de fécondation. Puis, sur un ton plus intime : Je dois vous dire que le papa du petit est mort. Rébecca s'est mise en tête qu'il était le fruit de leur première fois. Je vous avoue que je n'ai pas beaucoup insisté pour qu'elle se montre raisonnable. L'infirmière se contenta de sourire avec empathie.

— Allez la voir votre sœur ! Elle ne devrait pas trop tarder dans la salle de réveil. Attendez là dans sa chambre. Nous allons l'emmener tout à l'heure, avec son fils. Puis, tout en faisant une sorte d'accolade à Zoé, elle ajouta : Elle va avoir besoin de vous !

Zoé se sentie d'un seul coup, épuisée. Si elle avait pu, elle se serait allongée quelques minutes, même sur deux chaises dures de la salle d'attente qui sentait mauvais. Et tandis qu'elle croisait dans l'étroit couloir qui longeait les chambres, d'autres jeunes mamans, accompagnées ou non de leur nourrisson, elle se mit à penser à Simon. « Ressemblerait-il à son père ? »

À cet instant, elle était bien incapable de se positionner : Était-ce souhaitable ? Cela ne compliquerait-il pas encore davantage le travail de deuil de Rébecca ? Tant de questions se succédaient dans la tête de l'amie inquiète. Elle repensa également à cette satanée rivière souterraine que le vieux Corse avait découvert dans le jardin de Rébecca. Allait-elle bouleverser tous ses plans initiaux pour la rénovation ?

Lasse et découragée, elle s'assit dans le fauteuil confortable, juste à côté de l'emplacement vide, prévu pour le lit de son amie.

Quand Zoé se réveilla, Rébecca était déjà là. Elle scrutait le visage fin et fatigué de sa fidèle amie avec tendresse. Derrière elle, se tenait la petite couveuse dans laquelle semblait dormir le nourrisson. Zoé se redressa aussitôt. Ne parvenant pas à percevoir de l'autre côté du lit, le visage de l'enfant caché par une grosse couverture polaire dans laquelle les soignants l'avaient emmitouflé, elle s'exclama à l'attention de Rébecca qui avait refermé les paupières :

— Alors, est-ce qu'il lui ressemble ?

— Je n'en sais rien, répondit la jeune maman dans un soupir.

— Mais t'as bien une petite idée quand même ? Tu étais là toi !

— Non, pas plus que toi. Ils m'ont aussitôt endormie et je n'ai rien vu de toute l'opération.

— L'opération Réb ? T'es sérieuse ? Mais il ne s'agit pas d'une appendicite, tu viens d'accoucher ma Réb.

— Je n’ai accouché de rien du tout Zoé. Ils me l’ont arraché du ventre pendant que je dormais.

— Mais c’est pareil ! Zoé était affolée.

— Non, ce n’est pas du tout pareil. Je suis rentrée au bloc enceinte et je me réveille à côté d’un nourrisson en gigoteuse. Elle soupira puis, annonça d’un ton grave : Je ne vois vraiment pas comment je vais bien pouvoir apprendre à l’aimer ce petit étranger qui s’impose dans mon existence.

Zoé sentit un vent glacé passer sur ses joues en feu… Pourtant les fenêtres étaient fermées.

ACTE 2

34

De retour à la maison

Rébecca était restée dix jours à la maternité de Dinan. Zoé et Arthur s'étaient appliqués pendant ce temps à aménager la maison avec tous les meubles et effets personnels apportés par les déménageurs. Les deux jeunes gens avaient longtemps hésité avant d'installer, comme prévu, le lit de Rébecca dans la chambre à la porte bordeaux, mais la jeune fille les avait sommé de faire comme elle l'avait décrété. Esther était revenue pendant l'absence de la jeune maman. Lorsqu'elle avait quitté Zoé et Rébecca après sa première visite, elle leur avait dit :

— La prochaine fois, je vous apporterai un strudel aux abricots. Une recette de ma mère !

— La meilleure, je suppose. Comme pour celui aux pommes, avait clamé Zoé, le visage rayonnant.

— Ah, non, mieux que ça. Le seul strudel aux abricots ! Elle devait être la seule à oser faire un strudel qui n'était pas aux pommes.

Elle avait tenu sa promesse gourmande. Arthur était lui aussi tombé sous son charme. Son calme qui cachait un volcan et sa fragilité qui était devenue une force. Il avait fini par s'installer dans la maison avec Zoé. Du moins, en attendant le retour de Rébecca. Esther, depuis son retour à St Paul, avait pris une chambre meublée *chez Germain*, le restaurant du bourg. Chaque jour, elle était venue rendre visite aux jeunes tourtereaux qui avaient fait de la chambre d'amis du rez-de-chaussée, leur alcôve. Ceux-ci avaient fini par s'habituer par sa présence et à s'y accoutumer. Ils s'étaient attachés à elle comme à un membre de leur nouvelle famille. Il était tellement facile d'aimer Esther. Cette femme discrète, dont on ne savait rien. Si ce n'est qu'elle était bien partie pour les camps, à bord de la traction noire, ce jour d'hiver 1942. Monsieur Marco et Tom avaient raison. La vieille femme l'avait confirmé au jeune couple. Elle leur avait également raconté son arrivée en Pologne. Mais aussi l'horreur du camp de *Treblinka*, qui avait été construit pour exterminer et uniquement cela. Pas le camp de travail, mais l'autre. Celui appelé l'usine de la mort, issu de l'opération *Reinhard*. Les jeunes gens s'étaient mis à avoir froid à l'âme. Elle leur avait dit sur un ton poignant :

— Il n'y avait pas beaucoup d'Allemands là-bas, mais c'était pire. Ils nous obligeaient à faire le sale boulot à leur place.

Pour survivre, elle avait dû se résoudre à devenir le charognard de ses bourreaux. Elle avait vu défiler tant de valises, mais également tant de vies de ses frères et sœurs des camps. On l'avait contrainte à les dépouiller de leur mémoire. Mais surtout, elle leur avait raconté cette nuit durant laquelle les 70 enfants de la baraque 12, avaient été réveillés et jetés dans une fosse pour les brûler vifs. Il n'y avait pas de four crématoire à *Treblinka II*. Pendant tout le temps où le brasier déchirait en silence le ciel noir, une voix pure et belle s'était élevée et avait chanté :

— Mon Dieu, pourquoi nous as-tu abandonnés ?!

Esther n'avait jamais reçu de réponse à ses prières. Alors, elle avait cessé de prier. Et même de croire. Du moins, tant qu'*IL* resterait silencieux.

Elle s'était découvert une âme de soignante, dans la baraque qu'elle avait occupée avec des femmes plus faibles qu'elle. Elle s'était orientée par la suite, vers le métier de sage-femme. Pour s'occuper des enfants des autres. Et seulement d'eux. Car, aussitôt après la Libération, après qu'elle eut fait partie des rares survivantes du camp, elle était revenue à St Paul pour chercher Sarah. Elle avait quitté le cimetière en se jurant qu'elle n'aurait jamais d'enfant.

Monsieur Marco avait envoyé comme prévu son neveu San Antonio dans l'étroite cavité, pour verser dans la rivière souterraine le colorant jaune. Le marquage allait permettre de situer ce cours d'eau parmi tous ceux connus à proximité. Mais au grand étonnement des quelques piliers du bistrot *De l'eau en vin*, qui étaient arrivés en hâte aussitôt après le départ de Rébecca et Zoé pour la maternité, le neveu corse n'avait rien trouvé. Il avait ressurgi du trou, les cheveux hirsutes et les yeux hagards :

— Il n'y a rien. Pas une goutte d'eau. Que de la roche.

Et pourtant, on l'entendait distinctement cette rivière. Le petit groupe éparpillé sur l'herbe sauvage du parc était parti dans des supputations sans fin. Les curieux avaient fini par conclure, que tout comme ce que l'on disait de la rivière fantôme *Diana* qui passait sous la ville de Sienne, en Italie, celle-ci ne pourrait être qu'entendue et jamais trouvée. Apparemment, elle non plus n'existait pas. Monsieur Marco n'avait pu s'empêcher de manifester une certaine satisfaction. Ce n'était pas la retranscription de la bataille de Waterloo qui allait attirer les touristes, comme Rébecca le craignait, mais un phénomène insolite, qu'il avait certes découvert, mais dont il n'était pas le responsable. Zoé, quant à elle, avait paniqué à l'idée que son amie apprenne cela lorsqu'elle reviendrait avec Simon. Il ne fallait surtout pas qu'elle commence à s'intéresser à ce genre de choses !

La jeune maman se sentait épuisée et bien incapable de s'occuper de son bébé. Elle avait même refusé de le prendre avec elle la nuit, préférant le laisser aux sage-femmes de la nurserie de la maternité. Il ressemblait trop à Hugo, avait-elle décrété. C'était bien trop tôt. Alors, il avait été convenu que c'est Esther qui se chargerait d'accueillir Simon.

Zoé avait tout organisé seule, car Rébecca se désintéressait du sujet. Cette distance inquiétait son amie.

Le soleil commençait à écarter timidement les nuages essorés par les orages et les vents violents de la matinée. La Coccinelle blanche, choisie par Zoé pour ramener Rébecca et Simon de la maternité, emprunta prudemment le chemin de terre du *Rocher Abraham*.

— Non, mais t'as-vu ça ! s'exclama Zoé, tandis qu'elle serrait le petit volant en merisier pour se frayer un chemin parmi les ramassis de branchages qui s'écrasaient dans un bruit sourd sous les roues. Elle jeta un coup d'œil vers la coque du landau sur la banquette arrière : Au moins, on est certaines que Simon a le sommeil profond !

Rébecca ne répondit pas. Le regard sombre fixé vers l'horizon, elle se contenta de soupirer longuement. Les deux jeunes amies ne s'étaient pas dit un mot de tout le trajet depuis Dinan. Zoé n'avait même pas encore eux l'occasion d'informer Rébecca de tout ce qui s'était passé pendant son séjour à la maternité.

Finalement, un camion n'avait pas suffi. Les frais pour le déménagement étaient bien supérieurs à ceux prévus au départ. Zoé n'avait pas encore osé annoncer à son amie l'initiative de sa mère chargée de rassembler les effets d'étudiante de sa fille. La grand-mère de Simon en avait profité pour se débarrasser d'une série de vieux souvenirs, ce qui avait nécessité de restreindre la liste initialement dressée par la jeune maman. Zoé n'avait rien osé dire à Madame Müller. Elle était au fait de la relation délicate entre la mère et sa fille et elle redoutait que son amie ne soit furieuse. Arthur et Zoé avaient usé de mille astuces pour aménager un intérieur coquet et ils avaient apporté un soin particulier à la chambre de Rébecca.

— Il faut qu'elle se sente ici comme dans une bulle, avait insisté la jeune fille à l'attention de son nouvel ami. Il s'était montré très consciencieux, au moment de suspendre le voilage blanc au ciel de lit qu'il avait solidement fixé au plafond; Rébecca a toujours rêvé d'avoir un lit à baldaquin. Un lit de princesse, avait ajouté tendrement Zoé, avec un sourire triste.

La jeune femme savait que c'était dans cette chambre que son amie allait passer l'essentiel de son temps. Du moins, les premières semaines. Et elle devait se sentir à l'abri de tout, dans cette pièce. Elle avait essayé de convaincre Rébecca de s'installer, dans un premier temps, près de son bébé dans la chambre juste à côté. Mais en vain. La maman ne semblait même pas voir le nourrisson. Et lui semblait s'appliquer à se faire oublier.

Esther avait pris congé de sa chambre d'hôte chez Germain, le restaurateur du village. Elle était venue s'installer dans la chambre de Simon, juste à côté de son lit à barreaux qu'Artur avait monté. Monsieur Marco avait fini par revoir quand même ses plans pour l'extension de la maison. Il avait trouvé une solution pour composer avec *la rivière fantôme* et sa cavité rocheuse. Tout le monde dans le hameau avait pris le parti de désigner ainsi cette curiosité de la nature. Rébecca avait clairement annoncé, un après-midi, à la maternité, qu'elle ne souhaitait plus s'occuper de quoi que ce soit. C'était à Zoé de tout décider et elle ne voulait plus rien avoir à gérer concernant la rénovation de la maison.

Lorsque les deux amies arrivèrent derrière la bâtisse où l'eau des orages ruisselait encore abondamment sur les pierres foncées, Rébecca comprit immédiatement que quelque chose avait changé :

— Qu'est-ce qu'il a encore fait ?

— Tu veux parler de Georgio Marco, je suppose ? lui demanda avec précaution Zoé.

— Qu'est-ce qu'il a encore fait ? La jeune propriétaire scrutait son amie avec un regard fatigué.

— Ben, il a commencé, murmura son amie.

— Il a commencé quoi, Zoé ? répéta Rébecca en se mordant les lèvres.

— La rénovation Réb ! Zoé semblait agacée. Tu m'as bien dit que je m'occupais de tout à présent, non ?

Rébecca détacha sa ceinture à peine le moteur de la Coccinelle coupé. Elle ouvrit brusquement la portière et se rua avec difficulté en direction de l'allée des rosiers.

— Mais tu vas où Réb ? Attends-moi ! Fais attention à ta cicatrice ! Tu vas réveiller Simon !

Zoé appréhendait la réaction de son amie lorsqu'elle découvrirait l'ampleur des dégâts dans le jardin qu'elle aimait tant. Elle eut à peine le temps de la prévenir que déjà, elle entendit Rébecca crier :

— Je vais le tuer !

Son amie était livide. Elle descendit à son tour de la voiture et rejoignit la jeune femme qui avançait en chancelant sur le devant de la maison. Un silence de plomb régnait dans le petit parc qui ressemblait à un terrain vague.

Rébecca avait rejoint sa chambre et demandé que personne ne la dérange. Elle voulait dormir. Uniquement cela. Arthur et Zoé étaient assis en silence sur l'un des canapés en coton écru du salon, tandis qu'Esther s'appliquait à essayer d'embraser un fagot de branches de noisetier humide, dans l'âtre de la cheminée en fonte.

— Ça va durer combien de temps, selon vous ? leur demanda Zoé.

— Elle n'a vraiment voulu voir personne à la maternité ? lui répondit la vieille femme.

— Elle aurait pourtant bien besoin de parler à un psy, ajouta Arthur. Tu crois que sa chambre lui a plu ?

— Je crois qu'elle ne l'a même pas vue, soupira Zoé.

— Et tu ne lui as rien dit, au sujet de sa mère ?

— Tu plaisantes ! Il ne faut surtout pas qu'elle descende à la cave. J'y ai tout caché. Tu as bien compris Arthur ? On ne lui dit rien !

— Mais je ne parlais pas de ça Zoé. Je voulais parler de Simon. Lui as-tu dit qu'elle savait pour Simon ?

— Non, pas encore, se contenta de répondre en soupirant la jeune fille. Mais si elle descend à la cave, elle va comprendre. Mais que voulais-tu que je fasse ? Que je refuse alors qu'elle était si contente d'être grand-mère ? Madame Müller a tellement insisté pour qu'on remplisse le camion de toutes ces vieilleries pour nourrisson. Non, mais t'imagine, toi ? J'ai bien cru qu'elle allait nous donner des langes comme ceux qu'on utilisait autrefois. Zoé s'arrêta net. Une ombre passa sur son joli visage : Moi, ce qui m'inquiète le plus, c'est de savoir combien de temps elle va continuer à prendre ces satanés comprimés pour réussir à dormir. Ceux qu'on lui a prescrits à la maternité, par la force des choses.

— Elle en prend beaucoup ? s'enquit Esther en replaçant le soufflet dans le panier à bûches.

— Je crains qu'elle ne les avale comme des *Haribo*, répondit Zoé, dépitée.

— Je crois qu'il va falloir vous montrer patiente, très chère Zoé, lui dit d'une voix calme et rassurante la vieille femme. Elle est loin d'avoir fait son deuil encore… Et vous avez vu comme…

— Oh, vous pouvez le dire Esther !

— Le petit et son père se ressemblent comme deux gouttes d'eau.

— On est bien d'accord Esther !

— Je n'ai vu qu'une seule photo de cet homme, mais c'est impressionnant en effet. Puis, elle murmura comme se parlant à elle-même : Je me demande bien comment j'aurais réagi moi, si j'avais eu un enfant et qu'il ait ressemblé à ma petite Sarah. Son visage prit une expression de douleur : Je ne suis même pas certaine que je ne l'aurais pas abandonné.

— C'est atroce ce que vous êtes en train de dire Esther, commença à s'offusquer Zoé. Vous m'affolez ! Vous pensez vraiment que Rébecca serait capable de ne jamais s'intéresser à son fils ?

— Non, je ne crois pas. Ce n'est pas pareil, susurra la vieille femme immobile devant l'arche en fonte.

— Et pourquoi donc ? demanda Arthur.

— Elle n'a rien à se reprocher, elle. Esther se laissa tomber dans le fauteuil au plaid écossais. Elle poursuivit, les mâchoires crispées : Elle, elle n'est pas responsable de la mort de Hugo. Moi, je suis responsable de celle de Sarah. Vous verrez, quand elle aura compris que Simon n'est pas le clone de son père, mais le fruit de leur amour, tout rentrera dans l'ordre. Se ressaisissant, elle expliqua : Si vous saviez le nombre de mamans que j'ai vues, désemparées devant leur petit. Un bébé, c'est toujours la réplique de quelqu'un. C'est comme ça. Comme on dit, c'est au moment où on devient mère que les cadavres sortent des armoires.

— Comment ça ? s'exclamèrent les jeunes gens.

— Tout remonte à la surface. Les fantômes du passé, les blessures de l'enfance, les dossiers familiaux si vous préférez. C'est comme ça. À chaque naissance comme à chaque décès. Et elle, elle est veuve et maman en même temps. Il faut attendre patiemment qu'elle l'accepte. Et puis, qu'elle les prenne ces comprimés, si cela peut l'aider à ne pas sombrer pour le moment !

— Mais vous avez vu, tout à l'heure ? insista Zoé. Elle a crié un bon coup. Monsieur Marco est pourvu d'un manteau pour tout l'hiver, et puis tout de suite après, plus qu'un seul mot à la bouche : Je veux dormir. Je n'ai jamais vu Rébecca comme ça.

— Et bien, laissons-la dormir ma chérie, lui dit doucement Arthur tout en saisissant le bout de ses doigts fins.

— Oui, ça doit être ça. Seulement cela. Il faut qu'elle se repose, consentit Zoé. Dehors, on entendit des pas sur le gravier : Ça doit être Monsieur Marco et son neveu, s'exclama-t-elle en se précipitant vers la porte d'entrée : Il va m'entendre celui-là ! Elle fulminait ; Je lui avais pourtant bien dit de faire de la place pour la future cuisine, en préservant le plus possible la flore. Vous avez vu ? Il a tout fait sauter. Et pour le coup, Rébecca avait raison, on se croirait sur un champ de bataille à Verdun ! Puis, le visage inquiet, elle ajouta avant d'ouvrir la porte : Franchement, moi je suis sérieusement inquiète concernant la santé psychologique de Réb. Elle n'a rien dit à part, je vais le tuer. C'est inquiétant quand même, non ?

Sur le perron, juste derrière la porte, on reconnaissait le timbre chantant du vieux Corse qui raillait son jeune neveu.

35

La visite

Rébecca n'était pas dupe. Zoé la connaissait et elle avait compris qu'elle était sur le point de tout lâcher.

« Dormir. Dormir pour toujours… Ou alors, se réveiller et se rendre compte que tout cela n'était pas vrai. Une mauvaise plaisanterie. Enfin seule », se dit-elle, tandis que Zoé venait de refermer la porte de sa nouvelle chambre.

Son séjour à la maternité lui avait paru tellement long. Et ces aides-soignantes, qui n'avaient eu de cesse de la regarder avec trop de compassion et de chuchoter entre elles. Zoé leur avait bien évidemment confié que le père de Simon était mort.

« Je ne vais jamais y arriver ».

On devinait la lumière pâle du jour derrière les persiennes des deux fenêtres qui donnaient juste au-dessus des rosiers. Un léger vent agitait les voiles blancs du baldaquin qui semblaient danser autour du grand lit. Rébecca se mit alors à penser à Zoé avec un élan de tendresse.

« Je devrais m'obliger à vivre, au moins pour lui faire plaisir. Elle se fait tellement de souci ».

Mais à cet instant, plus que tout, c'était dormir son vœu le plus cher. Dormir et idéalement ne jamais plus se réveiller. Elle entendit des pleurs de nourrisson dans la chambre d'à côté et recouvrit encore davantage sa tête avec la grosse couette bleu électrique, que Zoé s'était appliquée à assortir avec un drap housse et des taies d'oreiller de la même couleur.

« Mais qu'il se taise ».

La jeune maman serrait le tissu parfumé dans ses mains. Le petit visage de cire de Simon lui apparut alors. « Mon Dieu qu'il lui ressemblait ! ».

Pour la première fois depuis la mort de Hugo, elle songea à ses traits, à son regard qui pouvait être à la fois ci doux et si passionné. Elle se remémora ses sourires et elle se rendit compte avec tristesse, qu'elle ne parvenait déjà plus à entendre sa voix.

— Où es-tu mon Amour ? murmura-t-elle en sanglotant. Fais-moi un signe, supplia-t-elle, l'esprit de plus en plus embué par les effets de ses comprimés.

La voix du nourrisson s'éloigna au rythme de sa respiration qui devenait de plus en plus lente. Les pleurs de Simon cessèrent.

Dehors, au-dessus des nuages, le ciel commençait à gronder et le vent qui passait par les persiennes à tourbillonner tout autour du lit qui ressemblait alors à un voilier à la dérive. Rébecca remonta encore davantage sa lourde couette sur elle, quand elle sentit comme une étreinte douce et tiède qui retenait ses doigts. Sa respiration était devenue silencieuse et elle ne se sentait plus fatiguée. Elle voulut libérer sa main emprisonnée, mais elle n'y parvint pas.

Soudain, une sorte de chuchotement accompagna la main agile qui à présent jouait avec la mèche auburn de son front. La jeune femme dormait d'un sommeil profond, mais sa bouche s'entrouvrit dans un large sourire. Elle sentit une larme lentement rouler sur sa joue.

« Mais que je me sens bien », se dit-elle en bâillant.

Elle se souvint de la promesse d'Hugo, dans la lettre qu'il lui avait écrite peu avant de mourir.

« Et pourquoi pas ? ».

Elle songea à Monsieur Marco et à sa rivière. La main devint plus réelle encore et à présent, elle essuyait la larme qui apparaissait dans le coin de son autre paupière fermée. Un murmure se mit alors à accompagner cette main caressante et conquérante. Rébecca se mit à sourire de plus belle. Soudain, elle sentit un souffle tout contre le creux de son oreille et se mit à trembler. Soudain, elle entendit une voix :

— Ne pleure pas, ma Beauté… C'est moi. Juste moi.

— Je pleure de bonheur, se surprit-elle à répondre. Je pleure de bonheur… Mon Amour, se surprit-elle à confier à cette voix d'homme.

— Que tu as été bien inspirée de choisir cette maison, souffla la voix.

— Pourquoi ? La jeune fille offrait à présent son coup à cette main agile.

— Parce qu'ici, je peux enfin venir te retrouver.

— Mais comment ça ? Et qui es-tu ? Rébecca posait des questions, mais elle était étonnamment sereine et en paix.

— Tu n'en as vraiment aucune idée, ma Beauté ?

— Hugo ? lâcha la jeune fille, le cœur battant dans le bas de son ventre. Hugo, c'est toi, n'est-ce pas ? répéta-t-elle, la gorge nouée ; Mon Amour, tu as réussi ? Tu es revenu ?

À cet instant, plus que tout, elle aurait voulu hurler cette phrase, mais elle craignait tellement de faire fuir cette voix qui semblait venir de si loin. Cette voix tellement rassurante, mais tellement fragile en même temps.

— Chut, ne dis plus un mot, ma Belle Rébecca. Et laisse-moi faire. Chut, prononça la voix rassurante et familière. Laisse-toi faire.

Rébecca pensa qu'elle avait bien fait de prendre ses comprimés pour dormir. La main semblait à présent flotter au-dessus d'elle et elle sentit une impatience envahir ses sens. Un désir irrépressible l'habiter. La posséder. Comme chaque fois que Hugo commençait à lui faire l'amour. Elle se retourna, désireuse plus que tout de s'offrir.

— Chut, implora la voix, tandis que le souffle de la jeune fille se faisait de plus en plus rauque et saccadé.

36

Le concept du troisième millénaire

Lorsque Zoé ouvrit les yeux, les premières lueurs du jour commençaient timidement à éclairer la chambre d'amis. Elle se dégagea aussitôt des bras d'Arthur, saisit son peignoir japonais en soie, presque le même que celui de Rébecca et se dirigea vers la cuisine. Monsieur Marco lui avait annoncé qu'il commencerait l'extension le matin même. La jeune fille était perturbée. « Rébecca avait une mine tellement déplorable », se dit-elle en songeant à l'expression de son visage, lorsqu'elle l'avait accompagnée pour la première fois dans sa nouvelle chambre, la veille. « Elle n'a même pas vu qu'on lui avait fabriqué le lit à baldaquin dont elle rêvait depuis toujours. Mais qu'est-ce qu'elle va devenir maintenant ? ».

Dehors, le vent avait laissé la place au crachin de Bretagne et Zoé savait que la journée ne serait pas de tout repos. Il lui faudrait surveiller de très près les initiatives parfois farfelues du vieux Corse et surtout veiller à ce que les ouvriers ne ramènent pas trop de terre dans la maison. Debout, devant la fenêtre de la cuisine, une tasse de café à la main, elle observait avec dépit le jardin devenu boueux sur le devant. Seuls deux conifères de taille moyenne avaient été épargnés.

— On est obligés de tout faire sauter tellement il y a du granit ici, Mademoiselle Zoé, avait bafouillé Monsieur Marco. Mais vous allez voir, ça va vite repousser !

Zoé se dit que finalement c'était aussi bien que Rébecca dorme toute la journée, car elle n'avait pas besoin d'assister davantage à ce spectacle désolant. Elle se dit aussi, en songeant à la réaction de son amie lorsqu'elle avait découvert l'ampleur des dégâts, qu'il était préférable qu'elle ne croise pas Monsieur Marco. En tout cas, pas avant que l'extension de la maison n'ait été bâtie et la nouvelle cuisine achevée. Rébecca avait quand même proféré des menaces peu rassurantes à l'égard du maître d'œuvre. Soudain, elle entendit des pas dans l'escalier et s'apprêtant à dire bonjour à Esther, qui venait de passer sa première nuit dans la chambre de Simon, elle ne put réprimer sa surprise :

— Mais c'est toi ma Réb ! Tu es levée ? Que se passe-t-il ?

Rébecca ne répondit pas, mais se mit à sourire. La lumière qui avait disparu de ses yeux depuis la mort de Hugo semblait être revenue et son visage était détendu.

— Je vais bien, se contenta-t-elle de répondre.

— Mais que se passe-t-il ?

— Je te dis que je vais bien. Il reste du café ? Zoé était hébétée :

— Tu as réussi à dormir ?

— Dormir ? releva son amie avec un sourire. Je ne sais pas si j'utiliserais le mot dormir. Disons que je vais mieux.

Des pas lourds firent craquer l'escalier qui menait aux chambres de Rébecca et de Simon et les deux jeunes femmes virent apparaître Esther, qui portait le nourrisson dans une écharpe nouée autour de son cou.

— Faites attention à votre dos, lui recommanda Rébecca tout en versant le restant de café dans la bouilloire en inox cabossée. Puis, elle demanda sur un ton léger : Il a bien dormi le petit ?

Zoé et Esther se regardèrent les yeux écarquillés.

— Tu es en train de parler de Simon, là ?

— Et bien oui, pourquoi ?

— Le petit, comme tu dis, c'est Simon !

— Je sais. Où est le problème ? Je demande à Esther s'il a bien dormi.

Arthur rejoignit à son tour le salon et au regard que Zoé lui lança, il comprit qu'il lui fallait trouver quelque chose à dire :

— Bonjour tout le monde, entonna-t-il, tout en se dirigeant vers sa vieille sacoche en cuir qui traînait dans un coin. Il en ressortit un livre, qu'il tendit à Rébecca en lui disant : Il parait que le sujet t'intéresse. C'est Zoé qui me l'a dit.

— Ça parle de quoi ? demanda la jeune fille tout en recouvrant son pain de l'épaisse pâte aux noisettes. Arthur semblait hésiter. Il regarda Zoé qui lui fit signe de poursuivre d'un hochement de tête :

— Ça parle de flammes jumelles.

— Pardon ? s'étonna Rébecca en regardant à son tour son amie. T'es sérieux ? Elle avait l'air amusé. C'est Zoé qui t'a dit de me prêter ce livre ? Un sourire en coin, elle ajouta : Je vois qu'elle a eu peur pour moi. J'ai pas raison, ma Zoé ? Depuis que t'as cru que j'allais y passer à l'hôpital, on a le droit d'en parler maintenant ? Tu te souviens quand même de notre dispute à ce sujet, quand mon maître de stage a disparu du cabinet d'avocats de Paris ?

— Il n'y a que les cons qui ne changent pas d'avis. Zoé semblait gênée. Elle jeta un regard rapide à son amoureux et poursuivit sur un ton complice : Il faut croire qu'Arthur s'est montré plus convaincant que toi, pour que je commence à m'y intéresser, à ces flammes jumelles… A ce concept.

— Ah, parce que maintenant tu parles de concept et plus de supercherie ? répondit Rébecca encore plus amusée.

— Mais de quoi parlez-vous donc ? demanda Esther, intriguée.

— Des flammes jumelles, répondirent en chœur les trois jeunes gens.

— Les quoi ? Mais qu'est-ce que c'est encore que cette invention ? s'exclama la vieille femme. C'est la télé qui parle de tout ça ? Ils sont très forts pour alimenter toutes les thèses les plus fantaisistes les unes que les autres. Ce n'est pas sain tout ça.

— Mais la télé n'en parle pas, répondit gravement Arthur. En tout cas moi, je n'y ai rien vu à ce sujet.

— Oui, c'est vrai, acquiesça Rébecca, en se remémorant le fameux après-midi à l'occasion duquel ses collègues avocats avaient investigué dans le bureau de Maître Pouessel. D'ailleurs, je pensais qu'il s'agissait d'une sorte de croyance occulte, seulement présente dans les arrière-boutiques des librairies spécialisées de la capitale. En tout cas, c'est ce qu'on m'a dit la première fois que j'ai entendu parler de ce terme. Elle saisit furtivement le bouquin d'Arthur : Je croyais que personne n'en parlait à part certains groupes obscurs. Où as-tu trouvé ce bouquin, Arthur ?

— Il ne s'agit pas d'un bouquin, Rébecca.

— Et de quoi d'autre ?

— C'est un mémoire.

— Pardon ?

— Oui, c'est un étudiant en théologie de l'Université de Strasbourg qui l'a écrit à la fin de son doctorat.

— T'es sérieux ? s'exclama Zoé. Tu ne m'avais pas dit cela.

— Je sais, ça peut paraitre aberrant, poursuivit le jeune homme, mais pas si étonnant que ça en fait. Après tout, ce sujet est intéressant au moins intellectuellement. Vous vous rendez compte de ce que cela impliquerait pour les croyants, si vraiment il arrivait qu'une âme puisse être divisée dans deux entités physiques dès l'origine ?! Cela bousculerait toute la suite du processus, non ?

— Mais de quel processus veux-tu parler ? demanda Zoé, comme tétanisée.

— Et bien, de celui qui traite de l'origine et du devenir de l'âme.

— Mais de quoi parlez-vous au juste ? commença à s'impatienter Esther. Arthur ne semblait pas l'entendre et il poursuivit :

— Quoi de plus normal, après tout, que ce sujet puisse intéresser l'Église. Il s'agit de l'âme ! Ce n'est pas rien quand même ! C'est le sujet spirituel par définition.

— Vous allez me dire à la fin, de quoi vous parlez !

Esther trépignait et Simon, balancé dans son écharpe, commença à pleurer.

— Bon, prem's pour la douche ! se contenta de déclarer Rébecca sans prêter la moindre attention aux cris du nourrisson. Puis, tout en regagnant l'escalier en chêne, elle dit à l'attention d'Arthur : Explique à Esther de quoi il s'agit, s'il te plaît. J'aimerais beaucoup qu'on en reparle ce soir. Et laisse le bouquin sur la table, je vais le lire. Ce sujet m'intéresse.

— Tu comptes rester ici toute la journée ? Zoé semblait inquiète.

— Oh, pas question ! Je suis de trop bonne humeur ce matin. Je n'ai pas envie de supporter les pleurs de Simon. Dès que le crachin aura cessé, j'irai me trouver un petit chemin de terre dans le coin, pour y garer ma *Titine* et dévorer ton livre, Arthur !

— T'es sérieuse Réb ? demanda son amie, semblant encore plus inquiète.

— Je n'ai jamais été aussi sérieuse ma Zoé, répondit la jeune fille, tout en sifflotant, tandis qu'elle commençait à monter vers la petite salle de bain de l'étage. Son sourire ne l'avait pas quitté.

« C'est sûr que l'idée de l'existence des flammes jumelles est séduisante et romantique, mais moi, je préfère *mon fantôme* ».

La matinée était passée très vite. Monsieur Marco était arrivé, tout de suite après que Rébecca avait franchi le portail en bois vert avec sa Coccinelle, en direction des carrières de granit. Aussitôt après lui, son neveu avait surgi en klaxonnant au volant d'une camionnette jaune, dont on distinguait encore le sigle de la Poste en filigrane. Il était accompagné des trois gaillards robustes que Zoé avait rencontré un matin, dans le bistrot du bourg. Zoé n'avait fait aucun effort pour se montrer agréable. Elle était contrariée, mais surtout inquiète pour Rébecca. Son amie était partie sur les chapeaux de roue, le livre d'Arthur fourré dans son grand sac. Elle n'avait pas précisé quand elle rentrerait et semblait totalement étrangère à la nouvelle organisation de la maison, depuis l'arrivée de Simon. Le vieux Corse avait bien tenté d'aborder du bout des lèvres le retour de Rébecca, mais il avait vite compris que Zoé ne lui dirait rien. La jeune fille, quant à elle, se dominait pour ne pas montrer son mécontentement, car elle savait que Monsieur Marco avait la susceptibilité des gens du Sud. Et il n'était pas question de laisser en plan le chantier.

Rébecca avait erré sur les routes tortueuses de la campagne environnante, l'esprit flottant, les sens en alerte, comme une adolescente venant de connaître ses premiers émois. À présent qu'elle était seule au volant de son cabriolet, elle se sentait autorisée à rêvasser. Et si Hugo avait vu juste ? Et si c'était possible qu'il soit revenu, comme il avait promis d'essayer de le faire ? Rébecca était toute chose : Elle n'avait pas reconnu ses caresses, mais elle avait ressenti la même attirance de *leurs corps*. Plus encore !

Dans ses moments de fougue les plus passionnés avec son amant défunt, son corps n'avait jamais été autant en harmonie avec son esprit que la nuit dernière. Elle se souvint du film préféré de Zoé qui racontait ce conte moderne, dans lequel une jeune veuve de bonne famille s'éprenait d'un vieux capitaine de marine mort qui hantait sa maison. Elle se souvint également de ses longues conversations avec ses copines de fac et de ses convictions tendant à penser que seuls deux fantômes, deux esprits débarrassés de leurs barrières charnelles, pouvaient vraiment être en fusion. Car cette nuit, c'est ce qu'il s'était passé. Pour la vraie première fois. Les idées se bousculaient dans sa tête.

Elle avait eu envie de crier à tue-tête, aussitôt après son réveil, que Hugo était venu la voir dans cette chambre. Mais elle avait gardé jalousement, dans chaque recoin de son esprit et de son corps, le souvenir des embruns de cette vague de sens. Cela était-il réellement possible ? Était-elle devenue folle ?

Tandis qu'elle s'aventurait dans un chemin boueux, qui donnait sur une carrière grise et poussiéreuse de granit, elle se dit :

« Sur ce coup-là, je suis ok pour croire sans voir… Ici, ce sera parfait pour lire ».

Plus que tout, Rébecca voulait être seule. Loin de tous les autres et surtout de Simon. Pour savourer pleinement cette exacerbation nouvelle de ses sens. Pour se souvenir de chaque émoi. Mais aussi pour se remettre d'autant de plaisirs, tous plus subtils les uns que les autres.

« C'est ce que j'aurais dû ressentir dès la première fois », se dit-elle tristement en songeant à sa déplorable première nuit de femme. Il était urgent qu'elle fasse le point. Seule. Qu'elle comprenne ce qu'il s'était passé. Cela bousculait tellement ses certitudes de cartésienne. Et si Zoé avait raison ? Et si les morts ne mouraient pas définitivement ?

Rébecca se surprit alors, à penser à cette rivière souterraine que Monsieur Marco avait découverte et surtout aux propos de son acolyte Tom.

« Et s'il avait raison lui aussi ? Le fantôme de la petite Sarah avait-il bien hanté son beau-père ? Qui sait ? Les morts pouvaient peut-être entrer en communication avec les vivants dans certains lieux. Un peu comme pour les trous noirs. Des portes permettant l'accès à d'autres mondes. Et si cette maison était vraiment singulière ? Et cette chambre ? ».

Tom avait affirmé que cette chambre était particulière. Selon lui, Monsieur Morvan était devenu fou à force de recevoir la visite fantasmagorique de la jeune Sarah.

« Et si cette chambre était une sorte de passage vers le monde des morts ? ».

Rien qu'à cette idée, Rébecca sentit l'air glacé de la campagne se nicher dans son cou tiède. Elle remit le moteur pour réchauffer l'habitacle de la Coccinelle, détacha sa ceinture et sortit de son sac le livre souple d'Arthur.

« Je ne suis plus à ça près. Elle souriait tristement ; Il semblerait que je sois en train de commencer à croire aux fantômes, alors pourquoi pas en l'existence des flammes jumelles ? Après tout, comme dit Zoé, y'a que les imbéciles qui ne changent pas d'avis ».

Déjà, la préface donnait le ton : Le professeur de l'Université de théologie de Strasbourg, qui avait consenti à ce qu'un élève fasse son mémoire de fin d'études sur ce sujet des plus délicats, faisait état point après point de ses motivations pour avoir finalement accepté de chapoter ce travail :

« Il ne s'agit que d'un raisonnement théorique. Un simple postulat de départ, permettant éventuellement une ébauche de raisonnement théologique. Certes, la croyance en Dieu est un pari. Mais montrons-nous ouverts à toutes les hypothèses, toutes les possibilités susceptibles d'être imaginées par l'esprit humain et aptes à favoriser leur intérêt pour ce pari. Accueillons avec bienveillance et honnêteté intellectuelle toutes les spéculations. Car après tout, croyants et incroyants n'étaient-ils pas au bout du compte sur le même bateau ? ... »

Mais l'auteur prévenait et insistait bien, à la toute fin de sa préface :

« ... Réfléchir à tout ce qui touche à l'âme, c'est consentir à accueillir le point de vue de toutes les autres croyances que le catholicisme, celui d'autres religions et même celui des convictions individuelles des non croyants ... ».

Il évoquait également la nécessité d'un débat œcuménique et même universel. Rébecca passa succinctement la liste des noms qui suivait les remerciements. Soudain, un titre attira son attention. Au début du premier chapitre, on lisait en caractères gras : «*Le concept du troisième millénaire : Les flammes jumelles*».

— Ah ouais, carrément ! se moqua gentiment Rébecca.

Elle avala les 180 pages d'une traite. Lorsqu'elle referma le mémoire, elle entendit au loin le clocher du village annoncer 14 h.

— Déjà ? sursauta-t-elle. Puis, tout en s'étirant et en malaxant sa nuque raide, elle lâcha à haute voix : Passionnant !

Le petit poste de radio commença à entonner *Over the Rainbow*, leur chanson. Elle tressaillit et repensa à ce qu'elle venait de lire. L'étudiant en théologie expliquait clairement, dans son mémoire, que toute âme humaine est issue d'une sorte d'œuf originel. Parfois, plutôt que d'aller rejoindre une enveloppe corporelle unique, cette âme pouvait se scinder en deux, pour aller habiter deux entités charnelles distinctes. Il en découlait alors, durant toute la vie sur terre de chacun des deux corps pourvus d'une moitié d'âme, un vide constant, un manque viscéral. L'étudiant précisait qu'il était rare, très rare que les deux moitiés d'âmes se retrouvent du vivant des corps qui les hébergeaient. Du moins, dans cette vie. Mais il ne disait rien sur la manière dont elles finissaient par se réunir pour redevenir une.

« *... Où, Quand, Comment, se retrouvent-elles alors...* ? »

Le mémoire consacrait un chapitre entier sur les dix signes permettant de reconnaître sa flamme jumelle, mais pas une ligne sur le devenir de ces *deux parties d'âmes* séparées à leur naissance.

L'étudiant précisait seulement, que les rares fois recensées par les quelques observateurs qui commençaient à s'intéresser à cette question, il avait été constaté qu'être flammes jumelles n'impliquait pas nécessairement qu'elles éprouvent l'une pour l'autre un sentiment amoureux, lorsqu'elles se retrouvaient dans ce monde. Puis, on trouvait une succession de témoignages de prétendues flammes jumelles. Et en effet, une femme avait retrouvé la sienne en la personne de son fils. Des frères et sœurs également, *s'étaient reconnus*. Et même des amis. Aucun couple de flammes jumelles n'avait témoigné. À lire les commentaires de l'étudiant, tout semblait possible. Tous types de sentiments, tous sexes confondus.

Rébecca revint sur le quiz en dix points. Qu'en était-il concernant sa relation avec Hugo ? Avait-il été sa flamme jumelle ? Leur lien avait été tellement inédit et unique. Elle s'apprêtait à réaliser le test, lorsqu'elle entendit la voix grave de l'animateur de la fréquence radio sur laquelle passait le titre de Louis Armstrong, dire :

«Je dédicace ces mots magnifiques à toutes les âmes idéalistes qui croient en l'amour unique et pur».

Rébecca sentit son cœur s'envoler. Son ventre frissonna de mille battements d'ailes. Elle reconnut cet affolement des sens. Exactement comme la nuit dernière. L'animateur venait de prononcer le mot que la jeune femme cherchait, pour définir l'extase qu'elle avait connue dans le secret de sa chambre.

— C'était tellement pur ! lâcha-t-elle dans un souffle. Elle se mit à sourire. Oui, c'était cela même. Cette nuit, tout avait été réuni. Tout n'avait été que perfection. Le plaisir charnel avait été bouleversant. Mais surtout tellement évident. Tellement innocent et même pur. Oui, c'était cela. L'équilibre parfait entre les audaces du corps, l'intelligence de l'esprit et les élans du cœur. L'acte d'amour avait été tel que Rébecca l'avait toujours espéré, dans l'intimité la plus secrète de son âme. Il avait pris enfin la forme qui s'imbriquait à la perfection avec la beauté environnante de la création. Une bulle d'amour sans fin.

Soudain, son cœur se fissura ! Elle repassa dans sa tête, toutes les caresses et les mots de ce visiteur, si imprévisible et si dévoué. Il l'avait appelée *ma Belle Rébecca*, mais surtout *ma Beauté*. Hugo ne l'avait jamais appelée ainsi. Elle avait lu cent fois sa lettre d'adieu pour l'au-delà, elle n'avait eu de cesse de la lire et de la relire. L'écriture noire était même devenue grise avec les larmes qu'elle avait versées. Et dans ce testament de vie, il l'avait également appelée de bien des façons, mais jamais avec les mots de cette nuit. Mais ce n'était pas tout. Pour la première fois de son existence, la jeune femme s'était sentie en accord parfait avec son cœur, son corps et son âme.

« Je suis en paix. Délicieusement en paix ».

Et si elle avait su lâcher prise comme jamais auparavant, c'est parce que pour la première fois, les exigences de son esprit s'étaient confondues à la perfection avec les audaces de son corps. Elle s'était sentie complète. C'était aussi simple que cela. Accomplie et enfin cohérente.

Soudain, elle se sentit effrayée, apeurée. Mais si ce n'était pas Hugo, cette nuit, qui était-ce alors ? Car Rébecca le savait, elle n'avait pas rêvé ! Qui pouvait être ce visiteur ? Un autre fantôme ? Mais celui de qui, alors ?

— Stop ! Arrête ! hurla-t-elle.

La jeune fille se mit à soupirer lentement. Elle entama une marche arrière délicate, avec une mélancolie grandissante. Elle espérait encore un peu, de toutes ses forces, que ce chef d'orchestre des sens qui était venu l'inviter dans cette danse sans fin de caresse, la nuit dernière, puisse encore être Hugo. Mais elle ne l'avait pas reconnu. Ni son corps, ni son esprit, ni ses mots. Et à présent, elle en était convaincue : Ni son cœur !

Et tandis qu'elle s'apprêtait à rejoindre la D 136 pour rentrer à la maison, elle s'avoua définitivement qu'il ne pouvait pas s'agir de Hugo. La Coccinelle empruntait, à présent, le grand tournant qui menait à sa maison et surtout à la chambre. Les envolées de papillons réapparaissaient peu à peu. Mais ce n'était plus le même battement. Pas celui qu'elle connaissait.

— Merci Arthur ! Tu as réussi à me troubler avec tes histoires de flammes jumelles.

37

Un intermède corse

Une citerne de lait doubla la Coccinelle, dans un vrombissement qui déchira le silence de la campagne, éclaboussant généreusement la *Titine* blanche. Rébecca se dit qu'il en faudrait davantage pour la mettre de mauvaise humeur aujourd'hui. Elle se ravisa lorsqu'elle aperçut dans la courette derrière la maison, la camionnette de Monsieur Marco qui croulait sous le tas d'échelles entassées sur le toit.

— Je l'avais oublié, celui-là !

Soudain, elle eut envie d'aller voir la rivière souterraine, que le maître d'œuvre avait découverte, le jour où elle était partie en catastrophe avec Zoé à la maternité de Dinan. Quand elle arriva sur le devant de la maison, elle aperçut le vieux Corse en train de se chamailler avec un ouvrier au sujet du figuier.

— Je te dis que tu as abîmé ses racines ! Je t'avais pourtant demandé de le déterrer proprement. Comment veux-tu qu'il reprenne dans mon jardin exposé au nord, si déjà en plein sud il fait la gueule !

Zoé avait eu juste le temps le matin même, d'annoncer à Rébecca que l'extension prévue pour la future cuisine aurait bien avancé à son retour. La jeune fille constata avec un air blasé que rien n'avait commencé. Pas un parpaing de posé ! Au regard qu'elle lui lança, Monsieur Marco lui fit un sourire embarrassé et il essaya de la rassurer tant bien que mal.

— Vous allez voir, Mademoiselle Rébecca, je vous ai trouvé une panoplie de beiges rosés pour la cuisine. Vous allez adorer ! La jeune fille croyait rêver :

— La peinture de quoi Monsieur Marco ? Vous pouvez me le dire ?

— Ben, pour la nouvelle cuisine, Mademoiselle Rébecca.

— Ah oui, la cuisine, dites-vous ? Elle est où cette cuisine, dites-moi ? Dans votre tête peut-être ? Moi, je ne vois rien à part ce figuier à la mine pitoyable.

— Pitoyable ? Mon figuier, pitoyable ? Mais que voulez-vous dire ?

—Ah, parce que c'est votre figuier maintenant ? La jeune femme bouillait intérieurement. « Trop, c'est trop ! ». Le vieux Corse ne fit pas cas de sa remarque. Elle ajouta : Il n'avait pas des copains conifères pas loin de lui, à l'origine, ce figuier, hein ? Monsieur Marco ? Rébecca se retenait pour ne pas exploser.

— Ben, ils sont toujours là, bafouilla-t-il en indiquant de sa main calleuse les piètres rescapés de la bataille qu'il avait livrée aux roches de granit qui gênaient le projet.

Soudain, la jeune fille eut une idée pour faire réagir le bougre. Elle était de trop bonne humeur pour se laisser emporter par la colère. Elle décida de le taquiner un peu pour se défouler. Ce vieux rustre n'aurait pas gain de cause de ses rêveries d'adolescente. Elle s'approcha du maître d'œuvre et lui dit, un sourire en coin :

— Allez, j'ai réfléchi Monsieur Marco. On va faire ce que vous avez proposé dès le départ pour le figuier.

— Comment cela, Mademoiselle Rébecca ? Il fronçait les sourcils.

— J'ai bien compris en arrivant qu'il était devenu très périlleux de l'enlever sans le tuer. C'est bien cela ?

— Oui, Mademoiselle Rébecca. Mais à bien y réfléchir, on pourrait…

— Trop de réflexion tue la réflexion ! Allez, on le garde, il reste là !

— Mais, mais, vous n'en vouliez pas de ce figuier ! C'est simplement à cause de cet imbécile ! Il montrait de son doigt désespéré l'ouvrier en bleu de travail. Mon San Antonio est plus soigneux. Je vais l'appeler. Il allait poursuivre sa plaidoirie, lorsque Rébecca lui dit d'une voix presque tendre :

— Allez, va, je vous le laisse votre figuier. Je plaisantais. Elle s'était souvenue de ses gros doigts délicats lorsqu'il avait prêté secours au vermisseau.

— Vous êtes sûre ? Monsieur Marco arborait un large sourire enfantin. Attendrie, elle dit doucement :

— Prenez-le si vous l'aimez tant. Il sera mieux chez vous. Elle sourit et ajouta avec un clin d'œil : Même au nord ! Mais parlons plutôt de cette rivière souterraine qui serait à l'origine de phénomènes étranges qui se passent ici. En avez-vous appris davantage, depuis ? Zoé semble fuir la discussion à ce sujet.

— Elle ne vous a rien dit ? Puis, les pommettes écarlates, il ajouta d'une voix différente : Mais c'est vrai, on ne s'est pas vus depuis que vous êtes rentrée avec le petit. Ça se passe bien avec lui, d'ailleurs ? Rébecca fronça les sourcils, mais poursuivit :

— Monsieur Marco, vous ne m'avez pas répondu. Qu'aurait dû me dire Zoé ?

— En même temps, il faut la comprendre Mademoiselle Zoé, commença à bafouiller le vieil homme. Elle s'est fait tellement de souci pour vous.

— Qu'aurait-elle dû me dire, Monsieur Marco ?

— C'est une rivière fantôme !

— Pardon ?

— Oui. (Monsieur Marco était à peine audible). En fait, on s'est trompés, Mademoiselle Rébecca !

— Que voulez-vous dire ? Elle n'existe plus cette rivière ? Rébecca songea que finalement, sa bonne humeur n'allait pas durer. Elle répéta : Elle n'existe pas ?

— Ben si, ben non. Ben non. Le vieil homme bredouillait, s'agitait, sortait son mouchoir et le remettait dans sa poche rapiécée.

— Elle existe ou elle n'existe pas, Monsieur le maître d'œuvre, la rivière souterraine que j'ai entendue de mes propres oreilles ?

Rébecca était à présent hors d'elle. Elle se dit que le Corse était sans doute le seul à être capable de la mettre dans un tel état. Le vieil homme comprit qu'il était en train d'atteindre le point de non-retour avec la propriétaire des lieux. Il toussota pour éclaircir sa voix et commença à expliquer à Rébecca sur un ton de professeur d'école :

— Ça arrive, vous savez, ce genre de phénomènes. Il ajouta, un sourire tendre sous sa moustache : Il faut savoir se montrer aussi humble qu'un ver de terre, Mademoiselle Rébecca et accepter que l'on ne soit pas capable de tout expliquer, aussi orgueilleux que nous soyons.

Rébecca n'en croyait pas ses oreilles. Parce qu'en plus le vieux Corse se permettait de lui faire la leçon ! Elle se sentit de nouveau épuisée et n'eut plus qu'une idée en tête, aller dans sa chambre. Prendre un comprimé et attendre. Attendre qu'Il revienne. Attendre qu'Il vienne la retrouver, sous sa couette bleue. Impatiente qu'Il se montre encore plus audacieux.

Elle prit congé du maître d'œuvre et de son ouvrier du bout des lèvres. Elle profita qu'Esther et Zoé soient médusées au-dessus de Simon qui buvait son biberon, pour s'éclipser en douce dans la chambre. Lorsqu'elle referma la porte, tout doucement derrière elle, elle reconnut la hâte gourmande et le trac qui tenaillaient son ventre lorsqu'enfant, elle s'apprêtait à ouvrir ses cadeaux de Noël.

38

Le secret d'Arthur

Mais rien ne s'était passé. Rébecca avait attendu tout l'après-midi, oscillant entre la crainte qu'il revienne et l'envie qu'il le fasse. Mais rien, ni personne n'était venu. Sur le chevet à côté d'elle, gisait le dernier tube de comprimés et elle avait fumé les quelques cigarettes que Zoé lui avait laissées. La tête comme une pastèque, elle râla lorsqu'elle entendit son amie l'appeler depuis le rez-de-chaussée. Zoé finit par monter. Elle était inquiète. Elle venait de faire le point de la journée avec Monsieur Marco et celui-ci s'était étonné qu'elle n'ait pas croisé Rébecca.

— Mais qu'est-ce qui te prend, Réb ? rugit-elle presque, en surgissant dans la chambre. La jeune femme, le regard fixe, ne répondit pas. Zoé s'approcha de son lit, écarta avec précaution le voile fin qui flottait tout autour et lui dit d'une voix douce : Désolée ma belle, mais tu m'as fait peur. Monsieur Marco m'a dit que tu étais rentrée depuis longtemps ! Rébecca ne disait pas un mot. Zoé insista : Tu me fais peur Réb. Que t'arrive -t-il ? On dirait que tu as vu un fantôme.

Son amie ne put s'empêcher alors, d'esquisser un piètre sourire et elle répondit d'une voix hésitante :

— Non, justement. Le fantôme, comme tu dis, il n'est pas venu.

— Mais de quoi parles-tu ? Soudain, le regard de Zoé croisa le tube vert vide sur la table de nuit et elle s'exclama : Je rêve ou tu as déjà tout pris, Rébecca ?

La jeune avocate savait que les rares fois où Zoé l'appelait ainsi, c'est qu'elle était allée loin, beaucoup trop loin, pour ne pas avoir à lui rendre des comptes. La seule fois où elle avait eu la mauvaise idée de revendiquer son indépendance, que personne ne mettrait jamais en laisse, ni même sa meilleure amie, Zoé l'avait étonnée dans sa fermeté à se détourner d'elle. Et là, elle savait qu'elle lui serait indispensable pour la longue traversée du désert qui l'attendait.

— Pardon ma Zoé, se contenta-t-elle de murmurer. Son amie s'accroupit et d'une main maladroite, elle se mit à caresser le grand front de Rébecca.

— On va s'en sortir ma Réb. Tu verras ! On va s'en sortir, je t'en fais la promesse.

Elle ouvrit la porte bordeaux et commença à fouiner dans les sacs remplis de vêtements entassés dans les petits combles, en attendant que Monsieur Marco ne réalise le dressing tant attendu par Rébecca.

— Qu'est-ce que tu cherches ? La jeune fille ne semblait pas réellement se soucier de la réponse.

— N'importe quoi Réb, n'importe quoi d'autre que tes tenues de grossesse qui commencent à me sortir par les yeux ! Zoé était en train d'éventrer un gros sac plastique trop bien noué. Elle poursuivit sur un ton qui se voulait enjoué : Ce soir, on se fait tous beaux comme si on sortait !

— Mais pourquoi ? Moi j'ai envie de rester dormir, riposta son amie en bayant aux corneilles.

— Pas question ! Que tu ne t'occupes pas de Simon pour l'instant, je peux l'accepter, mais tu descends avec nous ma belle ! Rébecca savait qu'elle était sur le point d'atteindre la limite. Elle se ravisa alors et déclara :

— D'accord, je viens, mais préviens Arthur que j'ai plein de questions à lui poser au sujet des flammes jumelles. Zoé se mit à sourire tendrement. Elle demanda soudain :

— Comment tu le trouves ?

— Arthur ?

— Oui, comment tu le trouves ?

Les amies n'avaient guère eu le temps d'échanger au sujet de la relation récente entre les deux jeunes gens. Zoé s'était contentée d'annoncer à Rébecca, à la maternité, qu'il avait été plus simple de s'organiser ainsi, plutôt que d'aller vivre, elle, dans le chalet d'Arthur. Rébecca avait besoin d'eux. Et, lorsque la jeune propriétaire avait surpris les deux amoureux en train de s'embrasser sur le canapé, elle avait validé tacitement la présence d'Arthur dans la maison. Mais pas un mot sur la nature de cette nouvelle idylle. Rébecca prit la main de Zoé et lui répondit :

— Il est charmant. Vraiment charmant. Puis elle commença à prononcer la question que Zoé redoutait tant : Tu l'aimes autant que… Son amie la coupa net, le visage crispé.

— Non Réb. Bien sûr que non, se contenta-t-elle de répondre à voix basse. Rébecca hésita, mais demanda :

— Tu crois toi, que Samuel aurait pu être ta flamme jumelle ?

— Tu dis cela par rapport à ce que je viens de te répondre ? Zoé réfléchit; Oui, je pense que oui… Oui, si je m'en réfère aux signes décrits par Arthur. Oui Réb, c'est tout à fait possible. Et toi, penses-tu que… Hugo… ?

— Pas sûre. Je veux dire que si on s'en réfère à tout ce que nous a expliqué Arthur et à son livre, le compte n'y ait pas. Pas à ce point. Malgré l'amour que j'avais pour Hugo, il n'était pas mon complément, ma Zoé… Pas à ce point. Or, Arthur nous a dit que c'était le cas des flammes jumelles *couple*. La jeune femme se mit à rougir. Zoé s'en rendit compte.

— Mais qu'est-ce que tu as ? Tu as une expression que je ne te connais pas. Qu'est-ce qui se passe, Réb ? Tu fais la tête d'une gamine que j'aurais chopée à piquer dans mon sac à main. Rébecca rougit de plus belle. D'un bond, elle se leva et feignant de faire son choix de tenue parmi la pile entassée au pied du lit, elle déclara :

— Tu as raison, ce soir on sort chez nous ! Mais préviens Arthur, j'ai vraiment plein de questions à lui poser. Et pour commencer, je veux connaître la raison pour laquelle il est tellement au fait d'un phénomène dont pratiquement personne ne connait l'existence. Zoé n'insista pas et tandis qu'elle prenait congé, elle dit :

— Tu sais Réb, ce n'est pas trop grave si Arthur n'est pas ma flamme jumelle. Ça serait déjà pas mal s'il était une de mes âmes sœurs. Rébecca ne put s'empêcher de taquiner sa tendre amie :

— Une âme sœur ? Les flammes jumelles ? Dis-moi ma Zoé, la bible, c'est comme pour le Code civil ?

— Pardon ?

— Ben oui, une actualisation régulière.

— Que veux-tu dire ?

— Ben, réfléchis ! La jurisprudence est remise à jour chaque fois que la loi des hommes évolue. J'imagine que c'est pareil pour vous. Je veux dire, lorsqu'il y a des évolutions dans votre approche spirituelle. Si je peux me permettre, ma Zoé. La loi de Dieu, quoi. Zoé commença à comprendre où Rébecca voulait en venir. Elle s'apprêtait à riposter lorsque son amie ajouta : Non, mais plus sérieusement Zoé, tu t'y retrouves, toi, avec tout ça ? À sa grande surprise, Zoé lui répondit :

— Tu sais Réb, croire en un Dieu invisible et surtout l'aimer, quelque part ça revient à croire au *Tout est possible*. Elle réfléchit et continua : Peu importent les modalités, du moment que le fond est là.

— Que veux-tu dire ?

— Je veux dire, ok pour les flammes jumelles ou âmes sœurs ou tout ce que tu voudras, du moment qu'au bout du compte ce soit un Dieu-Amour qui chapote tout cela ! Et moi, je crois en ce Dieu-là.

Rébecca mesura alors, combien la foi était ancrée dans le cœur de son amie. Elle sourit, attendrie.

Esther avait pris soin de lancer un feu dans l'étroite cheminée en fonte. Des assiettes aux couleurs vives ornaient la grande table basse en chêne. Lorsqu'elle vit Rébecca descendre l'escalier pour les rejoindre, elle dit aussitôt à son attention :

— On a opté pour un apéritif dînatoire ! Ça vous convient, Rébecca ? La jeune fille hocha distraitement la tête, mais elle se rendit compte pour la première fois, que la vieille femme avait dû être très belle dans sa jeunesse. Ses lèvres brillaient d'un léger rose nacré et elle portait une robe à volants de couleur, qui détonait tellement avec sa silhouette noire de vieille veuve corse. Esther lut l'étonnement de Rébecca dans ses yeux et ajouta dans un large sourire qui lui allait décidément si bien : J'ai suivi la consigne ! J'ai essayé de me faire belle, ajouta-t-elle en clignant de son œil vif.

— Et c'est très réussi, lui fit remarquer sa nouvelle amie attendrie.

Arthur arriva à son tour. Le jeune homme portait une casquette de gentleman-farmer et il avait noué un foulard de soie autour de son cou. Il était suivi, comme toujours, par les deux chiens.

— On dirait le Prince Charles ! s'exclama Esther.

Les trois femmes se mirent à pouffer de rire comme des gamines. Arthur ne semblait pas ravi. Très vite, il aborda le sujet du jour. Et tandis qu'il finissait d'expliquer à Esther ce que l'on entendait au juste par flammes jumelles, Rébecca l'interrompit brusquement :

— Mais dis-moi, Arthur, pourquoi cet intérêt pour ce concept ?

— Et pourquoi pas ? se contenta de répondre le jeune homme sur un ton rabat-joie. Rébecca prit un air boudeur. Elle voulait savoir. Elle insista :

— Tu nous as bien dit que seule une sorte d'élite était au fait de ce sujet qui va pourtant constituer le concept du troisième millénaire, si on en croit certains ?

— Oui, tout à fait. Arthur esquissa un léger sourire : Je vois que tu as déjà lu le mémoire que je t'ai prêté !

— Oui, effectivement. Je dois bien admettre que l'idée même de l'existence d'un tel phénomène, est passionnante. Le regard comme triste, elle ajouta : On aimerait tellement y croire. Mais toi, qui t'a parlé de ça ?

Arthur semblait hésitant. À son tour, Zoé posa la même question. Les trois femmes attendaient, impatientes, quand le jeune homme répondit lentement :

— C'est mon oncle qui m'en a parlé. Il reprit, les lèvres sèches : Il m'a tout révélé juste avant sa mort.

— Mais que faisait votre oncle ? s'enquit à son tour Esther. Arthur hésitait toujours. Comme décontenancé, il murmura :

— C'était l'ancien curé du bourg. Les trois femmes se regardèrent. Zoé semblait ahurie. Elle demanda timidement :

— Mais pourquoi lui, il savait ? Qu'avait-il de si particulier ?

— C'est même lui qui est à l'origine de l'intérêt de l'Église pour ce sujet, poursuivit le jeune homme.

— Mais qu'est-ce qui l'a motivé pour s'intéresser à ce sujet, s'enquit Rébecca. Il pensait l'avoir croisée, la sienne ?

— Oh, pas croisée. Je veux dire, pas seulement croisée. Il a vécu une passion amoureuse avec sa flamme jumelle.

— Pardon ? Zoé n'en croyait pas ses oreilles : Tu as bien dit qu'il était curé, le tonton ? Puis, sur un ton de reproche : Quand je dis qu'on devrait laisser les curés se marier, comme pour les pasteurs chez nous.

— Ah, ben là, il n'aurait pas pu se marier même si cela avait été permis par l'Église, répondit le jeune homme, comme embarrassé.

— Mais pourquoi donc ? s'exclamèrent les trois femmes.

— Parce que sa flamme jumelle, c'était un homme !

Les pleurs de Simon, depuis l'étage, vinrent rompre le silence qui s'en suivit.

Zoé était encore habitée par les confidences qu'Arthur avait fini par consentir à faire aux trois femmes, la veille au soir, au sujet de son oncle curé et de sa flamme jumelle. Elle n'en revenait pas. Assise sur une pile de parpaings dans le jardin, elle tirait nerveusement sur sa cigarette.

« Pourquoi Arthur ne lui avait-il pas confié avant les autres, une pareille histoire ? ».

Ce n'était pas rien comme secret de famille. Surtout en 1942. Car étonnamment, l'anecdote datait de la même époque que les dramatiques évènements qui avaient touché la famille Blum. La jeune fille se mit à penser à ce curieux village, où tant de choses pas banales s'étaient passées. Elle se dit, que décidément, le monde était petit. Arthur avait fini par raconter son lourd secret de famille : Il était le seul à avoir préservé une relation avec cet oncle, auquel il était tellement attaché et qui s'était fait oublier du reste de la famille. Et lorsqu'il avait précisé aux trois femmes que la flamme jumelle du tonton s'appelait *Charly le communiste*, Zoé s'était aussitôt dit qu'au moins elle savait où aller pêcher les détails de cette incroyable histoire. Elle voulait en savoir plus. Arthur lui avait assuré, un peu plus tard dans la soirée, qu'il ne savait rien d'autre. Mais il avait eu l'air embarrassé. Revenir sur les derniers instants de son oncle avait semblé l'ébranler.

À vrai dire, ce qui préoccupait le plus Zoé, c'était d'en apprendre davantage au sujet des couples de flammes jumelles. Elle voulait être sûre. Pour elle. Le visage d'ange de Samuel la hantait, depuis sa conversation avec Rébecca. Était-il sa flamme jumelle ? Elle écrasa son mégot jusqu'à l'aplatir, l'enfouit dans sa poche et remonta prudemment l'escalier branlant bricolé par Monsieur Marco, en remplacement de celui d'origine. Elle ouvrit la porte en annonçant à la petite assemblée :

— Je file à la chasse aux infos, dans le troquet du bourg !

— Je t'accompagne ! lui répondit Rébecca. Tout en saisissant la lanière de son sac qui pendait au bout de la rampe en bois, elle déclara à son tour : Pendant que tu iras à la pêche aux infos, comme tu dis, moi je vais aller faire connaissance avec le médecin du bourg. Il me faut des comprimés. Je n'en ai plus. Je crois qu'il consulte sans rendez-vous, le jeudi.

Esther et Zoé échangèrent un regard inquiet, mais ne dirent rien. Et tandis que les pleurs de Simon devinrent des cris, les deux jeunes amies sortirent en hâte pendant que la vieille nourrice les invitait de la main à partir, avant de monter à l'étage. Dehors, le crachin avait repris de plus belle.

39

Le docteur Quintin

Lorsque les deux amies arrivèrent sur le petit parking de la pharmacie du bourg, Rébecca hésita avant de sortir de la Coccinelle. Elle n'avait rien dit à Zoé au sujet de sa visite particulière, qui restait pourtant omniprésente dans son esprit.

« Peut-être est-ce le moment ».

Et tandis qu'elle s'apprêtait à tout lui avouer, une berline noire arriva de nulle part, sur le parking, à leur hauteur. C'était Candy qui faisait signe aux deux jeunes filles de baisser leur vitre. Zoé comprit, à la mine de Rébecca, qu'il lui fallait couper court aux blablateries de leur voisine. Alors que celle-ci commençait à s'enquérir de la santé de la jeune maman, elle lança sans ménagement :

— Écoute Candy, ce n'est pas du tout le moment. Réb a rendez-vous chez le docteur Quintin !

Rébecca sembla très contrariée. Elle jeta un regard noir à Zoé, lorsque la voisine saisit l'occasion qui lui était donnée pour s'exclamer :

— Mais qu'est-ce qui t'arrive, ma chérie ?! Au fait, tu viens nous présenter Simon bientôt ? Tu es malade ? Tu as bonne mine pourtant.

La jeune maman pensa que décidément, Candy ne lui plaisait pas beaucoup. Surtout, lorsqu'elle faisait un compliment avec sa bouche, tandis que son œil disait le contraire.

Et cette fâcheuse habitude qu'elle avait à se montrer si familière avec tout le monde. Non, Rébecca ne l'aimait définitivement pas, cette femme. Surtout depuis qu'elle leur avait longuement expliqué l'autre soir, combien elle jubilait à faire tourner en bourrique la caissière de la supérette. Elles étaient allées à l'école ensemble à Combourg et la mère de la gamine au doudou n'avait eu de cesse de railler et même parfois méchamment, celle qui était tout le temps la première de la classe.

— Qu'est-ce qu'elle m'en a fait baver ! n'avait eu de cesse de répéter Candy.

Mais ce n'est pas pour autant que Rébecca avait compati. Elle avait même détesté la pupille arrogante de sa voisine qui expliquait alors, combien il était jouissif d'inverser les choses. À présent, le dimanche matin, la prof d'anglais se pavanait devant la caisse en effervescence. Faire tourner en bourrique la caissière incapable de calculer sans sa machine ce qu'elle devait rendre, était devenu son occupation favorite. Rébecca opta pour une attitude franche. Elle ne fit aucun effort, accentuant volontairement son impatience à sortir de la voiture alors que celle de Candy l'en empêchait. La voisine eut l'air de comprendre. Elle reprit sa manœuvre un peu plus loin.

— Tu crois que tu en as pour longtemps, Réb ? Zoé semblait amusée par la scène.

— Tu dois mieux savoir que moi. Tu connais le bourg.

— Non, je ne suis jamais allée le voir, ce médecin. Réb, déconne-pas. Tu lui dis pour tes médocs !

— Je lui dis quoi ?

— Tu sais bien, soupira Zoé. Tu lui dis combien t'en prends par rapport à la posologie normale.

— Oui, oui, répondit distraitement Rébecca, tout en sortant de la Coccinelle; Prends ton temps avec les habitués du troquet, j'ai beaucoup de choses à lui dire au toubib.

— Comment ça ? Tu ne m'as rien dit à moi ! Qu'est-ce qui se passe ?

Son amie était déjà partie. Elle se dirigeait à présent vers le cabinet médical, juste à côté de la pharmacie.

Lorsque Rébecca ouvrit la porte cossue du cabinet médical, un curieux gong retentit.

« On se croirait dans un temple bouddhiste ».

Tout de suite en entrant, elle comprit que le secrétariat n'était pas encore ouvert. Un rideau en lattes blanches était descendu devant une vitre qui devait probablement être le quartier général de la secrétaire. Sur le rebord du guichet médical, trônait un curieux Bouddha en jade à l'air franchement sympathique. En face d'elle, trois portes. Deux d'entre elles étaient pourvues de la même plaque dorée, indiquant le nom du praticien.

« Tiens, c'est curieux ». Elle se dirigea vers celle qui mentionnait *Salle d'attente*. « Deux pièces de consultation pour un seul médecin ! ». Puis, elle se dit, amusée : « Un médecin schizophrène, on aura tout vu ». Une autre réflexion s'empara de son esprit fantaisiste : « Il a peut-être retrouvé sa flamme jumelle lui aussi ! Et du coup, il l'a installée à côté ».

La jeune fille partit dans un éclat de rire nerveux. Décidément, quel drôle de bourg, pensa-t-elle, tandis que la porte s'ouvrit sur la salle d'attente dont tous les sièges étaient vides. Pendant qu'elle était en train de choisir un magazine sur la table ronde, elle entendit :

— Bonjour Mademoiselle. Nous ne nous connaissons pas encore, n'est-ce pas ? Elle se retourna et ne put réprimer une expression de surprise. L'homme qui lui faisait face ne ressemblait en rien à un médecin lambda. Il ne portait pas de blouse blanche. Il avait plutôt opté pour une longue chemise en soie, d'un bleu électrique, taillée en pointe et formant une élégante dissymétrie sur un pantalon en cuir noir. Un col officier soulignait son visage pointu à la barbe parfaite. Le vieux médecin sembla amusé par la réaction de sa nouvelle patiente. Il lui dit, un sourire en coin : Qu'est-ce qu'on fait jeune fille ? Puis il ajouta en avançant d'un pas vers elle : J'y vais, j'y vais pas ? C'est ce que vous êtes en train de vous demander, n'est-ce pas ? Rébecca se mit à sourire à son tour :

— Avouez quand même que ce n'est pas banal ici !

— Je sais, se contenta de lui répondre le curieux médecin. Les gens ont mis deux ans à s'habituer, mais c'est fait ! Cela ne surprend plus personne dans le patelin. Je passe toutes mes journées dans ce cabinet. Si ce n'est pas ici que je peux me montrer élégant, je n'aurai plus que mon lit pour le faire. Ça serait dommage, vous ne trouvez pas ? C'est de la soie de Bombay, dit-il fièrement en caressant amoureusement l'étoffe; Vous n'êtes pas d'accord avec moi ?

Il plut à Rébecca. Et après tout, qu'espérer de mieux qu'un pareil énergumène, pour lui confier sa folle histoire de visite improbable. La jeune fille lui dit :

— Vous prêchez une convaincue, Docteur. J'ai le même problème que vous. Je suis avocate. Le vieil homme sembla impressionné.

— Mais vous avez quel âge ? Sans attendre la réponse de la jeune femme, il demanda : Vous êtes malade ou pas ?

— Pardon ?

— Oui. Ça vous gratouille ou ça vous chatouille ? Il s'esclaffa et demanda sérieusement : Vous êtes malade ou s'agit-il d'une simple visite de contrôle ?

— Mais pourquoi me demandez-vous cela ? C'est une drôle de question pour un médecin, quand même.

— Parce qu'en fonction de la raison de ce qui vous amène ici, je ne vais pas vous ausculter de la même façon. Ni avec la même méthode, ni avec les mêmes outils. Et pas dans le même bureau par voie de conséquence. Rébecca n'en revenait pas. Elle était sans voix. Elle se dit que même à Paris, la ville où toutes les fantaisies les plus improbables existent, que même là-bas, elle n'avait jamais rien vu de tel. Le médecin poursuivait. Elle écoutait à peine, s'étonnant de ne pas avoir encore pris ses jambes à son cou.

— Je sais ce que vous pensez. La jeune fille se sentit embarrassée. Elle bafouilla :

— Je ne suis pas coincée pourtant. Je dirais même que je suis plutôt ouverte.

— Je vis avec mon temps. Tout simplement.

— Que voulez-vous dire ?

— Les médecines orientales, ça ne vous parle pas mon petit ? J'ai une conception de la médecine que tous mes confrères devraient avoir, à mon avis. Ici, il y a des visites de contrôle à but préventif. Et ça se passe dans le petit bureau, plus intime pour discuter. L'essentiel des investigations, a lieu au labo. Les malades *aux gros bobos*, eux, je les reçois dans l'autre bureau, le grand. J'y ai emménagé une ambiance particulière, plus zen si vous préférez. Pour ces patients, je suis obligé de sortir la grosse artillerie. Alors, qu'est-ce qu'on fait jeune fille ?

— Je n'en sais rien, lâcha Rébecca.

— Vous avez des symptômes ? Vous avez déjà une petite idée du souci qui vous amène ici ?

— Qu'entendez-vous par là ?

— C'est devenu la grande mode, l'autodiagnostic. Tout juste si mes patients ne m'arrachent pas le stylo de la main au moment où je leur fais une ordonnance. Rébecca s'entendit répondre :

— Justement, moi, je n'ai aucune idée de ce qu'il m'arrive. Le médecin semblait étudier chaque détail du visage de sa belle patiente. Il prit un air des plus sérieux et déclara :

— Bon, j'ai compris. Il va falloir qu'on discute un peu tous les deux. Donc ce sera le petit bureau. Pour faire le point. Il indiqua de la main la porte qui donnait sur une pièce à l'ambiance feutrée.

Quand Rébecca sortit du cabinet du docteur Quintin, le secrétariat était ouvert. On entendait dans le hall, retentir sans discontinuer, la sonnerie du téléphone. Une jeune femme à l'allure baba cool était accaparée de toutes parts et la nuée de patients ne prêtait aucune attention à la jeune avocate. Dehors, la petite place principale était sortie de la morosité du matin. Sous un ciel dégagé, des silhouettes souriantes finissaient de déballer leurs marchandises pour le grand rendez-vous annuel des confitures. Rébecca était épuisée par le long entretien qu'elle venait d'avoir avec le médecin du bourg. Et surtout déçue. Certes avait-elle minimisé ce qui lui arrivait, mais il s'était montré ferme et catégorique : Tout était de la faute du médicament *qu'un confrère inconscient* lui avait prescrit. Il fallait qu'elle abandonne cette *médecine poison* pour les vertus des plantes. Le vieux docteur avait fini par griffonner sur un post-it une sorte de recette à l'attention du pharmacien d'à côté. Il avait précisé :

— Surtout, vous lui dites bien que je veux qu'il utilise ses récoltes personnelles, entreposées dans son arrière-boutique. Il avait ajouté avec un sourire moqueur : Pas ce qu'il achète à des grossistes rennais. Elles, elles sont pour les touristes. Non, moi j'aime bien travailler avec les produits locaux. Du terroir si vous préférez. Il avait ri à sa plaisanterie.

Rébecca ne savait plus que penser. Elle ne pouvait se résoudre à réduire sa nuit mémorable aux effets indésirables d'un médicament. Et pourtant, le médecin lui avait bel et bien affirmé qu'il ne pouvait s'agir que de cela. Elle inspecta du regard la petite place devenue turbulente et ne vit pas Zoé. Elle se dirigea alors vers l'officine, le cœur et l'âme vides.

40

Charly

Rébecca sortit de la pharmacie, songeuse et dépitée. Comment ferait-elle pour se défausser ? Elle venait d'accepter de s'inscrire à un après-midi atelier, animé par le curieux apothicaire du bourg. Elle n'avait pas osé dire non. Il faut dire aussi, qu'il savait y faire le pharmacien à la main verte. Il avait parlé de ses cultures diverses et variées comme étant la réponse à tous les maux. Son sac en papier à la main, elle fila en direction de l'église. Elle sourit lorsqu'elle aperçut sa Coccinelle garée en diagonale sur le trottoir, juste en face du troquet *De l'eau en vin*.

« Ah, celle-là ! ».

Lorsqu'elle entra, elle fut accueillie par une acclamation démesurée, qui lui fit songer qu'il était sans doute bientôt l'heure de l'apéritif. Le pharmacien avait été très long. Tout juste s'il ne donnait pas un cours de botanique à chacun de ses clients. Zoé régnait de tous ses attraits au milieu des silhouettes robustes et goguenardes. Perchée sur un tabouret parmi les habitués, devant le bar en zinc, elle tournait comme une girouette et y allait de ses commentaires. Elle s'adressait aux uns et aux autres avec l'aisance d'un poisson dans l'eau. Les visages ronds qui l'entouraient, souriaient et s'esclaffaient avec exagération.

— Réb ! s'exclama-t-elle, lorsqu'elle aperçut son amie. Alors, comment ça s'est passé ? Tu lui as dit pour les comprimés ?

— T'as gagné, lui répondit la jeune femme, toujours aussi dépitée. Il m'a donné de la tisane à la place.

— Mais il est très bien ce médecin ! Zoé était ravie. Soudain, un des hommes en bleu de travail s'avança vers les deux amies. Il semblait hésiter. Il jeta un coup d'œil aux deux autres, qui lui firent signe d'insister et il demanda à Rébecca :

— Vous êtes la nouvelle propriétaire de la maison des Morvan ?

— Oui, tout à fait, se contenta de répondre la jeune femme, peu encline à discuter.

— Mon père a bien connu le Yvon, ils faisaient partie de la même bande.

— La bande ? s'étonna Rébecca.

— Oui, avec le Georgio et également le Charly.

— Mais comment ça ?

— Oui Mademoiselle. Je le connaissais, répéta l'intrus, dont l'expression du visage trahissait une certaine satisfaction devant l'intérêt de la jolie jeune femme pour ses propos ; Ils allaient pêcher ensemble !

— Tu veux rire, Roger ! Le vieux patron à la barbe de Viking vint à eux : Ils ne pêchaient rien du tout. C'était même le principe de leur bande. Ils relâchaient tout à chaque fois. Le premier homme se ravisa :

— Oui, c'est vrai. Je m'en souviens très bien. *Ne garder le poisson qu'en cas de stricte nécessité, de besoin vital.* C'était Charly le communiste qui en avait eu l'idée. Il continua : Ah, ce Charly ! Moi, j'étais encore un gamin à l'époque, mais qu'est-ce que mon père nous en parlait de celui-là ! Il se mit à sourire, comme ému. Il se ressaisit et s'exclama à l'attention du patron : Mais dis-moi, Jésus, tu devrais lui mettre une plaque commémorative au Charly, au-dessus de ton bar ! Tu lui dois une fière chandelle, au Charly !

— Jésus ? Vous vous appelez Jésus ? Rébecca ne put s'empêcher de se mettre à rire. Elle se tourna vers Zoé qui semblait occupée avec son téléphone et reprit : Non, mais sérieux, vous avez fait exprès ?

— Exprès de quoi ?

— Pour le nom du bar.

— Ah, vous avez compris le jeu de mot, vous ! Il partit dans un franc éclat de rire : C'est une idée du Charly. Qu'est-ce que vous voulez, mes parents sont espagnols. Ils m'ont appelé comme ça. Je n'y suis pour rien. Autant s'en amuser.

— Effectivement, il avait l'air sympathique ce Charly.

— Et tu ne sais pas tout ! Zoé venait de ranger son portable. Elle poursuivit : Il a inventé le *Ham and chips* !

— Comment ça ?

— Oui, à la place du Fish and chips. Et le pire, c'est que les Anglais d'ici adorent. C'est génial, non ?

— Du jambon à la place du poisson ? Mais c'est une offense au Fish and chips ! Rébecca se régalait.

— Sans compter la marge que fait le patron ! Le jambon, c'est pas cher. N'est-ce pas Monsieur J…, le patron, je veux dire. Zoé ne parvenait pas à l'appeler par son prénom. Elle changea de ton : Réb, il faut qu'on y aille. Esther vient de m'appeler pour me dire qu'elle n'avait plus de couches pour Simon. On doit lui en ramener.

— Mais, je croyais que nous devions… Rébecca bafouillait. Elle baissa le ton et poursuivit à voix basse : Partir à la pêche aux infos.

— C'est fait. T'inquiète. J'ai géré. Je te raconte tout à l'heure.

Les deux amies prirent congé de leurs joyeux acolytes au moment où le patron offrait sa tournée en imitant un forain :

— Qui veut goûter l'eau que je viens de transformer en vin ? scandait-il, une bouteille de gros rouge à la main.

41

Les derniers mots du curé

Lorsque la *Titine* passa devant la longère de Candy et Nicolas, Rébecca et Zoé prêtèrent à peine attention à leur voisine. Celle-ci leur fit signe tandis qu'elle déchargeait de sa berline des sacs en plastique aux couleurs de l'enseigne de la supérette du bourg. Les deux rouquins agitaient dans tous les sens et avec jubilation un grand pot en verre plein de pièces jaunes. À l'air radieux de sa voisine, Rébecca ne put s'empêcher de dire :

— À mon avis, elle a pris cher la caissière ! Car Candy leur avait également confié, que ce qui la faisait jubiler par-dessus tout, c'était de la faire tourner en bourrique en se délestant de son pot de pièces jaunes, spécialement les jours où la place était bondée.

Zoé ne répondit pas. Elle semblait préoccupée. Lorsqu'elles franchirent le portail vert, elles entendirent au loin Esther réprimander les chiens qui s'étaient mis à aboyer sans discontinuer. Après un premier round d'observation, la première fois qu'ils avaient été présentés chez Arthur, ils n'avaient cessé de jouer ensemble. Rien dans la maison ne résistait à leurs parties de trap-trap endiablées. Zoé avait refusé de raconter à Rébecca, sur le chemin du retour, ce qu'elle savait au juste au sujet de Charly et de l'oncle d'Arthur.

— J'attends qu'on soit tous les quatre, avait-elle décrété avec un sourire enfantin, lorsque Rébecca l'avait suppliée de lui en dire davantage. Arthur vint aussitôt à leur rencontre, suivi d'Argos et de Bocal.

— Alors ? demanda-t-il. Vous avez appris quelque chose d'autre ? Zoé se contenta de répondre :

— Je sais tout. Quel drôle de village quand même, s'exclama-t-elle d'un ton qui se voulait léger.

Les trois amis de Zoé l'avaient écoutée sans dire un mot. Esther avait eu le temps de préparer un strudel, autour duquel les acolytes s'étaient réunis dans le salon, pour tout savoir comme Zoé le leur avait promis. La jeune architecte avait dû user de son esprit de discernement pour faire le tri parmi les infos recensées au troquet. Et à présent, elle disait être à peu près certaine de connaître la vraie histoire. Et quelle histoire ! Elle avait appris qu'effectivement, pendant la guerre, un jeune homme qui s'appelait Charly était arrivé de nulle part, un beau jour et avait posé ses valises à St Paul. Personne ne savait pourquoi. Et il ne l'avait d'ailleurs expliqué à personne. Charly était un personnage à part dans tous les sens du terme, lui avait-on dit à l'unanimité. Un vrai communiste, lui avait-on précisé également. Il n'avait rien, mais il donnait tout. Il était arrivé un beau matin avec un sac de marin à la main et sa guitare sur le dos. Dès qu'il avait franchi le seuil du bistrot, il avait interpellé le patron pour lui demander quel jour avait lieu le marché du bourg. Et lorsque celui-ci avait répondu : Aujourd'hui, il était reparti aussi vite et des clients avaient rapporté plus tard que les Blum avaient accepté qu'il s'installe devant leur pharmacie pour jouer de la guitare et chanter. Quelques heures plus tard, il était revenu dans le bistrot, avait ressorti de sa poche sa récolte de pièces, les avait étalées sur le bar en zinc et avait demandé au patron, à la barbe pas encore hirsute :

— Vous pensez qu'il y a de quoi me faire un plat qui tienne au corps ? Je n'aurai rien d'autre avant le prochain marché.

Le patron ainsi que les habitués l'avaient immédiatement adopté. Les paroissiens également. Très vite, les joyeux lurons de l'annexe de l'église avaient convaincu le crooner de s'installer le dimanche matin, sur le parvis d'en face. Comble de l'ironie, cette initiative avait été accueillie comme si Charly avait été le Messie. Les bigots avaient été ravis, car cela les changeait des fausses notes de l'organiste qui semblait aussi vieux que son instrument. Nous étions à l'aube de l'année 1942 et personne n'avait vu ça de toute mémoire de St Paulien. Il en avait alors découlé une guéguerre à la *Don Camillo* entre le curé et le chanteur. L'un, qui considérait que la musique païenne était une invention du diable, l'autre, qui détestait les soutanes et tout ce qui allait avec. Le premier, qui accusait le mécréant de toucher à la place de l'Église la contribution des fidèles, le dimanche matin, tandis qu'il jouait et chantait en bas des marches. Le second, qui dénonçait le principe même d'une dîme pour les plus riches. Pour lui, elle était utilisée seulement dans le but d'affirmer encore davantage la doctrine de l'Église et ses apparats, qui l'écœuraient. Leur guéguerre avait été l'évènement du bourg pendant la vraie guerre. Jusqu'à ce fameux jour.

Contrairement à ce que pensait Arthur, l'idylle entre les deux hommes était un secret de Polichinelle. Bien sûr que tout le monde savait au bistrot ! Et pas seulement là, puisque très vite la chapelle avait perdu ses ouailles les plus fidèles. Lorsque quelqu'un cherchait Charly, il savait qu'il se trouvait, soit au bistrot, soit en face. Mais tout se passait au presbytère. On ne les apercevait jamais ensemble. Selon les paroissiens, le curé avait changé, y compris dans ses prêches. Alors oui, il avait perdu ses habitués, mais avait fini par gagner ceux du troquet et bien d'autres encore ! Il avait cessé de brandir un Dieu - Sanction et évoqué davantage un Père céleste débordant d'amour pour les plus faibles. Les premiers de la classe étaient devenus les derniers et Charly avait fini par se montrer plus nuancé dans sa chasse à la calotte. Le Dieu de celui qu'il aimait lui était devenu plus sympathique. Mais hélas, la relation amoureuse entre les deux hommes n'avait pas échappé non plus aux officiers allemands, qui aussitôt après leur arrivée dans le village avaient réquisitionné les premiers rangs de la petite église. Les amants avaient dû alors redoubler de prudence, car des bruits commençaient à courir sur l'existence d'un triangle rose pour les homosexuels, tout comme l'étoile jaune pour les juifs. Charly qui était un membre actif de la petite association *Les amis des poissons*, avait été invité par son ami Yvon Morvan à venir se cacher chez lui. Personne ne savait pourquoi un matin, Charly avait débarqué dans le bourg. On avait également cessé de chercher quel lien pouvait bien unir les deux hommes. Car tout le monde avait bien compris à St Paul, qu'ils étaient amis de longue date. L'entente fraternelle entre les deux pêcheurs avait même fait jaser. Surtout, lorsqu'on avait appris que l'histoire d'amour entre le curé et le communiste avait cessé du jour au lendemain. On disait même que l'homme d'Église avait rompu brutalement.

C'est justement cette année-là, que le patron du bar avait décrété que *tout ce qui se passe à l'église reste à l'église*, comme dans son bistrot. Plus personne n'avait cherché à savoir ce qui avait été à l'origine de ce dénouement malheureux. Impuissants, les habitués du troquet avaient assisté à la descente aux enfers du prêtre. Un bruit avait même couru sur le fait qu'un dimanche matin, le plus gradé des officiers allemands avait recraché le vin de messe qui avait été rallongé avec beaucoup trop d'eau. Et la pénurie due à la guerre n'expliquait pas tout. Le curé était devenu alcoolique et comble de l'ironie, les plus méchants disaient de lui en se gossant, qu'il savait, quant à lui, transformer le vin en eau. Personne n'avait plus vu Charly jusqu'à la libération du bourg. Le village avait perdu ses musiciens. Le pianiste juif était parti pour les camps de la mort et le guitariste homosexuel avait disparu du bourg. Et lorsque parmi la fanfare du 12 août 1944, qui annonçait la fin de l'occupation du village, on avait aperçu le fantôme du saltimbanque à côté du Tambour-major, les gens du bourg avaient mesuré combien il avait souffert. Et combien il semblait encore souffrir. Il était devenu l'ombre de lui-même. Il était resté vivre dans la maison des Morvan et on disait de lui, qu'il avait essayé de soutenir tant bien que mal le pauvre Yvon, après le décès de sa femme et de son bébé. Et encore plus après la découverte de Sarah. Jusqu'à ce que le veuf soit embarqué par les hommes en blanc de l'hôpital psychiatrique de Rennes. Le soir même, on avait aperçu la silhouette du musicien se diriger à pas lourds vers la petite gare de Combourg. Sans sa guitare.

Arthur avait écouté le récit de Zoé d'un air songeur. Il avait longuement acquiescé de la tête au moment où elle avait fait état de la descente aux enfers de son oncle. Selon lui, rien n'avait changé malgré le temps qui était passé. Son oncle était resté inconsolable. Il n'avait eu de cesse de raconter à son neveu, combien l'amour entre les deux hommes avait été un sentiment hors du commun. C'est d'ailleurs pour cela qu'il avait été l'un des premiers, dans l'Église, à s'intéresser à l'existence des flammes jumelles. Pour lui, une telle fusion dépassait tout entendement, puisqu'au-delà des limites de la chair. Le dernier mot qu'il avait prononcé avant de mourir avait été le prénom du communiste. Juste avant, il avait dit à son neveu qui l'avait accompagné jusqu'au bout :

— Il était le second après Dieu, pour moi. Mais ici-bas, c'était mon nord, mon sud, mon est et mon ouest.

Arthur n'avait jamais osé lui demander ce qui s'était passé de si grave, pour qu'il mette fin à cet amour unique, du jour au lendemain. Le curé s'était flagellé le cœur pendant près de 50 ans.

Rébecca avait écouté en silence, touchée au plus haut point par cette histoire d'amour à première vue impensable. Elle ne put s'empêcher de songer, au bout du compte, avec indulgence à son ancien maître de stage qui avait tout laissé tomber, travail, femme et enfants pour une histoire tout aussi improbable. Elle se dit aussi que dans les deux cas, il avait été question d'un couple supposé de flammes jumelles. Elle se demanda enfin, si elle avait aimé Hugo à ce point. Car sa douleur ne semblait pas être aussi définitive que celle de l'oncle d'Arthur.

Mais, la question qui demeurait pour elle et ses amis, était la raison de la rupture entre les deux hommes. Esther profita du répit que lui accordait Simon endormi là-haut, pour vaquer à ses occupations d'intendance, qu'elle occupait avec gaité depuis le retour de Rébecca. Pendant ce temps, les trois jeunes gens avaient passé l'après-midi à spéculer sur ces fameuses raisons.

Soudain, Zoé demanda à Arthur :

— Mais dis-moi, mon cœur, il ne t'a rien laissé ton oncle à sa mort ? Je sais pas moi, un testament, un trésor ?! Arthur avait interrompu la jeune fille avec un sourire tendre. Il avait jeté un regard plein de pudeur à Rébecca. Et celle-ci s'était réjouie de constater que sa Zoé était plus mordue que ce qu'elle voulait bien se l'avouer.

— Mais tu ne sais pas si bien dire ma chérie ! Oui, j'ai bien un coffret qui date de Mathusalem à la maison. On me l'a remis juste après ses obsèques auxquels j'ai assisté seul.

— Et qu'y avait-il dans ce coffret ? demandèrent en chœur les trois femmes.

— Aucune idée.

— Pardon ? Elles n'en croyaient pas leurs oreilles.

— Je sais, ça peut paraître dingue aujourd'hui, mais à l'époque, je vous prie de croire que j'ai préféré un peu oublier la tristesse de l'existence de mon oncle. Parce que moi, j'ai vu comment il a fini sa vie et croyez-moi, c'était poignant.

— Mais maintenant, tu n'as pas envie de savoir ? s'étaient exclamées ensemble Rébecca et Zoé.

Il avait été décidé, que les amoureux aillent chercher dans le grenier du chalet d'Arthur, ce fameux coffret. Rébecca, quant à elle, était bien décidée à tester la tisane du pharmacien et à tout oublier… quelques heures. Il s'était passé tant de choses en 24 h.

Elle en avait même oublié que dans deux mois, il était entendu qu'elle revête à nouveau la robe noire au col blanc, mais cette fois-ci à Rennes et plus en qualité de stagiaire. Elle réalisa également que les ouvriers de Monsieur Marco n'étaient pas venus travailler et que le chantier était sans doute loin d'être achevé. Elle se dit qu'il était grand temps qu'elle redescende sur terre et qu'elle revienne à des préoccupations plus censées. Et surtout plus réelles.

42

Une évidence

La porte se referma derrière les tourtereaux, impatients de partir pour leur *chasse au trésor*. Car il fallait bien admettre que cette tragédie pour le curé, s'était transformée en une sorte d'aventure palpitante pour les deux jeunes gens, séduits par le romantisme de cette idylle. Rébecca alla éteindre le feu sur la bouilloire cabossée et opta pour une théière plutôt qu'une tasse.

« Il va m'en falloir des tonnes de tisane, pour arriver au même résultat qu'avec les médocs ! ».

En versant dans l'eau encore en ébullition la moitié du sachet de l'herbe verte, qui en infusant lui rappela le parfum de ses nuits enfumées dans le studio de Ricquet son cousin, elle repensa à la mise en garde de l'apothicaire herboriste :

— Surtout, vous ne prêtez attention ni à son goût ni à son odeur. Et n'en abusez pas ! Il avait ajouté d'un ton goguenard : Vous savez, dans le monde des plantes, c'est comme chez nous en Bretagne. Elles sont toutes plus ou moins cousines germaines.

— Oui, et on dit aussi que *tout est bon dans le chichon*, comme pour le cochon en Bretagne, avait essayé de plaisanter à son tour Rébecca, comme le faisaient les copains de Ricquet, chaque fois qu'ils embrasaient leur cigarette en forme de cône. Mais l'apothicaire n'avait pas relevé.

Rébecca disposa l'assiette du reste de strudel sur un plateau, prit sa tasse favorite ainsi que l'énorme théière et se dirigea vers l'escalier en chêne, bien déterminée à profiter de la sieste de Simon et des occupations d'Esther, pour dormir.

Lorsqu'elle arriva à l'étage, elle fut saisie par la pénombre étrange qui régnait dans la chambre. Les volets de la vaste pièce à la tapisserie rose fané n'avaient pas été ouverts de la journée et ce lieu dégageait comme une atmosphère hors du temps. Rébecca se laissa tomber dans sa couette en bouchon et tout en la serrant pour la porter à ses narines, elle retrouva avec réconfort l'odeur qui avait tant emporté ses sens. Une odeur aussi réconfortante que celle de la vieille couverture que sa grand-mère lui avait tricotée, tandis qu'elle était enfant et dans laquelle elle aimait tout pareillement enfouir sa frimousse pour s'endormir.

Devant elle se tenait la porte bordeaux. Cette ouverture construite après la guerre, selon les dires de Tom, le fils adoptif de Monsieur Morvan et qui pour certains ici, posait question. Imaginer qu'elle puisse être une porte donnant sur un autre monde, une sorte de strate temporelle, ne paraissait pas si délirant que cela pour la jeune femme, au bout du compte. Un autre monde de morts ? De vivants ? Après tout, n'avait-elle pas déjà entendu tant de scientifiques élaborer des hypothèses toutes aussi abracadabrantes les unes que les autres, au sujet des tenants et aboutissants des trous noirs. Ne disait-on pas également, qu'ils étaient des sortes de portes vers d'autres mondes ? Zoé elle-même, connaissait des chrétiens qui affirmaient que derrière le plus éloigné de ces phénomènes mystérieux, devait se trouver la fameuse *Jérusalem Céleste*. La terre promise dans les cieux. Et Sarah ? S'était-elle bien manifestée ici après sa mort ? Rébecca n'avait bien évidemment imaginé à aucun moment qu'il ait pu s'agir d'elle, l'autre nuit, mais pour ce qui était d'Yvon Morvan, Tom avait semblé tellement affirmatif. Et Monsieur Marco, qui avait évoqué avec tant de crédibilité les phénomènes étranges liés à l'existence de rivières, fantômes ou pas, sous des lieux de vie.

Rébecca se redressa et en se relevant, elle sentit quelque chose sous le morceau de drap qui dépassait de la couette et traînait sur le parquet de la chambre. Elle se pencha et retira alors, un sac de marque en carton noir et argenté qui dégageait une odeur de boutique chic.

« Ma Zoé », pensa-t-elle, attendrie. À ce moment, elle remarqua aussi le lit à baldaquin. Elle ressentit une vague d'amour de sœur pour son amie. En ouvrant le sac rigide, elle découvrit les bougies de Hugo qui avaient été soigneusement enroulées dans du papier de soie. « Ma Zoé, décidément tu es si attentive pour moi ».

Elle prit dans ses mains les bougies, celles que Hugo s'appliquait à allumer chaque fois que les deux amants se désiraient, chaque fois qu'ils se retrouvaient. Rébecca sentit des larmes monter. Sa gorge était nouée. Une phrase tournait en boucle dans sa tête : *L'odeur de la cannelle est aussi bonne que son goût.*

À cet instant, elle aurait tellement voulu que ces mots soient prononcés par la bouche de Hugo. Elle se versa le restant de la théière de tisane médicinale, qui était déposée sur la commode en bois blanc vieilli et se dit, en portant la tasse à ses lèvres, que finalement ce breuvage semblait peut-être même plus efficace que les comprimés.

Soudain, elle eut une idée. Elle se mit à ouvrir en hâte chacun des trois tiroirs et la trouva. Un sourire flotta sur ses lèvres. Elle saisit la guêpière en soie et dentelle noire et la porta aussi frénétiquement que les bougies à ses narines. Elle se mit à sangloter en reconnaissant le parfum de leurs odeurs mêlées. Des souvenirs lointains commencèrent à remonter dans son esprit. Mais étrangement pas dans son corps. Leurs virées en amoureux dans le Paris d'Edith Piaf, tous les samedis, avant de rejoindre impatients le studio de la jeune fille. Leurs bras débordant de paquets provenant des boutiques osées, mais classes du 9e arrondissement. Elle se souvint également de leurs crises de fou rire, lorsqu'au début, elle se prêtait avec gêne à des défilés maladroits pour masquer sa grande pudeur. Avant Hugo, Rébecca n'avait jamais porté un intérêt particulier pour *les mises en scène*. Mais au bout du compte, elle avait fini par prendre goût à ces tenues raffinées qui allaient tellement bien avec l'ivresse de leurs sens.

La jeune femme se mit à caresser la soie noire qu'elle tenait serrée dans ses mains. Elle ferma les yeux pour se laisser aller à tourbillonner. Les effets de la tisane se faisaient de plus en plus présents. Une curieuse chaleur commença à circuler dans les veines de la jeune fille. Sa bouche lâcha prise et s'entrouvrit. Sa respiration se fit peu à peu soupirs.

— Rébecca ! Rébecca ! Réveille-toi ! Zoé était assise sur le bord du lit et secouait la jeune fille. Celle-ci se redressa d'un coup et se mit à crier :

— Simon ! Il est arrivé quelque chose à Simon ?!

— Mais non. Chut. Calme-toi.

Rébecca se laissa retomber sur son oreiller moite en lâchant un profond soupir de soulagement. Zoé saisit le chouchou qui s'était détaché des cheveux humides de son amie et elle commença à éponger ses tempes. Un pli inquiet sur le front, elle dit sur le ton d'une mère :

— Tu es brûlante ma Réb ! Tu es en nage ! Tu es malade ? Rébecca ne répondit rien. Son regard semblait différent et une fossette que Zoé ne lui connaissait pas orna avec grâce son étrange sourire ; Mais qu'as-tu ma Réb ? Zoé semblait dubitative.

À vrai dire, elle commençait même à se sentir mal à l'aise. Cette atmosphère comme après un orage entre deux amants. Ce calme comme après une tempête. Elle se mit à penser qu'il y avait une ambiance particulière dans cette chambre, une ambiance étrange. Elle le pensa encore davantage, lorsque la lueur de la lune traversa furtivement les persiennes d'une des fenêtres et passa sur le visage de la jeune maman. Elle s'exclama : Tu es magnifique, ce soir, Réb ! La petite fossette disparut pour laisser place à un franc éclat de rire de son amie.

— Tu ne t'en rends compte qu'aujourd'hui, ma Zoé ? Rébecca ajouta : Je plaisante.

Elle l'ajouta pour la forme. Car à cet instant, elle se sentait sans doute la plus belle femme de toutes. Belle, comme elle l'avait été sans doute dans les bras de Hugo après qu'il lui avait fait divinement l'amour. Elle s'exclama avec un délicieux culot : C'est la tisane ! Elle riait de plus belle. Elle était de bonne humeur. Elle avait envie de rester humer le parfum de ses draps. Progressivement, le souvenir de ce qu'il venait de se passer flotta agréablement dans son esprit. Les sensations charnelles quittaient peu à peu son corps. Les secrets qui venaient de s'être confiés entre *les deux amants* repartaient dans le monde des rêves. Le souvenir des émois sous le voile blanc du lit à baldaquin, finissaient de battre, peu à peu dans son ventre. Elle demanda quand même : Mais il est quelle heure ?

— Tard Réb. On t'a laissé dormir parce que tu en as besoin, mais je ne te cache pas qu'on trépigne d'impatience tous les trois.

— Comment ça ?

— Ben oui, tu te doutes bien qu'on meure d'envie de l'ouvrir, le coffret du tonton.

— Vous l'avez trouvé ?

— Oui Mademoiselle. Allez ! On t'attend en bas ! En se levant, Zoé déplaça l'épaisse couette humide qui recouvrait son amie. Elle s'exclama : Mais qu'est-ce que tu fais dans cet accoutrement ?!

— Que veux-tu dire ? Rébecca se sentit curieusement honteuse sans comprendre pourquoi. Soudain, elle réalisa que ses seins étaient emprisonnés par la guêpière en dentelle noire qu'elle avait dû enfiler. Les souvenirs se firent plus précis.

— Mais qu'est-ce que tu fais dans cet accoutrement ? Zoé semblait ahurie; Rassure-moi Réb, tu ne dors pas toujours comme ça ? Une once d'ironie commençait à poindre dans ses pupilles espiègles.

Rébecca était complètement revenue à elle. Devant Zoé, elle eut honte, comme si elle venait de se faire surprendre tandis qu'elle s'adonnait à des caresses solitaires. Les joues en feu, elle se souvint vraiment de tout et vérifia sous les draps avec l'une de ses mains. Elle sentit alors la petite attache en plastique de son porte-jarretelle. Ses pommettes devinrent encore plus brûlantes. Elle bafouilla :

— Zoé, ce n'est pas ce que tu crois. Son amie, quant à elle, parvint à surmonter son embarras et répondit :

— Mais je ne crois rien du tout ma Réb. Tu fais ce que tu veux. Par contre, je suis en train de me rendre compte que je suis loin de tout savoir sur toi. J'ignorais que tu étais branchée dessous chics, ma belle. Remarque, ça te va bien.

— Hugo adorait cette guêpière, se contenta de répondre la jeune femme qui se souvenait à présent de chacune des secousses de ce tremblement de terre des sens. Elle rougit encore davantage.

— Tu as eu envie de voir si elle t'allait toujours malgré ta grossesse ? C'est bien cela ?

— J'arrive, se contenta alors, de lui annoncer Rébecca sur un ton inhabituellement posé. Tu peux y aller. J'arrive.

Une impatience la tenaillait et elle voulait plus que tout se retrouver seule pour se souvenir. Pour se souvenir et tout revivre.

— Sérieux Réb, ça ne me choque pas. Et tandis qu'elle s'apprêtait à quitter la chambre, Zoé ne put s'empêcher de taquiner son amie : En même temps, je te reconnais bien là !

— Pardon ?

— Ben oui. Depuis la mort d'Hugo, je ne t'ai pas vue une seule fois en noir. Tu détestes les tenues de deuil, façon veuve corse.

— Façon Esther, tu veux dire.

— Comment ça ? Et hier soir ? Méchante fille ! Elle était magnifique, non ? En tout cas, moi je trouve que tu fais très *fashion veuve*, habillée comme ça.

— T'es con. Les deux jeunes femmes éclatèrent de rire de bon cœur. Et tout en longeant le couloir en lambris de l'étage et en passant devant la porte fermée de Simon, Zoé se sentit émue en songeant à la frayeur de son amie, lorsque celle-ci avait cru que le nourrisson aurait pu se trouver en danger.

Rébecca, quant à elle, s'était enfoncée dans la couette douillette jusqu'aux yeux. Dans l'intimité de ses draps, elle commença à parcourir d'une main fébrile les endroits les plus secrets de son corps. Ses doigts fins effleurèrent son ventre. Son pouce sentit la cicatrice encore sensible de sa césarienne. Elle cessa net. Mais ce fut plus fort qu'elle. Elle poursuivit. Elle commença à s'abandonner à ses sensations, pour vérifier que seule, autant de plaisir était possible.

Certes, la tisane l'avait-elle assommée sans aucun doute. Mais pas au point d'avoir rêvé autant de sensations charnelles nouvelles, peut-être audacieuses, mais tellement belles. Ce n'était pas possible. Elle avait senti une main d'homme prendre la sienne et la guider. Une explosion de sensations s'en était suivie, jusqu'à l'assouvir au-delà de toute imagination. Cette main de musicien, de musicien de tous les instruments à la fois, cette main impatiente et gourmande l'avait conduite vers l'ultime connaissance de ses sens. Plus rien ne serait pareil désormais, dans la vie de femme de Rébecca. Il avait s'agit d'une main charnelle tout en étant invisible. D'une main irréelle dans un monde réel. Cette main n'avait pas de visage dans les souvenirs de l'amante, mais elle lui avait semblé appartenir à *un corps* qu'elle connaissait.

L'intensité de leur désir réciproque et de leurs caresses avait été empreint d'un érotisme teinté de tant de romantisme. Tel un chef d'orchestre, il avait mené la danse de ses sens. Rébecca s'était enfin sentie autorisée à totalement se donner. Sans la moindre retenue. Et en cela, à cet instant, c'est une page qui se tournait dans la vie de la jeune femme encore bouleversée. Elle s'était tournée de manière radicale. Elle s'était déchirée, emportant même avec elle toutes les pages passées de son histoire de femme. En un instant et pour toujours. L'espace d'une sieste. Le temps d'un rêve, peut-être, mais réel, sûrement. La page s'était envolée. Et c'est tout ce qui comptait.

Une phrase de Zoé, qui avait marqué Rébecca, vint à l'esprit de la jeune femme. Elle avait dit, en parlant de son Dieu, son absolu à elle : *Je crois en Lui, peu importent les modalités.* Rébecca quitta son lit avec regret et elle murmura :

— Qu'importent les modalités de ce rêve, songe, vision ou que sais-je, l'essentiel c'est que je crois en lui. C'est que je crois en son existence. Il était bien là !

Chaque pore de la peau de Rébecca réclamait déjà l'étrange visiteur. Un visiteur chez lui. Le maître des lieux de ses désirs les plus enfouis. Mais ce qui était également une certitude pour la jeune femme, c'est que cet amant, ô combien et pour toujours gravé en elle, ce ne pouvait effectivement pas être Hugo. Elle ne s'était pas véritablement posé la question en ces termes, à vrai dire. Son cœur aimait toujours le père de son enfant, mais elle ne se sentait plus son amante en deuil.

Elle ignorait le nom de cet inconnu, mais elle avait curieusement l'impression de l'avoir toujours su. C'était comme si elle l'avait toujours entendu résonner en elle. Il était imprononçable dans le monde réel, mais elle n'avait eu de cesse de le gémir dans son monde irréel. Le reste, ce n'était que modalités.

« Peu importe son nom », se dit-elle, tandis qu'elle refermait avec regret la porte de sa chambre qu'elle voulait plus que tout rouvrir. La rouvrir pour courir le rejoindre. Pour courir rejoindre ce monde de saveurs invisibles, mais désaltérantes à l'infini. Ce monde de couleurs irréelles, mais autrement plus aveuglantes que la lumière réelle du soleil. Ce monde où prend racine le mot musique et où prend sens le mot universel. Ainsi, allait et venait la tornade d'émotions en Rébecca tandis qu'elle descendait l'escalier pour aller rejoindre ses amis.

À son arrivée dans le salon, Bocal et Argos l'accueillirent de manière exubérante. Suffisamment exubérante pour que Zoé s'exclame :

— Mais ce n'est pas la pleine lune Bocal ! Pourquoi t'es aussi énervé ? Le jeune chien aboyait en direction de Rébecca comme si elle lui était devenue étrangère. Argos se mit à aboyer, deux tons au-dessous, de manière tout aussi étrange.

— Mais qu'est-ce qu'ils ont ? demanda Arthur en regardant Rébecca, comme si lui aussi la voyait pour la première fois ; Ils réagissent comme s'ils venaient de voir un fantôme !

Rébecca ressentit un envol de battements d'ailes envahir à nouveau son ventre.

« Un fantôme comme celui de *Madame Muire* », osa-t-elle. « Un fantôme aussi réel que celui de *Madame Muire* », pensa-t-elle, comblée. « Finalement, j'aime l'idée de ne pas connaître son nom ».

Elle songea enfin que son deuil était fini. Qu'allait-elle dire à Zoé ?

43

Le testament du curé

Arthur avait déposé le coffret rouillé et déformé sur la table basse du salon. Esther avait fait du feu. Zoé avait le visage crispé. Rébecca le remarqua tout de suite et elle fit en sorte de ne pas croiser le regard de son amie de peur qu'elle ne découvre ce qu'elle ressentait. Elle savait que Zoé percerait à jour son âme. Et alors, elle saurait. Elle découvrirait un cœur neuf de tout. Battant la chamade, sur un air nouveau. Un cœur festif et débordant de désirs. Mais elle serait sans doute aussi embarrassée par ce nouveau regard chez celle qui était devenue désormais, amnésique de tout avec Hugo. Chez celle qui commençait à sentir bourgeonner en elle, la même chaleur affolante que tout à l'heure, dans le secret de son lit à baldaquin. Zoé comprendrait que quelque chose de déterminant venait de se passer dans la chambre là-haut. Elle voudrait savoir.

L'amante venait de connaître une extase des sens qu'elle voulait plus que tout garder pour elle. Les souvenirs intimes l'obsédaient, emportant par là même, le moindre intérêt pour cet autre évènement insolite que constituait l'existence des flammes jumelles.

Zoé attendait, impatiente de découvrir ce que contenait le coffret de l'oncle d'Arthur. Elle fit un clin d'œil complice à l'intention de Rébecca. Celle-ci baissa aussitôt la tête, de peur que son amie qui la connaissait si bien ne lise en elle. Arthur sortit de sa poche de Jean une minuscule clé, tout aussi rouillée que La boite en métal. Et tandis qu'il commença à la tourner dans la serrure qui couinait, il demanda :

— Vous êtes prêtes ? Les trois femmes s'exclamèrent en chœur :

— Vas-y ! À l'instant où le couvercle céda, Arthur s'écria à son tour :

— On dirait une lettre ! Ah, mais attendez, il y a un carnet noir aussi. Zoé semblait surexcitée, comme si elle venait de trouver le Graal. Elle s'agitait dans tous les sens. Le jeune homme ajouta : J'ai l'impression que c'est un journal intime. Il le délivra de son élastique et l'ouvrit. Il avait le regard brillant. Il dit : C'est le journal intime de tonton Emmanuel !

— Lis la lettre ! se mirent alors à supplier ses trois acolytes. On verra pour le journal après ! Il sortit religieusement le papier jauni par le temps et se mit à lire :

« *... 1942...*

Emmanuel mon Amour,

Si improbable,

Si évident,

Si indispensable à mon existence, Toi, ma seule religion. Je t'écris cette lettre, dans un dernier sursaut d'espoir pour t'implorer de revenir, mais surtout, pour te demander pardon. Pardon de t'avoir ainsi imposé les choses. Je n'imaginais pas à quel point cela te blesserait et ébranlerait tes convictions les plus profondes. Pardon pour cela. Mais je n'avais pas le choix Emmanuel. Tu le sais. Comme j'ai essayé de te l'expliquer, j'avais une dette de vie à l'égard de mon ami Yvon Morvan. Je t'avoue que cette perspective de m'acquitter de cette dette m'a aveuglé, au point de ne pas comprendre ta grande détresse spirituelle. À présent, je la mesure. Je suis persuadé, tout comme toi, que notre lien revêt une dimension extra-humaine. Cette nécessité vitale de toucher ta peau, de mêler mes sens aux tiens, jusqu'à en inventer un nouveau, connu seulement de nous.

Ô mon Amour, que nous arrive-t-il ? Retourne-toi et regarde-moi !

Je ne suis pas l'ennemi de ton Dieu, Emmanuel. Ton ami archevêque se trompe, dans sa chasse aux sorcières.

Oui, mon Amour, c'est vrai que je suis sur cette terre et dans cette vie sans Dieu ni Maître, mais j'ai néanmoins des valeurs spirituelles, comme tu as su me le dire lorsque tu me racontais ton Jésus. Tu trouvais alors que ma foi en l'homme lui ressemblait tant. N'était-il pas le vrai premier humaniste de ce monde ? Et à ce titre, crois-tu vraiment que son Père et lui auraient vu dans mon acte à l'égard de Grâce et Yvon Morvan, une provocation de ma part ? Je ne comprends plus rien, Emmanuel. Tu m'as dit que croire en l'existence des flammes jumelles t'avait réconcilié avec tes contradictions d'homme d'Église. Enfin, tu mesurais, me disais-tu, la supériorité de l'âme sur son enveloppe charnelle. Qui plus est, tout ce qui t'avait été dit sur l'homosexualité devenait caduque. Tu avais désormais la certitude d'un Dieu non visible et tout autant attaché à l'invisible en chacun de nous. Tout ce que l'œil ne voit pas, mais seulement l'esprit et le cœur. Quant à moi, je ne me suis posé aucune question. Ton costume d'homme était le corps de l'âme que je désirais par-dessus tout. Je me suis abandonné avec passion dans tes bras comme jamais avec aucune de mes amantes, avant.

Mais je viens de comprendre que ton ami archevêque a eu gain de cause de nous. Ne vois-tu pas qu'il fait partie, pour moi, de ceux qui ont pris en otage ce Dieu qui devrait pourtant, s'il existe bien, être le Dieu de tous ? Pourquoi accordes-tu autant de crédit à son interprétation humaine de Dieu et non à la mienne ? D'autant, qu'il me semble à moi, que je suis davantage dans la vérité que lui, lorsque je persiste à soutenir qu'il est impossible que le Dieu de mon Emmanuel, me tienne rigueur pour ce que je viens de donner. J'avais fini par m'y attacher à ce Dieu de ma flamme jumelle, qui me réconciliait avec l'idée même qu'il puisse exister. Car il était bon et ouvert. Les arguments bibliques que tu as avancés pour me faire part de ta désapprobation sont ceux des hommes qui parlent en son nom. Mais je doute qu'il puisse s'agir des siens. Ni des tiens. J'en suis même certain. Pourquoi se mettrait-il à attacher une importance aussi sacrée à notre enveloppe charnelle dès lors qu'il s'agit de procréation ? Et plus seulement à l'âme ?

Souviens-toi, combien tu as accueilli avec gratitude et délivrance, le songe que tu as fait à notre sujet. Souviens-toi également de cette magnifique plume bleue que nous avons découverte ensemble dans ce lieu improbable et que tu as pris pour un signe.

Dans ce rêve qui t'a délicieusement bouleversé, tu nous voyais nous transformer en deux magnifiques oiseaux bleus. Des Martins-pêcheurs, m'as-tu même dit ! Les raisons pour lesquelles il nous était impossible de vivre notre amour sans cette transformation s'envolaient avec ces oiseaux. Nous échappions au regard cruel et aux préjugés des hommes. Nous pouvions vivre enfin en toute légitimité notre amour inconditionnel et éternel, délivrés de nos costumes qui nous en empêchaient. C'est ton songe qui m'a inspiré la plus belle chanson que j'ai écrite. Souviens-toi pour toujours de ce rêve.

Tu as vu ta vie défiler à rebours sous tes yeux, au-delà de tes souvenirs terrestres, au-delà de ta vie d'homme en soutane. Tu m'as même dit que tu commençais à te poser des questions sur l'idée même de la réincarnation. Les époques de tout temps se succédaient à toute vitesse, hors de ce temps et même hors de ce monde. Mais tu n'avais pas peur. Car toujours j'étais là. Parfois visible, chaque fois dans des costumes humains différents. Parfois invisible à tes yeux du moment, mais toujours omniprésent. Tu m'as même affirmé qu'à la fin de ce songe, une voix te disait que nos âmes étaient en train de vivre leur dernier voyage, car ensuite nous attendait ensemble, le départ ultime. Toi avec ta soutane et moi avec ma faucille et mon marteau. Notre dernier costume ! Notre enveloppe terrestre du moment.

Mon Amour, souviens-toi simplement que tu n'as pas toujours été curé et moi musicien sans Dieu ni Maître. Peut-être qu'en d'autres temps, en d'autres vies, les rôles se seraient inversés. Les perceptions de mon acte également.

Je persiste à croire que si ton Dieu existe vraiment, tout comme il fait primer l'âme sur le costume, tout comme il n'a pas donné de genre à ces flammes invisibles, il n'accorde pas davantage d'importance à ce qui est le fruit du corps et non de l'âme. Moi, je pense qu'il laisse à l'homme une certaine marge de manœuvre pour reproduire l'espèce humaine. Car peut-être se préoccupe-t-il moins de la forme que du fond.

Je suis à présent convaincu que si ton Dieu existe, seule l'essence même de chaque homme le préoccupe par-dessus tout. Je pense même que la création de l'âme reste l'affaire de Dieu et la reproduction de l'enveloppe charnelle, celle des hommes.

Emmanuel, mon Amour, tu ne peux pas croire que nous soyons des flammes jumelles depuis l'origine, peu importe notre forme charnelle, et rester en même temps si attaché aux modalités de la procréation humaine. Si vraiment tu penses que nous sommes flammes jumelles, laisse-toi porter par ta conviction intime. Fais-nous confiance et renonce aux peurs et interprétations des autres, au prétexte que vous appartenez à la même Église des hommes. Et surtout, souviens-toi que tu es persuadé que Charly et Emmanuel sont nos derniers costumes, nos dernières vies dans ce monde, mais que notre âme subsistera.

Nous devions mourir ensemble pour ressusciter comme ces deux Martins-pêcheurs de ton songe. De ma chanson. C'est ce que nous avions prévu, mon Amour, n'est-ce pas ?

Je reviendrai jouer sur les marches de l'église dimanche prochain et j'attendrai de te voir accompagner tes paroissiens sur le parvis. Si tu me regardes et me souris, je reviendrai te voir le soir, là où nous nous retrouvons d'habitude. Si tu ne tournes pas la tête, je ne reviendrai pas. Je repartirai là d'où je viens. Et j'attendrai, seul, avec ou sans ma guitare, que nous nous retrouvions à la toute fin. Car nous nous retrouverons.

N'est-ce pas mon Amour ?

Ton Charly ».

Arthur se laissa tomber à côté d'Esther. Le puzzle se reconstituait à présent, même si son oncle mourant avait eu du mal à s'exprimer. Devant le regard perdu de ses trois amies, tout lui revenait. Son oncle lui avait confié à demi-mot qu'il s'était retourné. Il lui avait dit qu'il regrettait de ne pas avoir abandonné ses fidèles sur le parvis de l'église, pour le suivre. Il avait même ajouté péniblement, qu'il s'était retourné trop tard. Charly était reparti. Un couple de fidèles, qui préparait la communion de leur aîné, l'avait retenu devant l'autel. Charly n'avait pas vu qu'il s'était ensuite précipité sur le parvis pour lui faire signe. Et dans son dernier souffle, Arthur lui avait tenu la main tandis qu'il disait rejoindre sa flamme jumelle. Esther rompit le silence glaçant du salon :

— Mon Dieu, quel horrible quiproquo !

Les quatre amis fixaient à présent, avec une impatience palpable, le petit carnet noir qui attendait sur la table.

— Ouvre le ! supplièrent en chœur les trois femmes.

— Oh oui, mon cœur, on a trop envie de savoir ce que Charly a bien pu faire pour blesser ton oncle ! Rébecca était saisie par les mots d'amour du curé.

« Un sentiment comme celui des contes de fées ».

D'une main tremblante, Arthur fit glisser l'élastique qui tenait bien fermées les confidences du journal intime du curé. Derrière les auréoles d'humidité qui avaient gondolé les pages à petits carreaux, le neveu avait tout de suite reconnu l'écriture en pattes de mouche de son oncle. Il tourna les pages avec fébrilité. Toutes le fixaient en retenant leur souffle. Soudain, l'écriture se fit plus lisible. Il commença à décrypter et lu lentement :

« *... Je me suis demandé, ce matin en me levant, si je parviendrai à aller jusqu'au bout de ma mission d'homme d'Église. Mon Dieu, qu'il m'est difficile d'entendre les confessions de mes paroissiens qui sont pourtant mes semblables. C'était déjà compliqué pour moi avant que Charly ne vienne s'installer à St Paul. Mais à présent, moins que quiconque, je me sens légitime à continuer ce qui est devenu à mes yeux une mascarade. Qui suis-je pour leur donner ma bénédiction au nom d'un Dieu que j'ai peut-être offensé en cédant à mon amour pour Charly ? Qui suis-je pour évaluer les péchés qu'ils me confessent, mais surtout qui suis-je pour décréter qu'ils sont pardonnables et pardonnés ? Je me fais à présent cette réflexion, chaque fois que je revêts ma soutane. J'ai l'impression d'être devenu un imposteur, que ce costume est devenu un déguisement...* ».

Les mots suivants étaient effacés. Plus loin, on lisait :

« *... Ce matin, lorsque j'ai croisé le boulanger d'en face et que nous avons évoqué ensemble la famille Blum, il m'a répété combien la pauvre Léa s'était métamorphosée, peu de* *temps avant qu'ils ne soient raflés. Elle était l'ombre de son ombre, m'a-t-il même dit. J'ai ressenti de nouveau le poids de la culpabilité. Le même que lorsqu'elle venait autrefois se confesser. Cette culpabilité me tenaille et me ronge davantage chaque jour, car moi aussi, je l'ai vue dépérir samedi après samedi. Je n'aurais jamais dû accéder à sa requête le jour où j'ai accepté de la baptiser en douce de l'Église et en cachette de son mari. Quel lourd tribut a dû payer la pauvre femme ! Elle, si attachée à ses racines juives. Elle que j'ai fait venir dans mon église, chaque jour de shabbat. J'ai beaucoup réfléchi et je me dis à présent que j'aurais dû l'écouter comme un ami et non comme un prêtre. Je me dis aussi que je ne suis personne pour décréter que mon Dieu est le vrai et non le sien. Mais je ne peux pas lui demander pardon, car ils ont fini par venir les chercher… ».*

Esther n'y tenant plus, elle laissa échapper un petit cri. Zoé et Rébecca se regardèrent enfin dans les yeux. « Non, pas comme ça ! Elle ne doit pas l'apprendre comme ça ! ».

La vieille femme comprit qu'elles savaient quelque chose. Mais elle se contenta de dire lentement et froidement, le regard fixé sur le carnet ouvert :

— Arthur, continue.

— Vous êtes sûre, Esther ?

— Oui. Arthur poursuivit sa lecture :

« … Qui étais-je, pour recevoir la confession d'une pauvre femme aussi amoureuse de Robert que moi de Charly ? Qui suis-je pour décréter que je détiens assurément la vérité divine, apte à l'absoudre de cet adultère en lui faisant abandonner son propre Dieu, qui est pourtant à l'origine de mes convictions ? Que vais-je lui dire si elle revient des camps ? Que lui dirai-je à lui et ses filles si elle est la seule à ne pas rentrer ? Car d'autres

auraient besoin de connaître la vérité alors. Hélas, je suis le seul à savoir. Je suis écartelé entre l'impatience de sonner les cloches pour annoncer la Libération du pays et la terreur de devoir parler si elle est reste là-bas. Je ne me sens pas encore prêt à violer le secret de la confession. Même si la perspective de me taire pour toujours me pèse de plus en plus. Car alors, ils ne sauront jamais... ».

Ensuite, l'écriture du curé disparaissait à nouveau derrière les auréoles jaunes. Zoé s'exclama :

— C'est tout ? Il ne dit rien d'autre ?

Rébecca lui lança un regard désapprobateur, puis, tendue, elle observa Esther. On devinait son regard perdu derrière ses vieilles larmes. Celle-ci balbutia :

— Mais de quoi parle-t-il exactement ? Et qui devait savoir ? Et au sujet de quoi, d'ailleurs ? (La vieille orpheline semblait hagarde) ; Arthur, regarde si tu ne peux rien lire d'autre ! Je veux savoir ce qui s'est passé au juste.

— Mais j'ai l'impression qu'on sait le principal, tenta timidement le jeune homme.

Zoé et Rébecca se regardèrent à nouveau, terrorisées à l'idée qu'Esther ne les démasque. Elles seraient alors obligées de tout lui dire, au sujet du coffret de Léa Blum, qu'elles avaient soigneusement caché depuis qu'elles l'avaient ouvert. Rébecca invita Arthur à chercher plus avant dans le carnet. Le jeune homme tourna les pages, comme les lamelles nacrées d'un éventail. L'écriture pâle réapparaissait par moments, mais restait illisible.

— Cherche, on ne sait jamais ! Le jeune homme tourna les pages poussiéreuses avec davantage de fébrilité.

— Stop ! hurlèrent ensemble les trois amies. Il s'arrêta net sur l'écriture qui devenait plus claire et recommença à lire :

« ... *J'avais toujours rêvé de faire un songe comme ceux des hommes de foi de la Bible. Je les trouvais plein d'espoir, mais aussi tellement limpides dans l'expression de la volonté de Dieu. Ce matin, lorsque je me suis réveillé aux côtés de Charly, je lui ai porté un regard nouveau. Il n'incarnait plus la tentation à laquelle j'avais été incapable de résister, mais simplement l'homme que j'aimais. Je me suis même laissé aller à penser que c'est Dieu qui l'avait choisi pour moi. Mais j'ai pleinement conscience de l'accueil que recevraient mes propos si j'osais les confier à mon ami l'archevêque. Charly a raison, il a une vision trop archaïque de Dieu. Je serais défroqué sur le champ. Je n'en ai aucun doute. Il ne me croirait pas. Personne ne me croirait. Pourtant, mon rêve de cette nuit ressemblait en tous points à un songe, comme ceux relatés dans la Bible. Et dans ce songe, Dieu ne me condamnait pas. J'ai même compris que la pureté de mon amour à l'égard de Charly était un sentiment légitime. Mon cœur est maintenant en paix puisqu'y cohabitent à présent ensemble Dieu et Charly.*

Je suis également certain, à présent, que nous sommes flammes jumelles. J'avais déjà entendu cette expression dans la bouche d'un de mes paroissiens, professeur d'histoire antique. Il affirmait avoir croisé la sienne comme dans ce qu'a relaté Platon, qu'il avait étudié au début de ses études. Lorsqu'il avait quitté le confessionnal, je m'étais senti comme abandonné. Il emportait avec lui comme un secret de vérité. Comme une lueur, dont seul lui connaissait la provenance. Ses mots de louange à l'égard de l'être aimé flottaient sur ses lèvres, comme des notes de musique sur une partition. Son timbre de voix était exalté comme lorsque mes paroissiens chantent un cantique. Il y avait eu quelque chose de religieux qui venait de se passer dans ce confessionnal. La demeure de Dieu revêtait tout son sens... ».

Les pattes de mouche disparaissaient à nouveau. Le jour était tombé, mais aucun des amis n'avait songé à allumer le salon. Malgré l'heure avancée, Simon restait silencieux. Comme s'il sentait qu'il ne fallait surtout pas qu'il réclame son biberon à cet instant. Les chiens attendaient, figés dans leurs actions. Arthur comprit qu'il fallait qu'il cherche de nouveau dans le carnet gondolé. Esther était sonnée par tout ce qu'elle venait d'entendre. Elle accusait le coup. Il poursuivit :

« ... *C'est très curieux, ce que je ressens ces jours-ci. Je ne cesse de penser à cette plume bleue que nous avons trouvé sur mon oreiller le matin de mon songe. Le boulanger, ornithologue à ses heures, m'a confirmé qu'il s'agissait bien d'une plume de martin-pêcheur. Je me suis demandé alors, pourquoi une plume de cet oiseau mythique. C'est Charly, en écrivant sa chanson qui m'a convaincu qu'il s'agissait probablement d'une sorte de signe qui apparaissait chaque fois que deux flammes jumelles se réunissaient. Pourtant, mon pauvre Amour a mis du temps avant de consentir à faire fi de son esprit trop cartésien. Pour ce qui en est de moi, c'est plus facile de croire sans être certain, car je suis habitué à renoncer à raisonner depuis que j'ai fait le pari d'un Dieu invisible.*

Mais à vrai dire, ce qui me préoccupe le plus en ce moment, c'est la colère que je ressens à l'égard d'Yvon Morvan. Je m'en suis entretenu avec mon ami Archevêque qui me somme de prendre sur moi. Yvon Morvan est revenu se confesser hier matin, pour se délester des détails sordides de son acte ignoble. J'ai cru que j'allais quitter le confessionnal en vomissant... ».

L'écriture sur la feuille du carnet se faisait encore plus illisible. Les pattes de mouche étaient devenues minuscules. Mais Arthur déchiffra la dernière phrase encore perceptible :

« ... *Comment vais-je pouvoir continuer à vivre en sachant qu'un jour je devrai leur dire que je connais le nom de celui qui les a dénoncés ? ...* » Il allait continuer lorsqu'Esther se mit à pousser un cri.

— Arrête ! Arthur referma le carnet et le lâcha. La vieille femme meurtrie murmura dans un sanglot, en vacillant : Non, continue, s'il te plaît ! Elle se laissa glisser sur l'un des canapés, le visage blême. Le jeune homme reprit le carnet et le rouvrit. Il balbutia :

— Vous êtes certaine ?

— Oui. Vas-y. L'écriture disparaissait pour réapparaître un peu plus loin :

« *... Georgio Marco est venu se confesser la semaine dernière et il m'a dit qu'il n'avait plus vu Charly depuis que les infirmiers étaient venus chercher Yvon Morvan pour l'interner. Il m'a également annoncé la mort de Grâce. Les bébés sont morts aussi. Je me suis dit que ce dénouement était bien ironique. J'ai pensé alors au Titanic qui avait sombré dans les eaux glacées à cause de l'orgueil de l'homme. Je me suis dit que tout pareillement, Charly et les Morvan avaient perdu l'objet de leur arrogance à l'égard de Dieu. Et pourtant, ils ont dû penser, lorsque Clémence Morvan est tombée enceinte grâce à mon Charly, qu'ils avaient fait mieux que lui. Deux nourrissons conçus par insémination artisanale, quel exploit ! Quel pied de nez au Créateur pour des païens. J'ai appris aussi par le jeune Georgio qui est le seul à savoir qu'il s'agissait de jumeaux, qu'Yvon Morvan était davantage perturbé par la disparition de sa femme, que par celle de ses enfants. Le veuf a payé le prix fort, lui aussi, d'après ce que le jeune Corse m'a raconté au sujet du fantôme de la petite Sarah qui serait venu le hanter la nuit...* ».

Un vent glacial embrasait les joues de l'assemblée. Esther, sans un mot, regarda le plafond du salon, juste au-dessous de la chambre de Rébecca.

« *... J'ignore les raisons et la nature de ces manifestations qui* *semblent le terroriser, mais je me dis que si elles viennent d'en haut, il n'aura eu que ce qu'il méritait... ».*

Esther écoutait attentivement.

« ... Par contre, je ne briserai pas le secret de la confession. Je sais qu'il payera un jour le prix de son acte devant l'Éternel et je considère que sa folie est sa punition humaine. Il faut croire que Dieu lui a enlevé à jamais l'objet de son péché, celui de sa convoitise : Elle.

La fille mère de mon petit café au lait a été trop raillée ici quand Yvon Morvan les a recueillis, elle et son bâtard. Lorsque je les ai rencontrés pour préparer leur mariage, j'ai vite fait de comprendre également qu'elle allait ruiner le pauvre bougre. L'innocent du village. L'infirme qui avait récupéré la fille-mère du métis. Il était devenu impérieux pour lui, d'offrir à sa femme la vie de bourgeoise qu'elle avait toujours rêvé d'avoir, mais dont sa famille l'avait privée en coupant tout lien avec elle. Il était impératif d'obtenir d'Isaac Blum son automobile. Pour qu'elle puisse se pavaner et se montrer à la messe tous les dimanches matin. Isaac Blum la lui prêtait parfois. Lui, se doutait que Monsieur Blum serait des plus généreux avec lui s'il s'occupait de ses filles. Il me l'a confessé.

Il en a été de même lorsque la pauvre fille a voulu avoir un enfant légitime. Le bougre était stérile et savait que mon Charly ne refuserait pas de l'aider. Lui qui avait une dette de vie envers son ami. En revanche, je ne saurai jamais, avant d'être là-haut, comment mon Dieu se positionne dans toute cette histoire misérable, mais tellement humaine. D'un point de vue éthique si je puis dire. La belle rouquine et les jumeaux sont-ils morts parce qu'Yvon Morvan avait pactisé avec le diable en dénonçant les Blum ? Ou parce que lui et mon Charly, ont voulu reproduire les gestes expérimentaux des fermiers de la coopérative agricole où travaille le petit Tom ? ... »

— Sale collabo ! Esther s'était levée d'un bond. Ses pupilles noires étincelaient de rage pure. Ses trois jeunes amis étaient livides et paralysés. Elle cria : C'était lui ! Pour la traction ! Tout ce malheur pour une voiture ! Elle se rassit en tremblant. Essuyant ses larmes avec son vieux mouchoir, elle ajouta avec un sourire effroyable : J'avais bien vu qu'elle aimait les belles choses ! J'avais bien vu qu'il aurait été capable de tout pour elle ! Elle annonça, sans transition et à la grande surprise de ses amis qu'elle allait rejoindre Simon. Qu'il était grand temps de lui donner son bain. D'un pas pesant, elle se dirigea péniblement vers l'escalier de l'étage. Dès qu'elle fut sortie de la pièce, Zoé s'exclama :

— Quand je pense que je t'ai fait acheter une maison de collabo ! Puis, sans transition : C'est incroyable cette histoire de jumeaux !

— Et c'est quoi, cette histoire d'insémination artisanale ? s'exclama Arthur avec une grimace de dégoût.

— J'ai bien l'impression que Tom ignorait que sa mère avait mis au monde deux enfants mort-nés, acquiesça Rébecca. Arthur, visiblement impatient d'en savoir plus, reprit la lecture du carnet :

« *… Il est vrai que l'un de mes paroissiens m'avait confié, avant que mon Charly ne me fasse part de sa décision d'aider les Morvan, que la vache Roussette ne parvenait plus à faire de veaux avec le seul taureau du village. Qu'il fallait les aider. Et que lorsque les fermiers ont procédé à l'insémination, Tom était là. Et qu'il a tout vu. Il a dû s'amuser à le leur raconter…* ».

Les phrases défilaient, tantôt visibles et tantôt non :

« *… J'ai été surpris quand on m'a confié, plus tard, que cela avait marché. Sans que la fécondation n'ait été la volonté originelle de Dieu. J'ai alors réfléchi sur la notion même de* *volonté de Dieu. Le coin du voile s'est alors déchiré. Car j'ai réalisé que personne ne connaissait cette volonté. Que personne ne savait. Quoiqu'en disent certains. J'ai compris, enfin, qu'il ne fallait pas confondre la volonté de Dieu et celle des hommes. Mon Charly avait raison. Le prix de nos vies est le même aux yeux d'un Dieu appartenant à tous. Donc nos convictions humaines aussi. Je n'avais pas le droit, plus que lui, de prétendre connaître la vérité de Dieu... Le jeune Georgio qui est le seul à savoir pour l'insémination m'a rapporté que tout s'était passé en douce de Grâce Morvan. Pendant qu'elle dormait profondément dans le lit conjugal, assommée par la tisane du pharmacien... ».*

— Le vieux Corse ? Décidément ! laissa échapper Arthur.

— Chut. Zoé lui fit signe de continuer :

« ... Je n'ai aucune idée de l'état psychologique de l'homme que j'aime. Car lui également vient de perdre ses enfants, finalement. Mes mots ont été durs avec lui et je tremble à l'idée qu'il puisse ne jamais revenir. Le reverrai-je dans cette vie ? D'ailleurs, me reconnaîtrait-il ? J'ai croisé le regard de mes paroissiens et je vois bien que mes traits boursouflés trahissent mes excès avec le vin de messe. Il me manque tellement. Je passe mes nuits à boire et prier et mes journées à prier et boire. Je me dis que si créer un homme est un jeu d'enfant, comme on me l'a rapporté, c'est peut-être parce que Dieu n'accorde pas tant d'importance que cela au corps auquel il confie les âmes. C'est que peut-être seule l'âme l'intéresse. Le corps est périssable. L'âme est éternelle. Et je m'imagine alors, comment les choses pourraient se passer. J'en suis arrivé pour le moment à l'hypothèse et sans doute l'espoir aussi, que c'est l'homme qui crée le corps et Dieu qui choisit les âmes pour chacun d'eux. Par contre, le pourquoi de deux corps charnels pour une seule âme m'échappe. Sans doute Dieu a-t-il ses raisons. J'ai été surpris d'apprendre, par mon ami l'Archevêque, que l'idée des flammes jumelles passionne

les hommes. Des archives seraient même stockées au Vatican. Déjà, des adeptes de ce concept a priori fou, se retrouvent dans des lieux secrets, selon lui… ».

Arthur essaya ensuite de lire les pages qui suivaient, mais les autres feuilles n'avaient pas résisté au temps. Zoé alluma la grosse lampe à pied à côté de leur canapé. Rébecca et le jeune homme se regardaient, l'air grave et solennel. Bocal s'était installé d'un bond sur le coussin moelleux du fauteuil écossais et les observait. On entendit soudain le pas d'Esther dans l'escalier. Elle tenait dans ses bras un Simon propre comme un sou neuf et le nourrisson gazouillait. Elle dit à la stupéfaction de la petite assemblée :

— Je sais que vous avez quelque chose à me dire. Les jeunes amies acquiescèrent sans un mot.

44

Une histoire d'amour

Silencieusement, la vieille femme s'approcha à pas lents des deux jeunes filles. Elle tenait fermement Simon dans les bras, qui gigotait en fixant avec un regard gourmand la tétine tiède. Elle dit posément :

— Je ne vous en veux pas de me l'avoir tu. Vous avez voulu m'épargner, je le sais. Mais dites-vous bien que j'aie vécu le pire. Je ne suis pas une petite chose fragile. Et surtout, je veux savoir. Où est-il ?

— Là-haut ! répondit Rébecca sans hésiter. Je vais le chercher ! Esther attendit que Simon engloutisse d'une traite le biberon que sa main veineuse tenait fermement. À peine bu, elle le déposa sur le vieil évier en céramique et tenant tout contre elle le bébé repu, elle dit posément :

— Je monte avec vous. Je vais recoucher petit cœur. Déposez le coffret près de la cheminée, car je crois que je vais avoir besoin de feu pour la longue nuit qui m'attend. Les jeunes filles se regardaient, gênées. Il n'y avait plus aucun doute, Esther avait compris pour le coffret. Les trois amis décidèrent d'aller dormir et de laisser la vieille orpheline seule, avec *sa famille.*

Et tandis que Zoé ouvrait la porte de leur chambre du rez-de-chaussée, Arthur annonça aux trois femmes qu'il ressentait le besoin d'aller se recueillir sur la tombe de son oncle. Et qu'il irait dès le lendemain matin au cimetière. Esther annonça à son tour :

— Moi aussi je compte aller au cimetière avec vous demain. Il faut absolument que je me recueille auprès de Sarah.

Seule la cheminée du salon éclairait la vaste pièce, au plafond orné d'un ventilateur colonial aux palmes dorées. On entendait le doux crépitement du feu. Esther était songeuse. Les chiens dormaient. L'un à ses pieds, l'autre devant le foyer illuminé. Sa maigre main tenait encore du bout des doigts, la dernière lettre de son père à ce Robert. C'était indiscutable, les deux amants s'étaient aimés d'un amour profond. De ce sentiment si rare et si pur. À l'époque où cette correspondance avait eu lieu, la petite fille de son papa, qu'elle était alors, n'aurait pas pu pardonner à sa mère d'avoir pris le risque de réduire à néant leur famille moderne. Son père avait dû tellement souffrir. Cet homme doux et pieux, le pharmacien qui n'aimait pas la vue du sang. Ses *deux autres mains*, comme elle aimait à l'appeler, lorsqu'ensemble, ils faisaient danser leurs doigts sur le clavier en ivoire et ébène qui trônait dans le salon familial.

« Qu'il a dû souffrir ! Mais pourquoi ne m'a-t-il rien dit ? Je l'aurais encore plus aimé ! ».

Dans ses confidences à cet homme qui lui avait pris sa femme, il avait écrit :

« … *Léa ne vous ment pas lorsqu'elle vous dit que notre mariage est une union voulue et arrangée par nos parents pharmaciens, qui étaient amis également. Mais je croyais que nous avions appris à nous aimer au fil du temps.*

Plus loin, on lisait :

« ... Je ne suis pas sans connaître votre mission à la caserne de Combourg. Je sais qu'en tant que chef de brigade, vous êtes chargé de faire régner l'ordre en exécutant les consignes du gouvernement de Vichy. Nulle n'est mon intention de vous prêter de mauvaises pensées en supputant que vous puissiez user de vos relations à mauvais escient, mais des bruits courent au sujet de vos dîners fréquents chez le haut gradé allemand. Aussi, je vous implore de ne pas user de votre fonction pour céder à la tentation de la délation à mon égard. Laissez-la décider seule. Je puis vous affirmer que si elle choisissait de poursuivre vos entrevues, je respecterai sa volonté. Je ne peux pas lui en vouloir de ne pas avoir réussi à m'adopter comme époux. Chaque semaine, je vois comment l'officier en charge des médicaments du plus gradé m'observe. Il reste silencieux, mais j'entends ce qu'il pense. Que je suis juif, car pharmacien et pianiste à mes heures. Il suffirait d'une allumette pour enflammer les mauvaises passions. Alors, je vous demande de vous montrer prudent à notre sujet. Pensez à Léa. Elle ne serait pas épargnée... ».

Esther soupira longuement. Elle pencha la tête en arrière et laissa ruisseler sa chevelure grise et argentée sur le fauteuil cossu. Elle lâcha dans un sanglot.

— Mon pauvre papa, tu étais David et lui Goliath. Elle releva sa tête trop lourde de secrets et prit au hasard une autre enveloppe. Elle reconnut l'écriture élégante de sa mère. Le pli était encore cacheté. Il n'avait visiblement jamais été posté. Elle l'ouvrit.

«Robert mon Amour, si tu mesurais combien tu me manques, combien je t'aime. Qu'il serait bon de te voir le matin, à mon

réveil, à la place de ce pauvre Isaac... ».

Esther ravala sa salive sèche et poursuivit plus loin.

« *La situation pour les juifs a empiré, selon l'oncle Jacob, qui suit de près ce qui se passe à Paris. Beaucoup de bruits courent, au sujet d'une rafle de grande ampleur qui devrait intervenir d'ici quelques jours, là-bas. Nous sommes en danger. C'est indéniable. Chaque soir, je me dis que c'est un miracle si nous sommes toujours là. Chaque nuit, je tressaille de devoir suivre la gestapo, sans avoir le temps de te dire adieu, mais surtout sans que nous ayons le temps d'échanger à son sujet...* ».

Esther soupira pour la énième fois. Quelle était cette urgence à rencontrer son amant ? Quoi de plus important que la perspective d'être raflée avec Isaac Blum ? La lettre n'avait jamais été envoyée. Elle datait du jour de la déportation du couple. Elle reprit sa lecture.

« *Je serai à l'église du bourg samedi matin. Viens m'y rejoindre, nous serons seuls. Le curé est au courant pour nous. Mais surtout, n'oublie jamais que je t'aime. Mon pauvre amour, pourquoi sommes-nous nés à cette époque ? Pourquoi est-il si difficile de divorcer ? Nous pourrions alors nous marier. Vivre enfin notre amour au grand jour. Isaac s'est montré très compréhensif et patient avec moi, depuis qu'il a découvert notre liaison, mais il ne pourra pas supporter indéfiniment cette vie. Je doute qu'il nous laisse poursuivre notre histoire quand la situation du pays sera redevenue normale. Quand la paix sera de retour. Hier, je m'étais résolue à ne plus te revoir. J'avais pris ma décision. À présent, je sens qu'un malheur approche. Il faut que l'on parle. S'il te plaît, viens samedi...* ».

Les idées se bousculaient dans la tête de la vieille femme. Elle se souvint combien elle aimait à réfléchir, dans tous les sens, chaque soir, après que son père et elle avaient joué ensemble leurs airs préférés sur le piano du salon. Ils priaient, ils réfléchissaient.

Ils décortiquaient le texte hébreu sacré à la syllabe près, pour essayer d'analyser le sens des mots de la Torah. Mais surtout, son père lui racontait l'histoire du peuple juif. Esther se souvint de sa voix. Elle se souvint de sa conversation au sujet de la notion même d'âme. Son père aussi croyait en cette entité impalpable, présente en chacun des hommes. Elle se mit à penser alors, à l'oncle curé et en sa croyance en l'existence des flammes jumelles. Tout se bousculait dans sa tête, débordante de souvenirs passés et présents. Elle avait tellement aimé le Dieu de son père, elle aussi même si elle avait choisi de ne plus croire en ce Dieu-là. Il lui était apparu trop cruel. Mais depuis qu'elle avait choisi de ne plus croire, elle avait traîné tout au long de sa vie un vide immense. Vivre sans la perspective de Dieu avait été un supplice. Elle repassa brièvement sa vie en boucle. Elle songea à ce brave homme, son mari, qui n'était jamais revenu du travail, un beau soir. Le seul qui avait eu envie d'épouser cette étrange femme qui ne souriait jamais et qui ne voulait pas d'enfant. Il s'était lassé de leurs repas silencieux.

Simon se mit à gazouiller depuis sa chambre à l'étage. Esther sursauta. « Mon Dieu qu'elle l'aimait ce petit ».

Elle songea alors à cette nouvelle et curieuse vie qui était la sienne en ce moment. Cette maison qui avait été le théâtre de l'horreur. Celle dans laquelle Sarah était morte dans des conditions atroces. Celle dans laquelle, selon les dires du collabo, elle serait peut-être toujours. Rébecca n'avait pas semblé se plaindre de sa chambre. Le fantôme de Sarah avait dû disparaitre avec le départ du traître. Esther sentait au fond d'elle, que tout ce qu'avait raconté l'oncle curé était vrai. Lorsqu'Arthur avait lâché cette phrase au sujet de la traction, elle n'avait pas été si surprise que cela. Elle avait remarqué combien l'homme au pied bot passait des journées entières à astiquer la belle automobile. Elle savait également qu'avant la guerre, l'occupation favorite de Madame Morvan était de recevoir les quelques représentants de commerce qui passaient dans les campagnes. Car elle aimait acheter, la belle rouquine ! Elle avait remarqué aussi, le jour de son retour à St Paul, que le veuf fuyait son regard. Aussitôt arrivée, elle lui avait tout raconté. La fausse partie de cache-cache et sa terreur tandis que les hommes de la gestapo cherchaient Sarah. L'enterrement avait eu lieu sans elle, dans le petit cimetière sans âme du bourg. Esther n'avait pas eu d'autre choix que d'aller la voir là-bas. Elle n'avait alors pensé qu'à une seule chose, revenir la chercher. L'enlever à cet endroit sordide. Elle s'était promis de revenir pour la ramener chez elle… le jour où elle aurait un chez elle. Et sans conviction, parce que jamais elle n'avait trouvé sa terre promise, elle était quand même revenue. Depuis trois semaines. Sarah reposerait dans la terre promise du peuple juif, avec les siens.

Esther sortit de ses songeries douloureuses et regarda les aiguilles de sa vieille montre d'homme en or. Le dernier souvenir qui lui restait de son père.

— Déjà ? soupira-t-elle.

Simon commençait à s'impatienter. On entendait le bruit sourd de ses coups de pied contre les barreaux de son berceau. À chaque pause, résonnaient les clochettes colorées, suspendues à son mobile.

— J'arrive, mon petit cœur, murmura-t-elle d'une voix tendre.

Tout en versant l'eau chaude sur la poudre du lait au fond du biberon, elle songea au gardien du cimetière. « J'espère qu'il sera plus aimable qu'au téléphone ». Elle se souvint qu'il lui avait dit qu'aucune démarche n'aurait abouti avant un mois pour qu'elle puisse procéder au rapatriement de la dépouille de Sarah. Épuisée par sa nuit de lecture, elle soupira et lâcha à haute voix :

— J'irai quand même, demain, avec eux. Au moins pour voir si je sens sa présence. Car ici, je ne sens rien. Simon pédalait de plus belle et à présent, il criait.

— Mince ! Esther songea aux trois jeunes gens endormis. Elle rédigea à la hâte, un mot sur un carnet qui traînait sur la table basse du salon pour demander un silence absolu pendant au moins deux heures. Elle monta difficilement les marches en bois et s'arrêta pour écouter le nourrisson qui s'était remis à gazouiller. Elle sourit et pensa. « Je serais bien restée vivre ici, moi ». Elle ouvrit doucement la porte en disant d'une voix chantante :

— Biberon, nouveaux langes qui sentent bon la lessive et dodo pour tous les deux, au moins pendant deux heures, mon poussin.

En bas, dans le salon, le feu ne murmurait plus. Il se mourait peu à peu dans le foyer en fonte. L'aube commençait à scintiller derrière les volets couverts de rosée. Le coq des voisins se mit à chanter. Argos bondit et atterrit sur la queue de Bocal, endormi, qui partit sans demander son reste en gémissant. Par terre, aux pieds du fauteuil aux accoudoirs vernis, une enveloppe dépassait des franges du plaid écossais. Une enveloppe jaunie comme les autres, mais plus épaisse. Elle avait glissé sans qu'Esther ne s'en rende compte. La seule qu'elle n'avait pas ouverte.

La matinée avait eu un parfum de lendemain de deuil. Esther et Simon avaient dormi trois heures consécutives et les trois jeunes gens n'avaient eu de cesse de récapituler dans tous les sens, l'histoire singulière de l'oncle d'Arthur et de son amant, tant aimé de lui. À présent, la chronologie des évènements s'imposait à eux. Peu avant la guerre, Charly était arrivé de nulle part et il s'était très vite installé sur le parvis de l'église du bourg de St Paul. Les jeunes gens supposaient que c'était pour *rembourser* son ami Yvon qu'il était venu ici. L'oncle d'Arthur avait fait allusion à ce qu'il appelait dans son journal intime, une dette de vie. Zoé et Arthur n'avaient pas fermé l'œil de la nuit, tant la multitude d'informations que contenait la lettre de Charly, ainsi que les confidences du curé, avaient envahi leurs pensées.

Rébecca avait rejoint sa chambre, la veille au soir, avec soulagement et empressement. Elle s'était aussitôt réfugiée dans les embruns de son lit à voile. Elle s'était allongée les yeux clos et avait attendu, le cœur battant. Mais il n'était pas venu. Alors, elle s'était mise, elle aussi, à penser à l'amour entre Charly et Emmanuel. En d'autres temps, elle les aurait tellement enviés. Mais là, elle avait songé à ces deux amants comme s'il s'agissait d'elle. Car elle ressentait exactement la même chose. Elle avait aimé la phrase de Charly dans laquelle il évoquait son désir inédit pour un corps qui lui importait peu quant à sa forme. C'était exactement pareil, pour elle. Sauf que pour elle, il était invisible. Mais bien réel. Elle avait longuement pensé à cette veuve éprise d'un fantôme qui lui dictait ses mémoires de capitaine, des nuits durant. Elle s'était amusée à songer, la concernant, à tous ces scénaristes qui seraient sans doute ravis que la réalité puisse ainsi dépasser la fiction. Car étrangement, Rébecca s'était tout naturellement accoutumée à la dimension extraordinaire de ce qu'elle vivait. Une voix intérieure la confortait dans l'évidence de cette situation pourtant singulière. Comme si les choses étaient rentrées dans l'ordre. Enfin. La cartésienne avait cédé en tous points à cette certitude irrationnelle.

Arthur et Zoé avaient eu envie l'un de l'autre, dès les premières lumières de l'aube qui filtraient derrière leurs persiennes. Puis, la jeune femme avait couru aussitôt se réfugier dans la salle de bain pour pleurer. Ils n'étaient pas parvenus à vivre l'intensité des sens dont Charly parlait dans sa lettre. Lorsque Rébecca les avaient rejoints dans le salon, les trois jeunes gens s'étaient alors mis à chuchoter. Zoé avait trouvé au pied du fauteuil, l'enveloppe rebondie qui avait glissé là. Ils l'avaient ouverte et ils s'étaient tous trois regardés, inquiets. Les jeunes amies avaient tout de suite reconnu l'enveloppe des vieux clichés d'où s'était échappé la photo jaunie que détenait Monsieur Marco. À l'époque, elles n'avaient pas osé sortir les autres de leur sarcophage de papier, car les lettres du coffret avaient été assez éloquentes pour se faire une idée de la situation. Et à présent, elles comprenaient qu'Esther n'avait pas trouvé les portraits réalisés par le photographe de Combourg. Ceux sur lesquels les amants avaient posé, enlacés. Mais surtout celui sur lequel, Sarah souriait entre ses parents. Léa Blum et son amant. Avec son sourire fier qui ressemblait tant à celui du gendarme. Avait-elle compris quand même ?

Esther avait tout lu, si les jeunes gens s'en référaient au tas de lettres empilées sur la table basse, à côté du coffret resté grand ouvert. Elle avait tout lu, mais elle n'avait pas vu. Et les suspicions des deux jeunes femmes, lorsqu'elles avaient découvert le coffret de la famille Blum, étaient définitivement éclairées. Sarah était bien la fille de l'amant. Esther et sa petite sœur, qu'elle avait tant chérie, n'avaient pas le même père. Cet homme tant aimé et admiré par la vieille femme.

Et à présent, les trois jeunes gens complotaient en hâte dans le salon, avant que leur vieille amie ne descende les rejoindre. Qu'allaient-ils faire ? Allaient-ils lui dire toute la vérité ? Ou simplement détruire cette enveloppe lourde de mémoire ? Et se taire. Pour toujours. Leur ton était grave, car ils mesuraient l'enjeu pour Esther.

Finalement, ils avaient décidé ensemble, les yeux cernés au-dessus de leurs tasses de café fort, qu'ils demanderaient à Georgio Marco, l'après-midi même, de leur rendre la photo qu'il avait camouflée dans sa poche. Ils avaient décidé de se taire. De faire disparaitre tous les clichés et même celui que détenait le vieux Corse. Rébecca et Zoé avaient tout juste eu le temps d'y apercevoir la silhouette des deux amants. Sarah n'y figurait pas. Mais il valait mieux se montrer prudentes. Elles iraient trouver le maître d'œuvre pour lui parler. Lui demander de la leur rendre. Elles se chargeraient des autres. Pour que jamais, Esther n'apprenne.

Et tandis que Rébecca prononçait en soupirant, *laissons les morts vivre leur vie*, Esther surgit avec Simon en écharpe, dans l'embrasure de la porte du salon.

— À quelle heure on part pour le cimetière ? Puis, ne prêtant aucune attention aux trois jeunes gens, elle ajouta : Je dois absolument voir le gardien pour qu'il accélère les démarches. Tout en déposant avec tendresse le nourrisson dans son hamac, elle précisa : Il est grand temps que je ramène Sarah avec moi. Arthur et Zoé se regardaient, incapables d'aligner une phrase. Rébecca observait, avec un sentiment d'amour nouveau, Simon qui pédalait avec fierté devant les chiens ravis. Esther continua : Elle ne restera pas plus longtemps dans un lieu où elle n'a rien à faire ! D'une voix rauque et poignante, elle ajouta : Elle n'a aucune famille ici.

Les trois jeunes gens se regardèrent, comme anéantis. « On devrait lui dire ».

45

L'éclat de rire

Rébecca referma la porte de la maison sur ses trois amis. À la surprise générale, elle avait décrété, plus tôt dans la matinée, qu'aujourd'hui, c'est elle qui s'occuperait de Simon. Elle ne les accompagnerait pas au cimetière. Le nourrisson semblait mesurer l'enjeu de cette véritable première rencontre avec sa maman. Calme, il attendait, en silence, les yeux écarquillés. La jeune femme s'apprêtant à le prendre dans ses bras, lui dit d'une voix douce :

— Je crois qu'on a grand besoin de discuter, tous les deux. N'est-ce pas mon petit bonhomme ? Le nourrisson semblait tout comprendre. Il se mit à gazouiller encore davantage qu'avec sa vieille nourrice.

— Qu'est-ce que tu sens bon ! Rébecca ferma les yeux et enfouit son joli nez dans les plis du petit cou de tortue. Une émotion infinie s'empara de tout son être.

— Qu'est-ce que tu sens bon, répéta-t-elle. Les gazouillis semblaient former des mots.

Simon paraissait acquiescer. Et tout en retirant son body, sur l'étroite table à langer de la petite salle de bain de l'étage, elle s'exclama :

— Ben ça alors ! Tu as la même petite hirondelle que ton papa sur ton petit bidon ! Le nourrisson se mit à pédaler et babilla de plus belle. Une tache de naissance rosâtre apparaissait nettement, au-dessous de son bourgeon ombilical, pas encore rentré. La jeune femme souriait, paisible, comme accomplie.

Lorsqu'elle plongea la petite crevette qui gesticulait, dans l'eau tiède, elle réalisa que c'était la première fois qu'elle voyait son bébé sans sa grenouillère. Et tout en caressant timidement la fragile fontanelle de son enfant, elle croisa enfin le regard de Simon. Ses cils épais et noirs étaient mouillés et cela lui donnait un air de baigneur en celluloïd.

— Tu es aussi beau que lui.

Rébecca saisit le tube bleu et blanc de gel, en appliqua une noisette dans le creux de sa main et au contact froid de la pommade sur sa peau laiteuse, le nourrisson se mit à éclater de rire.

La jeune maman fut foudroyée.

Foudroyée d'amour pour lui. Elle eut l'impression qu'elle venait de le mettre au monde. Cette voix, celle d'un petit crooner. Cette voix enrouée, rieuse et sympathique. Rébecca se sentit comme submergée par un tsunami d'amour. Car à ce moment, Simon n'était plus la continuité de Rébecca et de Hugo, mais bel et bien lui. Un individu à part entière qui aurait sa propre vie, ses propres émotions, sa propre personnalité. Il n'était pas le fruit d'une addition, mais bien lui. Les yeux de la jeune mère se remplirent de larmes. Des larmes salvatrices. Elle mesura que jusqu'à sa mort, elle serait, à partir de maintenant, liée pour toujours à ce petit être.

46

L'urne et le bouquet

Le cimetière du bourg se trouvait dans un tournant, juste à l'entrée du village. Lorsque Zoé, Arthur et Esther arrivèrent à bord de la Charleston, le ciel gris commençait à se dégager et les nuages à laisser place, bon an mal an, au ciel bleuté.

— Je l'aurais parié ! s'exclama la vieille femme, lorsqu'ils franchirent l'imposante grille ouverte. Zoé demanda, étonnée :

— De quoi parlez-vous ?

— Je savais qu'il m'éviterait ce faux cul.

— Mais de quoi parlez-vous ?

— Le gardien ! Je lui ai pourtant dit que je venais.

— Mais je croyais que c'était la tombe de Sarah que vous veniez voir ? Qu'est-ce qu'il vous a fait le gardien ?

— Il m'évite. Esther fulminait.

— Comment ça ?

— C'est bizarre, j'ai comme l'impression qu'il fait tout pour retarder le transfert de la dépouille de Sarah.

— Vous êtes sérieuse ?

— Oui. Ce n'est pas la première fois que je me fais la réflexion.

— Vous êtes à bout Esther, lui dit Arthur. Comme moi. Esther s'exclama, une intonation douloureuse dans la gorge :

— C'est ici !

Les trois amis s'arrêtèrent net. Devant eux, à leurs pieds, se dressait une sépulture sobre en granit sombre.

— C'est triste pour une petite fille, laissa échapper Zoé ; En même temps, y'avait pas grand choix à l'époque ! Arthur lui lança un regard désapprobateur.

Esther ne répondit pas. Elle se tenait droite et solennelle, sans vaciller. Ses yeux fixaient un bouquet de roses blanches, parsemé de boutons sur le point d'éclore. Elle ouvrit la bouche, mais aucun son n'en sortit. Arthur comprit. Il lança un regard désespéré à sa jeune amoureuse. Zoé ne comprenait pas. Soudain, Esther prononça d'une voix blanche :

— Ce n'est pas normal. Elle n'a personne ici. À part moi. Elle avala péniblement sa salive et répéta : Ce n'est pas normal ce bouquet de rose.

Alors, Zoé comprit ce qu'Arthur cherchait à lui dire. Elle hésita puis répondit :

— Esther, on a quelque chose à vous dire.

Lorsque Rébecca quitta la chambre de Simon, à pas de loup, la sonnerie de son portable qu'elle avait laissé sur son chevet, retentit. C'était Zoé.

— Tout va bien ?

— Réb, tu ne vas pas me croire !

— Qu'est-ce qui se passe Zoé ? Esther est toujours avec vous ?

— Oui, oui. T'inquiète. D'ailleurs, on a été obligés de lui dire au sujet du vrai père de Sarah. Apparemment, y'a quelqu'un qui vient lui déposer des fleurs sur sa tombe. Je t'expliquerai.

— Comment l'a-t-elle pris ?

— C'est bizarre.

— Mais comment ça ?

— Je ne sais pas comment te dire. Zoé cherchait ses mots : Elle semblait comme mitigée.

— Mais mitigée de quoi ?

— Je pense qu'elle a été touchée pour les roses, … du gendarme, sans-doute… Et le gardien aussi, apparemment.

— Mais de quoi parles-tu ?

— Je t'expliquerai en rentrant. Mais je ne t'appelle pas que pour ça ! Écoute-moi plutôt ! Il vient de se passer quelque chose d'incroyable ici !

Rébecca s'assit sur le rebord de son lit et alluma la cigarette de Zoé, toujours sur le cendrier.

Rébecca était étendue sur sa couette bleue, le regard perdu dans ses songes. Ce que venait de lui raconter Zoé était incroyable. Arthur avait bien failli ne pas retrouver la tombe de son oncle. Il n'avait franchi qu'une seule fois la grille glaciale du petit cimetière. Le jour des obsèques du tonton curé. Il leur avait même confié, la veille, que s'il se souvenait de la date exacte de sa mort, c'était seulement parce qu'elle avait eu lieu, le même jour mémorable, que celui où le mur de Berlin était tombé. Ils avaient fini par la trouver, nichée dans un recoin ombragé par le mur en pierres, perdue parmi d'autres tombes délaissées. Arthur avait alors mesuré, combien il avait aimé cet homme dont il avait senti instinctivement les nombreux secrets, qu'il détenait seul dans sa vieille tête. La tombe était modeste et sans doute faite dans un granit moyen et une petite croix surplombait la stèle aux lettres dorées. Mais surtout, parmi les mauvaises herbes qui avaient envahi les fissures du monument, reposait comme un vase ovale en marbre blanc. Et parmi les veinules gris pâle du vase, on distinguait nettement un prénom gravé sur l'urne : *Charly*. Pas de nom de famille. Pas de date de naissance. Mais en dessous, une date de décès : *9 novembre 1989*.

Le jeune homme avait eu du mal à contenir son émotion. Les deux femmes également. Le 9 novembre 1989, comme le jour de la chute du mur de Berlin. Comme le jour de la mort de l'oncle curé. Les trois amis avaient fini par trouver le gardien du cimetière. Mais il ne savait rien de celui ou celle qui avait déposé cette urne dans ce lieu loin de tout et oublié de tous, mais qui dégageait une paix éternelle. Il l'avait découverte un matin, tandis qu'il entretenait ce coin. Et lorsqu'il avait lu les lettres dorées à l'or fin, il avait compris. Car il connaissait bien l'histoire des deux hommes. Et il s'était réjoui qu'ils soient enfin réunis.

Esther n'avait pas osé évoquer avec lui la dépouille de sa petite sœur. Elle avait sans doute compris pourquoi le vieux gardien, si bienveillant avec la mémoire du curé, n'avait pas davantage tenu à ce que l'on découvre qu'un homme, qui avait fini par se confier à lui, veillait à ce qu'en toutes saisons, la tombe de la petite Sarah reste fleurie.

Rébecca était songeuse. Apparemment, les deux hommes étaient morts le même jour. Et Charly avait semble-t-il, pris ses dispositions pour que ses cendres reposent sur la tombe de son Amour.

« Que c'est beau ! Moi, je ne suis pas morte le même jour que Hugo. Eux, ils sont morts le même jour, sans même le savoir, sans doute. Sans ne plus rien savoir l'un de l'autre. Même loin l'un de l'autre, ils sont partis ensemble ».

47

L'aveu

Le clocher du bourg de St Paul se mit à sonner les douze coups de midi. Rébecca s'était endormie d'un sommeil de plomb. La chambre était silencieuse. Celle de Simon également. Un peu plus tôt au téléphone, Zoé avait encouragé son amie à se reposer. Eux, ils iraient voir si Germain était ouvert.

— Grand besoin de nous remettre de tout ça, avait annoncé la jeune architecte à Rébecca.

Plus que les deux autres encore, elle avait accueilli avec soulagement, la détermination du matin de la jeune maman, à s'occuper personnellement de Simon. Mais elle était inquiète quand même. Et tandis que la Charleston ronronnait en direction du petit restaurant, elle était perdue dans ses songes :

« Je ne devrais peut-être pas l'encourager à dormir comme elle le fait. En même temps, j'imagine qu'elle a dû avoir un choc émotionnel en se retrouvant seule avec Simon ».

La jeune femme ne parvenait pas à se rassurer. Une expression nouvelle, dans les yeux de sa sœur de cœur, ne lui avait pas échappé. Que se passait-il ? Rébecca ne prononçait plus le nom de Hugo. Elle l'avait remarqué. Mais il y avait autre chose !

Sa Rébecca ! La romantique, avec ses grandes convictions sur l'amour absolu et unique. Celle que ses copines de fac aimaient taquiner en l'appelant notre *Alice au pays des merveilles*. Ou qui même parfois, décourageait Zoé avec sa foi ultime en l'amour des contes de fée. Son goût pour l'imaginaire. Elle avait eu un regard indéchiffrable lorsqu'Arthur avait lu la lettre et le carnet.

« Quelque chose était parti…

… ou peut-être arrivé », se dit Zoé en garant sa voiture de travers, sur l'étroit trottoir.

Rébecca avait écouté Zoé et à présent, elle dormait paisiblement. Son visage aux infimes taches de rousseur parsemées sur les pommettes frôlaient le voile blanc. Derrière lui, dansait une petite flamme en ombre chinoise. Un parfum de cannelle embaumait la pièce sombre. Aussitôt après l'appel de Zoé, Rébecca avait vérifié que Simon dormait profondément. Elle avait dévalé les escaliers, s'était versé le restant du sachet de tisane dans la théière et s'était alors recouchée après avoir fermé ses volets. Mais, une voix lui avait demandé d'allumer les bougies. Une voix grave et chaude que seule elle, entendait.

Cette voix d'homme qui l'implorait, à cet instant, de le rejoindre pour ne faire qu'un.

— Que veux-tu, chuchota-t-elle.

— Nous retrouver mon Amour. Nous retrouver comme prévu.

La jeune femme se mit à doucement onduler son corps, comme le feu follet derrière le voile.

— Qui es-tu ? gémit-elle.

— En ce moment, je suis ta main, ma beauté.

Les doigts fins de Rébecca, parcouraient avec volupté et audace son intimité. La danse de l'ombre chinoise, derrière le voile, s'accélérait. Soudain, la Voix ordonna doucement :

— Viens.

La lueur de la bougie diminua progressivement. La tension palpable de la chambre s'apaisa. Dehors, le silence régnait.

Lorsque la 2 Chevaux arriva devant le portail vert, Arthur ne put s'empêcher de s'écrier.

— Tiens, il est là, lui ! La camionnette blanche de Monsieur Marco était déjà là, garée en vrac, devant l'allée. Zoé sourit et dit :

— T'as toujours pas digéré le coup du chalet, toi. Je ne te cache pas que moi aussi, je suis pressée de ne plus le voir. Ça voudra dire qu'il a fini !

D'un pas déterminé, le jeune homme avança en direction du vieux Corse. Il fulminait :

— Moi, je file rejoindre Rébecca et Simon. Je vous laisse avec cet Attila ! Le vieux maître d'œuvre parut contrarié par la remarque du jeune homme. Il haussa les épaules lorsque celui-ci passa sous son nez, comme un éclair, sans le saluer.

— Bonjour, Arthur ! lui cria-t-il, tandis que ce dernier faisait semblant de ne pas l'entendre ; Ben, qu'est-ce qu'il a le forain ? (Georgio Marco, qui avait reculé au moment où le jeune homme passait en trombe, commença à avancer vers la Charleston pour aider Esther assise sur la banquette arrière). Il s'exclama : Mais qu'est-ce que je lui ai fait, moi, au forain ? Le vieux Corse ne décolérait pas : C'est moi qu'il appelle comme ça, Atti… je sais pas quoi ?

Zoé arriva comme un toréador, droit sur la silhouette en bleu de travail. Esther, encore assommée par sa visite au cimetière, ne bougeait pas. Zoé était furieuse :

— Le forain ! Mais je crois rêver ! Mais quel culot, alors ! aboya la jeune femme à l'attention du maître d'œuvre, penaud. C'est mon ami que vous venez de qualifier de forain ?

— Ben, euh…

— Vous l'appelez comme ça par rapport au surnom que les habitants du bourg ont donné à sa maison ? Vous êtes culotté quand même.

— Je ne vois pas du tout de quoi vous parlez, Mademoiselle Zoé.

— Si ! Vous voyez de quoi je parle ! Et cette fois-ci, épargnez-moi vos vermisseaux en sursis et les questions existentielles de vos limaces ! Ras-le-bol de vos asticots ! Il faut grandir Monsieur Marco. Arthur m'a rapporté qu'à cause de vous, tout le monde, ici, se moque de sa maison. Ça ne vous dit rien, une soirée spéléo sous une bâche, avec des lampes sur le front, un certain soir d'hiver ? C'est plutôt vous qui mériteriez le terme de forain avec votre numéro. C'est de votre faute si tout le monde a baptisé sa maison *Cobac Parc, oui, mais de loin* ! Désolée Esther, mais moi non plus, je ne veux plus avoir à faire pour aujourd'hui à Monsieur Attila.

Semblant prendre le parti de courir à la rescousse d'Esther, qui commençait à s'impatienter à l'arrière de la Charleston, le vieux maître d'œuvre se pencha dans une sorte de révérence vieille France, des plus comiques.

— Qu'est-ce que je suis content de vous revoir, Esther ! Il paraît que vous vivez ici maintenant ? La vieille femme, le regard éteint, répondit :

— Oui, je suis là pour m'occuper du petit. Sans transition, elle ajouta en le fixant d'un air sévère : J'aurais aimé ne pas tout apprendre devant la tombe de ma sœur. Vous auriez dû me parler lorsque je suis venue rechercher Sarah. Ses mots semblèrent foudroyer le vieux Corse, qui se mit à chanceler et à bafouiller.

— C'était pas à moi de vous en parler. Je ne pouvais pas. Ses lèvres tremblaient. Il poursuivit : Mais je ne suis pas le seul. Tout le monde s'en doutait au village. Esther fit une moue qui le fit rougir. Il recula d'un saut pour la laisser sortir seule de la voiture.

— Je pense que vous avez des précisions à m'apporter, dit-elle posément, tout en acceptant la main de son vieil ami.

— Que voulez-vous savoir ? Monsieur Marco était blême. Il sortait et ressortait sa boite à priser d'un mouvement nerveux.

Zoé était revenue sur ses pas, discrètement. Elle leur lança :

— Je crois bien que vous n'êtes pas les seuls à devoir percer l'abcès. Moi, j'ai des choses à demander à Rébecca. Elle sortit la balle fluo de Bocal de son sac, la lança en direction des chiens qui jappèrent en chœur et laissa en plan les deux vieux amis. Tout en rejoignant l'allée des rosiers, elle s'exclama sans tourner la tête :

— On se retrouve là-haut !

Depuis les fenêtres grandes ouvertes du salon, on entendait un air de flamenco.

Rébecca et Zoé étaient assises, l'une en face de l'autre, devant la cheminée et se regardaient en silence. Arthur avait décrété qu'il avait envie de passer un moment avec Simon. On l'entendait à l'étage lui chanter des comptines. Les deux amies de cœur se tenaient les mains et tremblaient. Rébecca venait de tout révéler à Zoé. Elle demanda du bout des lèvres :

— Tu m'en veux ? Zoé avait l'air triste et cela affectait profondément Rébecca qui répéta doucement : Tu m'en veux Zoé ?

— Je suis triste. C'est tout. Ou plutôt, triste et en même temps très inquiète pour toi. Rébecca attendait. Zoé reprit : Je suis triste pour Hugo. La jeune architecte sanglotait.

— Mais il est mort Zoé.

— Pas pour toujours Réb. Tu sais ce que je pense de la vie après la mort. Je veux dire…

— Je sais ce que tu te dis. Tu penses que si nous nous revoyons un jour, là où il est, je vais le rendre malheureux en lui avouant ce que j'ai ressenti pour un autre. Le regard hébété, Zoé s'exclama :

— Mais Réb, tu mesures ce que tu es en train d'insinuer ? Tu te rends compte de la façon dont tu viens de parler de ton fantôme ?

— Ce n'est pas un fantôme ! Du moins, pas au sens où tu l'entends. Il est bien réel. Ses caresses aussi.

— Épargne-moi les détails, s'il te plaît !

— Oui, désolée. Zoé, regarde-moi. Rébecca tenait la tête de

son amie entre ses mains fébriles. Elle continua : C'est toujours moi. Rébecca. Ta Rébecca ! La même cartésienne qu'avant. L'avocate qui reprend son job dans quelques semaines. Elle soupira : Mais au bout d'un moment, il faut être capable de remettre en question ses convictions les plus rationnelles. Je fais bien l'amour avec un homme là-haut et pas seulement un esprit, crois-moi ! Zoé se leva d'un mouvement brusque pour aller chercher ses cigarettes. Elle répondit :

— Tu te rends bien compte que les fous internés à l'hôpital psy de Rennes, le sont pour beaucoup moins que ça ?

— Oui, je sais. Rébecca baissait la tête. Elle réfléchissait. Car il fallait que Zoé la croie. Sinon, qui le pourrait ? Elle leva son visage de femme-enfant et dit doucement : Fais-moi confiance. Zoé était décontenancée :

— C'est une histoire de fou ! Soudain, Rébecca lança timidement :

— Ce n'est pas pire que de croire en un Dieu invisible. Moi, je le sens mon *fantôme*. Et je te prie de croire, qu'il est bien fait de chair.

— Je t'ai dit, pas de détails, Réb ! Puis, l'amie complètement perdue, ajouta : Je t'en supplie, vas voir le docteur et avoue-lui tout.

— Avouer ? Mais tu parles de moi comme si nous avions fait quelque chose de mal, alors que je n'ai jamais vécu quelque chose de si beau et d'aussi pur.

— Tu t'entends, Réb ? Tu viens de dire *nous*, comme si vous étiez un couple, toi et ton fantôme ! Je n'aurais jamais dû te montrer ce film. C'est de ma faute. J'aurais dû m'en douter. Tu es trop romantique… et tellement fatiguée.

— Mais il existe, Zoé ! Je te le jure. Si tu persistes à ne pas me croire, ce n'est pas lui, mais toi, qui vas me rendre folle !

— Tu t'entends ? Non, mais sérieusement, tu t'entends, Réb ?! Tu me fais peur. C'est impossible, je te dis !

— Et les flammes jumelles ? Elles sont possibles, elles, peut-être ? Impossible en fonction de quoi, Zoé ? (Rébecca avait pris son air de ténor du barreau). Impossible pour qui et pourquoi, Zoé ? Pour les croyants ? Mais lesquels alors ? Lesquels méritent le plus d'être crus, Zoé ? Tu peux me le dire ? Parce que moi, je suis preneuse de tout en ce moment, crois-moi ! Elle se leva à son tour et commença à marcher en long et en large devant la cheminée : Impossible pour qui, Zoé ? Pour les athées ? Je suis athée, tu t'en souviens ? Je veux dire plutôt, agnostique. En tout cas, je ne crois pas. Rébecca chercha ses mots. Elle s'approcha de son amie, la fixa dans les yeux et lui demanda gravement : Donc, si je comprends bien, ça ne te pose aucun problème de faire tiennes, les convictions d'hommes que tu n'as jamais vus, basées sur des textes datant de plus de 2000 ans et écris par ces mêmes inconnus, mais lorsque c'est ta meilleure amie, athée de surcroît, qui t'affirme qu'elle ne déraille pas, elle est bonne pour la maison des fous !

— Je t'en supplie, retourne voir le docteur Quintin, Réb ! Prends rendez-vous ou vas-y jeudi, mais il faut que tu lui parles. Tu ne peux pas rester comme ça. Rébecca eut pitié de Zoé. Elle répondit :

— OK. Je peux comprendre que la situation te paraisse dingue. Je vais y aller si cela peut te rassurer. Tiens, je vais même y aller maintenant.

— Ce n'est pas possible. Il ne prend sans rendez-vous que le jeudi. Candy me l'a dit.

— Mais qu'est-ce que vous avez tous à raconter cela ? À moi, il m'a dit que c'était une hérésie, des prises de rendez-vous chez un médecin. Il m'a même dit texto… Rébecca bomba le torse et prit l'intonation du vieux médecin *: Mademoiselle Müller, est-ce qu'on prend rendez-vous avec la mort ou la maladie* ?

— Alors, vas-y tout de suite s'il te plaît !

La chaîne hifi s'arrêta. On entendait les pas lents d'Esther et de Monsieur Marco sous les fenêtres du salon. Ils longeaient péniblement l'allée des rosiers. Le vieil homme parlait en chuchotant. Il entourait de ses bras maladroits, les épaules menues et décharnées d'Esther. Il murmurait :

— Laissez-vous aller à pleurer ma très chère amie. Vous en avez besoin.

La vieille femme serrait entre ses mains une photo jaunie. Elle peinait à avancer. Monsieur Marco la serra encore davantage tout contre lui. Et tandis qu'ils arrivaient sur le jardin arrière devenu terrain vague, tous deux penchés sur le passé douloureux d'Esther, il lui dit :

— Qu'est-ce qu'elle était belle votre mère.

— Oui. C'est vrai. Mais je ne verrai jamais ses rides, soupira la vieille orpheline.

— Moi je peux vous dire assurément qu'elle aurait été encore plus belle avec ses rides ! Monsieur Marco avait le regard brillant d'un vieil amoureux et le sourire d'un jeune homme. Il ajouta doucement : Vous lui ressemblez tellement. Vous avez le même sourire. Esther soupira longuement :

— Je sais. Tout le monde le disait. Ils disaient aussi que Sarah avait les yeux de maman. Elle approcha la photo de son visage et dit : Par contre, elle avait le sourire de cet homme.

Le ciel se mit à gronder. Les vieux amis se hâtèrent de rejoindre le nouvel escalier.

48

La proposition

Lorsque Rébecca passa au volant de sa Coccinelle devant la longère de Candy et Philippe, elle accéléra dès qu'elle aperçut la professeure d'anglais, concentrée à tailler des rosiers sauvages devant la maison. La voisine se retourna aussitôt et lui fit signe de s'arrêter.

— Je n'ai pas le temps, Candy. Je vais chez le docteur Quintin. La jeune femme sembla déçue. Elle lâcha quand même son sécateur et s'approcha.

— Tu vas chez Quintin, toi ?

— Ben oui, pourquoi ?

— Il paraît qu'il est spécial.

— Que veux-tu dire ? Rébecca ne cacha pas son agacement. Les plis de son front trahissaient son impatience et sa nervosité. Candy hésita, mais poursuivit :

— On dit qu'il se passe des choses étranges, dans le deuxième bureau du cabinet. La voisine avait un regard jubilatoire. Rébecca s'en rendit compte. Elle se contenta de dire :

— Crache ta *Valda*, Candy.

— Pardon ? La voisine sembla décontenancée par sa remarque, mais elle poursuivit :

— Moi, je n'y suis jamais allée, chez ce médecin. Je vais à Combourg. Mais c'est ce qu'on dit. Tu ne vas pas me dire que tu ne le trouves pas étrange ce toubib. Rien que son look, déjà !

— Pour toi, on n'est pas médecin si on ne porte pas la blouse blanche, c'est ça ? Le ton de Rébecca était sarcastique, mais Candy ne sembla pas s'en rendre compte. Ses yeux étaient brillants et elle attendait. Rébecca ajouta froidement pour couper court à la conversation : Je suis en retard ! Puis : L'habit ne fait pas le moine, Candy !

Sans laisser le temps à la bavarde de répondre, elle fila en direction du bourg.

En pénétrant dans le petit hall du cabinet médical, Rébecca fut ravie de constater qu'aucun patient n'attendait. Elle n'eut pas le temps de s'asseoir, car l'élégante silhouette bleue arriva presque aussitôt, s'exclamant, l'œil toujours aussi vif :

— Mademoiselle Müller ? Je vous manque déjà ? L'insolite médecin se tenait debout et droit, avec son air de mage, un sourire bienveillant en coin et détaillait les traits de la jeune fille. Soudain, une ombre passa sur son visage. Il lui dit : Vous, vous n'arrivez toujours pas à dormir avec la tisane du pharmacien, c'est cela ? Vous aviez également commencé à évoquer des hallucinations liées aux effets indésirables du médicament que vous preniez, si je me souviens bien ?

— Non, non, elle fonctionne très bien, cette tisane ! Le médecin l'interrompit.

— Et pour les hallucinations ? Puis, sans transition, il demanda.

— On va dans quel cabinet aujourd'hui ?

— Je n'en sais rien. Je suis encore plus perdue que la dernière fois et là, j'ai vraiment besoin de parler à un homme de science.

— Comment cela, mon petit ? La tisane n'a pas tout réglé ? Le médecin continuait à la scruter.

— C'est pire. Mais avant, je veux que vous me fassiez une promesse.

— Je vous écoute.

— Ce que je vais vous dire dépasse tout entendement humain, Docteur. (Rébecca murmurait. Ses pupilles aux reflets dorés commençaient à se mêler de larmes); Ce que je m'apprête à vous raconter est incompatible avec la juriste rationnelle que je suis. Le vieux médecin se contenta de sortir de son pantalon en cuir noir un curieux carré de tissu soyeux, du même bleu que sa surprenante chemise. Avant même que Rébecca ait eu le temps de réagir devant ce mouchoir insolite, il le lui tendit et lui dit d'une voix douce :

— Prenez et appréciez la caresse de l'étoffe pour essuyer vos larmes. On va aller dans le bureau intime. Suivez-moi.

— Mais, vous ne m'avez pas promis Docteur.

— Que dois-je vous promettre, Mademoiselle Müller ? La jeune femme hésitait. Elle pensait à la réaction de Zoé. À ses mots au sujet de l'hôpital psychiatrique de Rennes.

— Je voudrais que vous me promettiez de ne pas appeler la maison des fous.

— Suivez-moi, se contenta de répéter le vieux médecin. Son regard était devenu sombre.

Rébecca avait tout raconté au docteur Quintin. Et cette fois-ci, elle n'avait rien tu. À présent, elle se tenait comme une enfant venant d'avouer à ses parents un lourd secret. Elle avait déposé son fardeau de questions irrationnelles aux pieds de l'homme de science. Assise sur l'une des deux chaises en rotin verni, en face du bureau couvert de dossiers, elle attendait, tendue. Le vieil homme l'avait écouté attentivement sans dire un mot, sans trahir le moindre ressentiment. Il continuait à l'observer.

— Vous me faites peur, Docteur. Dites quelque chose.

— Ne vous en faites pas, je ne vous enverrai pas à *Guillaume Régnier*, mon petit. Même si, je dois bien vous avouer que la plupart de mes confrères plus conventionnels, l'auraient déjà fait.

— Je suis folle, Docteur ?

— Qu'en pensez-vous, vous ?

— Je n'ai pas l'impression de l'être, en fait. J'aurais même envie de dire, plutôt, que je ne me suis jamais sentie aussi lucide.

— Développez, s'il vous plaît. Rébecca cherchait ses mots. Elle lâcha :

— J'ai l'impression d'être enfin moi. Le docteur Quintin se redressa dans son grand fauteuil, fit craquer ses doigts et tout en reposant ses mains croisées sur le bureau en bois laqué noir, il dit posément.

— Vous savez, Mademoiselle, les fous d'aujourd'hui seront peut-être les hommes censés de demain.

— Que voulez-vous dire ?

— Ne dit-on pas, *bien heureux soient les fêlés, car ils laissent passer la lumière* ? Le vieux médecin souriait.

— Vous pensez donc que je délire ? C'est bien cela, n'est-ce pas ?

— Je n'ai pas dit ça. Et de vous à moi, d'ailleurs, je ne partage pas du tout la conception actuelle de mes semblables, au sujet des fous, comme vous dites.

— C'est-à-dire ? La jeune femme écoutait attentivement.

— Je pense moi, que le cerveau humain est la plus belle invention qu'il soit. Mais je pense aussi que c'est un énorme gâchis !

— Comment cela ? Que voulez-vous dire ? Le docteur continuait.

— Dites-moi Maître, à quoi ça sert d'avoir une Porsche si on conduit comme si on était au volant d'une 2 Chevaux ?

— Je ne comprends toujours pas, Docteur.

— À quoi ça sert d'avoir un bolide pour rouler à 80 kilomètres à l'heure, si vous préférez ?! Vous ne voyez vraiment pas ce que je veux dire ?

— Désolée, mais non.

— C'est comme pour le cerveau, Rébecca. Je suis persuadé, pour ma part, que nous n'utilisons même pas trente pour cent des capacités de notre cerveau. Il hésita et dit : Sauf les fous peut-être. La jeune femme n'en croyait pas ses oreilles. Elle repensa à sa brève conversation avec Candy. Le docteur Quintin poursuivit : Vous savez, mon petit, nous nous devons de nous montrer très humbles par rapport à tout cela. Que l'homme croit en Dieu ou non, il se place toujours, selon moi, à la frontière entre la raison et la folie. Et il est tellement facile de tomber de l'autre côté, de manière définitive.

— Vous me faites peur, Docteur !

— Oh, rassurez-vous, dans votre cas, vous seriez déjà tombée dans la folie depuis longtemps, avec tout ce que vous venez de me confier au sujet de votre fantôme, si je puis me permettre l'expression.

— Montrez-vous plus clair, s'il vous plaît.

— Je m'intéresse aux secrets du cerveau humain depuis toujours et je suis convaincu que nous sommes inégaux, dans notre perception des mondes parallèles.

— Pardon ?

— Laissez-moi poursuivre… Personnellement, je n'ai jamais adhéré au *médicalement correct*. Mes confrères se cantonnent aux médecines actuelles occidentales, mais croyez-moi, ils font fausse route.

— Comment cela ?

— Pour eux, il y a les fous et les censés.

— Par pour vous ?

— Certainement pas ! Je viens de vous le dire, ceux qui sont décriés au moment où je vous parle, seront peut-être ceux que l'on encensera dans 20 ans. Comme Pythagore, voyons ! Aujourd'hui, ce sont ceux qui croient que la terre est plate qui sont enfermés. Eh bien moi, je pense qu'on va avoir d'autres surprises, croyez-moi.

— Et pourquoi vous dites que les fous sont parfois les plus sensés ?

— Je suis intimement convaincu que ceux qui entrevoient ce que les autres ne voient pas, sont tiraillés entre l'envie d'en savoir encore davantage et celle de rentrer dans le moule. Vous imaginez le bazar, vous ? Il y a toutes les raisons du monde de perdre la boule, non ?

Soudain, le vieux médecin cessa de sourire. L'air grave, il poursuivit :

— Vous savez, Mademoiselle Müller, je me suis toujours intéressé aux phénomènes étranges. Je veux dire, ceux dont on parle le plus. Je me suis toujours imposé la ligne de conduite de Socrate : *Je sais que je ne sais rien.* Et tout le monde devrait faire pareil. Le docteur Quintin se mit à soupirer. Il ne regardait plus la jeune femme, mais fixait le tiroir de son bureau.

— Une seule fois, dans ma vie de médecin, je me suis éloigné de cette ligne de conduite, avec une patiente et je le regrette encore. Il soupira de nouveau.

— Mais pourquoi ? Rébecca attendait. Elle bouillait d'impatience.

— Parce que je l'ai fait hospitaliser sous astreinte. Derrière sa barbe grise, ses lèvres se mirent à trembler… Et qu'à cause de moi, elle s'est suicidée.

— Mais de qui parlez-vous ?

— D'une jeune patiente, qui m'avait affirmé, tout comme vous, avoir été témoin d'un phénomène incompréhensible à notre niveau de connaissance scientifique. Et moi, je suis tombé dans le panneau. J'ai préféré décréter que cela n'était pas possible. Et je l'ai envoyée là-bas. Et elle s'est suicidée, la pauvre gamine. Il reprit sa respiration et dit avec la gorge nouée : J'ai appris, seulement après, qu'elle n'était pas la seule à avoir assisté à ce phénomène inhabituel.

— Mais de quoi s'agissait-il ? Le docteur Quintin sortit de ses pensées en sursautant et reprit son ton de médecin :

— Peu importe. De toute façon, je suis soumis au secret médical. Vous savez ce que c'est, Maître ! Il reprit : Alors, vous comprendrez bien que moins que quiconque, je me permettrai de vous traiter de *folle*. Cela dit, j'ai une petite idée vous concernant.

— Ah oui ? Dites-moi alors !

— J'hésite.

— Mais pourquoi ?

— Parce que si j'ai raison, vous allez me détester.

— Mais pourquoi donc ?

— Parce que vous voudriez que tout cela soit bien vrai, n'est-ce pas ?

— Peut-être.

— Bien sûr que oui et c'est humain ! Vous venez de mettre au monde l'enfant d'un homme décédé que vous avez aimé, comme vous craignez de ne plus jamais aimer. C'est la porte ouverte à tous les fantasmes intérieurs !

— Comment cela ?

— Votre inconscient vous dicte de trouver mieux que votre Hugo, pour lui survivre. Je pense que c'est aussi simple que cela.

— Et mes sensations charnelles ?

— Sans doute, sont-elles exacerbées par deux choses. La tisane déjà. Vous vous rendez compte de la dose de cheval que vous avez prise ? Vous avez lu le *Spleen* de Baudelaire ? Lui aussi prenait des substances pour partir dans des sensations du corps et de l'esprit, décuplées. Rimbaud n'était pas mal dans son genre, lui non plus.

— On dirait que vous parlez de cannabis, Docteur !

— Non, bien sûr que non, je connais très bien les mélanges d'herbes de mon ami pharmacien, mais il faut absolument respecter les doses prescrites, Mademoiselle Müller.

— Mais ce ne sont que des plantes !

— Mais la ciguë également ! C'est loin d'être anodin une plante. Là encore, la frontière est étroite entre leurs effets bénéfiques et ce qui peut se passer en cas de surdosage. Mais, je pense surtout, moi, que vos sens sont ceux d'une jeune maman, tout simplement.

— Comment ça ? Je ne vois pas le rapport avec Simon.

— Ce n'est pas de Simon dont je vous parle, mais de vous Rébecca. Votre corps n'est plus celui que vous aviez avant de le mettre au monde. Une grossesse perturbe tout au niveau hormonal.

— Mais à ce point ?

— La conjonction de tout ce que nous venons d'évoquer, pourrait tout expliquer.

— C'était tellement réel.

— Sans doute. Mais si votre plaisir était réel, il s'agit là, probablement, de la réappropriation de votre corps de femme. Vous êtes en train de faire votre deuil, je pense. Et toutes les astuces de l'inconscient sont alors possibles.

— Vous voulez dire que mon inconscient a inventé l'existence de… Rébecca hésitait.

— De ce *fantôme* ? C'est bien le mot que vous vouliez prononcer, n'est-ce pas ? Oui, je pense en effet, qu'il vous autorise ainsi à redevenir une femme avec le désir que cela suppose, mais sans Hugo. C'est sa manière de vous faire déculpabiliser. Il vous aide à passer à autre chose.

— Ce n'est pas aussi simple que cela, Docteur. Je pense encore à Hugo. Mais plus de la même façon.

— C'est bien ce que je dis. Votre inconscient a dû aller rechercher un souvenir refoulé loin en vous, pour fabriquer cet amant parfait.

— Comment cela, parfait ?

— Oui. Il est idéal ce fantôme. Non seulement il vous transporte comme jamais personne ne l'a fait avant lui, mais en plus, il ne mourra pas, puisque c'est un fantôme.

— Vous croyez vraiment ?

— On peut le vérifier si vous voulez.

— Pardon ?

— Oui, on peut aller chercher le souvenir qui rend tellement réels vos rêves. Vous m'avez dit avoir vu les traits de ce visiteur, mais ne plus vous en souvenir lorsque vous revenez à vous. C'est bien cela ? Vous m'avez bien parlé d'un sommeil *étrangement lourd* ?

— Tout à fait. Je ne sais pas comment dire. C'est difficile. (Rébecca cherchait ses mots). Disons que c'est peut-être comme ça, qu'on voit les autres lorsqu'on est aveugle.

— Que voulez-vous dire ?

— Lorsque je suis dans ses bras... Elle s'arrêta net.

— Continuez. On s'en fiche des termes. La jeune patiente reprit :

— Lorsque j'ai l'impression d'être dans ses bras, je le vois. Je le connais par cœur même. Mais sans le voir vraiment. Comme s'il existait un autre sens que celui de la vue ou de l'ouïe et de tous les autres. C'est difficile à expliquer. Quelque chose que je suis la seule à percevoir. C'est très étrange. Il m'est familier plus que quiconque, mais je suis incapable de vous le décrire.

— Et bien, nous allons partir à sa rencontre.

— Pardon ? Rébecca était interloquée.

— Il a bien dû exister dans votre passé ce jeune homme.

— Mais non, je vous assure.

— Votre conscient ne l'a peut-être pas vu. Mais il est manifeste, que votre inconscient se souvient très bien de lui, en revanche. Le docteur Quintin se mit à rire. Rébecca à rougir. Il continua : Qui dit qu'il ne s'agit pas du souvenir d'un autre homme que votre Hugo ? Quelqu'un que vous auriez croisé, alors que vous étiez avec lui, alors que vous étiez persuadée n'avoir d'yeux que pour lui.

— Mais c'est insensé ! À l'époque, je *dormais* Hugo, je *mangeais* Hugo. Tout juste si je ne *travaillais* pas Hugo.

— Oui, mais les signaux de votre inconscient ont dû être muselés par votre raison.

— Comment cela ? Vous sous-entendez que je me suis conditionnée, pour ne pas voir cet autre homme que mon inconscient avait pourtant *repéré* ? C'est bien cela, Docteur ? Plutôt tordue votre analyse, non ? Rébecca se mit à rire à son tour.

— Il n'y a qu'un moyen pour le savoir.

— Lequel ?

— L'hypnose. Le docteur Quintin était sérieux. Il observait la jeune femme et attendait. Rébecca avait les yeux grands écarquillés.

— L'hypnose ? … Comme dans les spectacles d'illusionnistes ?

— Vous me vexez Mademoiselle Müller. Et pourquoi pas avec un pendule pendant que vous y êtes ! Non, moi je vous parle de l'hypnose thérapeutique. Celle que les médecins les plus avertis utilisent pour réveiller la mémoire. Cela n'a rien à voir avec les clichés de cette pratique, véhiculés par le cinéma.

— Ah bon ? Mais alors, comment ça se passe au juste ?

— Je vais essayer de faire simple. Le vieil homme réfléchissait, son index jouant avec sa barbe bien coiffée. Il reprit : Il faut savoir, mon petit, que nous avons en France, des dizaines d'années de retard sur l'Allemagne, dans ce domaine. Le docteur Quintin semblait chercher soigneusement ses mots : Déjà en 1773, le *docteur Franz- Anton Mesmer* s'est beaucoup intéressé à cette opportunité de partir à la rencontre de ce qui est invisible dans le cerveau, pourtant si déterminant, pour expliquer l'état psychologique du sujet. Vous savez, Rébecca, l'hypnose est de plus en plus utilisée dans la pratique clinique. Tenez, chez les patients amnésiques, suite à un accident, par exemple. Le vieux médecin fit à nouveau craquer ses doigts et poursuivit : L'hypnose est un véritable phénomène psychologique. Il n'y a rien de paranormal dans tout cela. Le but étant d'aider votre esprit, en provoquant chez vous, un état d'attention et de concentration tel, que vous devenez, l'espace de la séance, beaucoup plus ouverte aux suggestions de votre inconscient. Et on peut réveiller ainsi tous les souvenirs enfouis dans les endroits les plus profonds de la mémoire.

— En dormant ? La jeune fille était ébahie.

— Non, on ne peut pas véritablement parler d'un sommeil au sens où vous, vous l'entendez. D'ailleurs, je vous préviens. Si nous étions amenés à réaliser ensemble une séance d'hypnose, vous n'allez pas faire une sieste, croyez-moi. Attendez-vous plutôt à être terrassée d'épuisement. Parce que vous allez travailler mon petit ! (Le docteur Quintin avait un sourire attendri). Moi, je ne serai là que pour vous suggérer les choses. Pour vous guider dans votre *voyage de soi*. Vous gardez un contrôle total, je vous le promets.

— Vraiment ?

— Bien sûr. Contrairement aux croyances populaires, on ne peut pas faire faire n'importe quoi à un patient sous hypnose.

— Et vous dites que je comprendrai, alors, ce qui m'arrive ?

— Disons que nous aurons avancé.

— Mais, c'est dangereux ? Je ne risque pas de rester endormie ?

— Comme la *Belle au bois dormant*, vous voulez dire ? Le médecin souriait, amusé : Non, rassurez-vous. Souvenez-vous que je suis médecin, quand même. (Il fit un petit clin d'œil à la jeune femme ahurie). D'ailleurs, si vous êtes partante, je vais prendre votre tension dès à présent.

— Mais pourquoi ? Rébecca semblait inquiète.

— Oh, simple routine. Mais comme je viens de vous le dire, ça remue là-dedans, d'aller trifouiller dans tout ce bazar. Personnellement, je ne pratique pas l'hypnose sur les patients qui ont de l'hypertension.

— Il n'y a donc aucun risque ? Je veux dire, sur un plan purement médical. La jeune femme songeait à Simon en demandant cela. À son regret, le médecin répondit :

— Le risque zéro n'existe pas mon petit. Puis, il saisit le carnet devant lui sur le bureau laqué et il dit doucement : Venez demain, à l'ouverture du cabinet.

— Mais je croyais que vous ne preniez pas rendez-vous ?

— Ah, mais pour les hypnoses, je prends rendez-vous ! Je mets même un panneau sur la porte du cabinet pour interdire qu'on vienne perturber le *voyage intérieur*.

— Ah, carrément. Je connaissais les *voyages astraux* de *Paco Rabane* mais, *voyage intérieur*, c'est pas mal non plus.

— C'est une expression. Mais c'est un peu ça quand même. Surtout, si le souvenir de votre inconscient qui a déclenché ce bouleversement chez vous, existe bien.

— Parce que ce n'est peut-être pas le cas ?

— Ce n'est pas ce que je veux dire. Mais ce n'est pas rien de déterrer ce que votre esprit a délibérément enfoui. Vous me comprenez ? Rébecca était songeuse. Elle déclara :

— Je suis partante ! Demain, dites-vous ? Entendu pour demain. Je veux savoir.

— Je pense qu'effectivement, ça devient urgent. Surtout, si comme vous venez de me le dire, votre préoccupation principale est de vous approprier votre rôle de mère, à présent.

— Tout à fait. (Le visage de la jeune patiente était radieux) ; Sans doute avez-vous raison. C'est mon esprit qui a dû me jouer un mauvais tour, pour m'aider à oublier Hugo. Elle hésitait. Le médecin attendait. Elle murmura : Pour m'aider à devenir maman. Le vieil homme afficha un sourire satisfait. Il se leva et s'exclama :

— Demain, à l'heure convenue, dans l'autre bureau !

Aussitôt après que Rébecca eut refermé la porte du bureau du docteur Quintin, le vieux médecin décrocha son téléphone pour appeler sa secrétaire, installée derrière son rideau à lattes.

— Je ne prends plus personne avant cet après-midi, annonça-t-il. Puis, tout en soupirant, il recula son imposant siège à roulettes et tira le tiroir noir devant lui. Il souleva la pile épaisse de dossiers verts et ressortit un vieil article de journal qu'il observa longuement avant de relire :

Le 10 novembre 1989, Faits divers Actu Pays de St Malo.

« Hier, en fin d'après-midi, la gendarmerie de St Malo a reçu plusieurs appels en provenance d'usagers de la route départementale 136, située à proximité de St Paul, pour leur signaler que deux individus perturbaient dangereusement le trafic au niveau de la petite commune. Tous ont déclaré avoir aperçu, au dernier moment, deux individus marchant en direction de Combourg. Ils n'ont pas pu décrire le couple, car seules leurs silhouettes étaient distinctes dans la lumière faible du crépuscule. Selon ces témoins, il s'agissait de deux hommes. L'un portant une guitare et l'autre une sorte de vêtement long et foncé, en forme de robe, comme celles que portent les ecclésiastiques. Lorsque les gendarmes sont arrivés sur place, ils avaient disparu. Plusieurs automobilistes ont déclaré également avoir vu des phénomènes lumineux inhabituels. La gendarmerie a ouvert une enquête, car la lumière bleue, décrite par les témoins, a failli provoquer un accident. Très vite, la piste du parc d'attraction Cobac Parc, qui se situe à proximité immédiate, a été écartée. La lumière bleue semblait émaner directement des deux silhouettes en cause. Quant aux

protagonistes, il a été impossible de les identifier. Les gendarmes ont cessé leurs recherches rapidement, car à la même heure, tous les regards étaient rivés sur les téléviseurs qui diffusaient en direct, la chute du mur de la honte, à Berlin… ».

Les mains du docteur Quintin tremblaient. Il replaça solennellement la feuille de chou à sa place, se massa les tempes du bout des doigts et inclina légèrement le fauteuil en cuir.

« Deux heures de fuite, se dit-il, comme soulagé. Deux heures, seul avec mon inconscient ».

Il ferma les paupières. Derrière la porte, on entendait la drôle de secrétaire aux allures baba cool, se débattre avec les patients. Avec sa voix rocailleuse, elle bramait :

— Je vous dis que c'est l'heure de sa sieste !

Car la jeune femme savait qu'à cette heure-ci, il ne fallait surtout pas déranger le médecin, qui se plongeait délibérément, dans un demi-sommeil propice à conquérir l'inconnu en lui.

49

Comme un père

Rébecca venait de sortir du cabinet du docteur Quintin, mitigée. Elle traversa, en hâte, la petite place du bourg pour rejoindre la pharmacie sous une pluie battante. Dès qu'elle pénétra dans l'officine, elle reconnut immédiatement l'odeur boisée qui venait de l'arrière-boutique. Le drôle d'apothicaire, qui lui avait confectionné sa tisane maison, arriva à pas lents et dès qu'il l'aperçut, il s'exclama :

— Alors ?

— Pardon ?

— Pas mal non ?

— Mais quoi donc ? Rébecca avait compris de quoi parlait l'herboriste, mais elle fit semblant de ne pas saisir. L'homme persista :

— Comment vous avez trouvé ma petite spécialité ?

— Bien, bien… La jeune femme bégayait et sentait que ses joues étaient en feu.

— Vous avez réussi à dormir ?

— Oui, oui. C'était parfait. Elle hésita : Justement, je me demandais si vous la confectionnez pour tous les patients ou seulement lorsque le docteur Quintin nous envoie ?!

— C'est mieux quand c'est lui qui vous envoie. (Le pharmacien fixait Rébecca et attendait. Celle-ci commença à bafouiller et il sembla avoir pitié d'elle); Allez, va j'ai compris ! Vous avez déjà tout bu, n'est-ce pas ? Méfiez-vous quand même.

— Ah, parce que vous êtes au courant.

— De quoi parlez-vous ?

— Des hallucinations qu'elle peut provoquer, quand on en boit trop. Le vieil homme fronça son sourcil épais et fourni, qui lui donnait un air de druide.

— Vous avez eu des hallucinations, me dites-vous ? Il était blême; Mais je vous ai bien donné un sachet de ce panier, n'est-ce pas ? Il désignait de son vieux doigt tordu l'étagère en dessous de la fiche publicitaire sur laquelle un gamin brandissait fièrement une boite de suppositoires à l'eucalyptus.

— Je n'ai pas fait attention.

Il se reprit et tout en dévissant le couvercle de la bonbonnière en verre, à côté des thermomètres de toutes les couleurs, posés en vrac dans un panier, il lui dit :

— Goûtez ces berlingots, mon petit. Je suis certain que vous n'en avez jamais mangé d'aussi bons. Ils sont faits maison. Je confie moi-même les fruits et j'utilise leur sirop. Cent pour cent naturels.

— Ah ! Eux aussi ! Il souriait tristement et dit en baissant les yeux :

— Il avait fini par me donner sa recette, le gentil Monsieur Blum.

— Vous l'avez connu ?

— Oh oui, je l'ai bien connu.

— Mais vous avez toujours vécu ici ?

— Oui. Je dois bien avouer que je n'ai pas vu beaucoup de pays. Mais je voyage quand même avec mes plantes. Il remarqua l'air décontenancé de sa cliente et se reprit : Je veux dire par là, que mes recherches dans le domaine des vertus de ce que *Dame nature* nous offre, me font voyager encore davantage que de simples touristes. (Ses pupilles semblèrent s'agiter et il commença à gesticuler dans la boutique); Regardez ! s'exclama-t-il, en tendant à la jeune femme, un petit pot en verre qui ressemblait à ceux qu'Esther utilisait pour faire ses confitures : Et surtout, fermez les yeux et sentez ce parfum.

Rébecca s'exécuta. L'odeur qui flottait sous ses narines lui fit penser aux bougies de Hugo. L'air triste de son joli minois fatigué, ne sembla pas laisser indifférent le curieux pharmacien. Il prit un panier en osier qui contenait des chutes de tissus de toutes les couleurs et le lui tendit.

— Tenez, prenez un mouchoir. Rébecca comprit immédiatement et cela l'amusa.

— Ne faites pas attention à leur allure. Ne riez pas, Mademoiselle, je suis un adepte du recyclage, également. Je n'ai pas envie d'avoir des comptes à rendre à ceux qui vont naître en l'an 2000. La jeune femme lui répondit avec une sympathique ironie :

— J'étais justement en train de me demander où se passaient vos cours de couture, au docteur Quintin et vous. J'ai même envie d'ajouter qu'il est meilleur élève que vous. Il fait des ourlets, lui.

— Comment ça, lui ? Mais c'est moi qui les lui confectionne, ses mouchoirs en soie de Bombay. Les mêmes que pour le pauvre Monsieur Blum, pendant la guerre. Je découpais ses vieilles chemises pour les lui fabriquer.

— Vous avez donc connu la famille Blum, me disiez-vous ?

— Oh, surtout lui. Le vieil homme sourit à son tour, tristement : C'est grâce à lui, si j'ai pu reprendre cette boutique. Mais ce n'est pas le plus important. C'est lui qui m'a donné le goût des mots. Des livres, si vous préférez ! Il semblait ému aux larmes. Il ajouta : Mais surtout, c'est lui qui m'a donné l'amour de la musique ! Vous savez, quand on est né comme moi, dans une famille de paysans et que chaque matin, au moment où le coq se met à hurler, on se dit que la cigogne s'est emmêlé les pinceaux en nous déposant là, c'est un miracle de rencontrer un homme comme lui.

— Vous auriez aimé qu'il soit votre père ?

— En quelque sorte, oui. J'aimais mes parents et je leur serai éternellement reconnaissant d'avoir pris soin de moi comme ils l'ont fait. Surtout pendant la guerre. Mais, seule la terre comptait pour eux. Tandis que Monsieur Blum, c'était tout le contraire. Il avait la tête dans le ciel lui. Je dirais même, dans les étoiles. L'homme prit à son tour un mouchoir maison, trompeta bruyamment et poursuivit : Il m'a pris sous son aile Monsieur Blum ! Tous les samedis après-midi, pendant l'occupation, j'accompagnais ma mère qui faisait leur ménage pendant que lui s'occupait de moi.

— Mais on m'a dit qu'il étudiait la Torah !

— Pensez-vous ! Le pharmacien gloussait : C'est ce qu'il disait !

— Mais que faisiez-vous ?

— Il m'apprenait à lire. Et il m'apprenait le piano, aussi. Et moi, je lui faisais des mouchoirs pendant que ma mère était avec ses filles. La voix du vieil apothicaire devint murmure : On se consolait ensemble. Puis, il releva la tête, toussota et dit : Si vous saviez comme je lui en ai voulu à elle, quand j'ai appris qu'elle le trompait avec le gendarme.

— Vous étiez au courant ?

— Bien sûr. On en parlait de ça, aussi. (Le vieux pharmacien se servit un berlingot et tendit le pot en verre épais à Rébecca) ; Goûtez-moi ça ! Ils sont au citron. C'étaient les préférés du pauvre Monsieur Blum. Il soupira et dit : Lui aussi, il abusait de la tisane… pour oublier.

— Ah, parce que déjà… ?

— Oui, oui. C'est également lui qui m'a tout appris au sujet des plantes. On allait même en chercher ensemble. On partait avec sa traction du côté des forêts, aux alentours de Combourg. C'est d'ailleurs comme ça qu'il a su pour sa femme et son amant. On les a aperçus sortir tous les deux, de chez le photographe de Combourg, un samedi après-midi.

— Mais depuis quand, on a le droit de conduire, le jour du Shabbat, quand on est juif pratiquant ?

— Justement, c'était notre secret. Quand les filles Blum nous croyaient descendus dans la pharmacie pour étudier ensemble dans l'arrière-boutique, on filait en douce. Monsieur Blum me disait même que son Dieu ne pourrait pas nous en vouloir d'honorer sa création ! L'apothicaire semblait ravi de partager son vieux secret de gamin.

— Et vous dites qu'il abusait de sa tisane ?

— Ben, il a vite fait de comprendre ce qu'il pouvait tirer de certaines herbes moins connues. Il voulait tellement calmer sa douleur. Il l'aimait tellement.

— Mais dites-moi, elles peuvent provoquer des hallucinations vos mixtures ?

— Il ne s'agit pas de mixtures, mon petit ! Tous mes mélanges sont le fruit de mes recherches. Je me suis d'ailleurs spécialisé dans le domaine durant mes études de pharmacien, que j'ai pu entreprendre après la guerre, grâce à la générosité de Monsieur Blum.

— C'est-à-dire ?

— Peu avant leur rafle, il avait donné à mes parents un magnifique *Stradivarius* qu'il tenait de son grand-père. Je crois qu'il sentait qu'on allait venir les chercher. J'ai pu faire mes études grâce à ce cadeau… Mais, vous avez eu des hallucinations, mon petit ? De quelle nature ? Rébecca cherchait ses mots.

— Disons qu'elles sont très réalistes. Comme si ça se passait dans la vraie vie.

— À ce point ? Je doute quand même qu'il puisse s'agir de la tisane. Il peut arriver qu'une herbe qui n'aurait pas dû être dans le sachet, se faufile avec ses cousines, mais quand même, pas au point de provoquer ce genre de choses ; Il partit vers l'arrière-boutique et en ressortit avec un sachet rectangulaire en papier kraft : Essayez celle-là ! Vous ne devriez plus avoir de problème.

On entendit le gong de l'officine retentir. Le pharmacien eut l'air contrarié. Rébecca se retourna. C'était la caissière de la supérette. Sans sa fille, pour une fois. Au moment où Rébecca prenait congé du vieil homme, elle l'entendit réprimander la villageoise :

— Je vous ai dit cent fois qu'il ne fallait pas en donner à Joséphine !

— Mais elle ne dort pas sinon.

— Bon, je sais ce que vous allez lui donner. Et tandis que l'apothicaire trifouillait dans un panier en osier, la cliente en profita pour s'adresser à la jeune avocate :

— Je vous reconnais. Vous allez mieux ? On m'a dit que vous aviez acheté la maison des Morvan. Rébecca fulminait. Mais de quoi cette fille se mêlait-elle ? Le pharmacien le comprit et il s'exclama à l'attention de la caissière :

— Et bien la voilà, la nouvelle *potion magique* que vous allez donner à la petite ! Rébecca en profita pour se sauver.

Tout en ouvrant la portière de la Coccinelle, elle se mit à penser, que décidément St Paul était un drôle de village, comme disait Zoé. Elle fit une marche arrière qui faillit écraser la patte du cocker, qui errait seul avec sa laisse, sur la petite place redevenue ensoleillée. Tout en se dirigeant vers la D 136, elle se dit à haute voix :

— Comment vont-ils réagir quand je vais le leur annoncer ?

Car la jeune femme venait de prendre une décision. Elle allait revendre la maison. Ce village était sympathique, ses habitants curieux, mais attachants, mais ce n'était plus possible de rester ici. Les travaux étaient loin d'être achevés et toutes ces histoires commençaient sérieusement à ébranler ses convictions d'avocate, censée et pragmatique. Et cette chambre où tant de choses s'étaient passées ! Car, même si Rébecca était à présent bien déterminée à trouver une réponse rationnelle à ce qu'elle avait vécu, les apparitions liées à la petite Sarah la perturbaient encore. La présence de cette rivière fantôme, dans son jardin, également. Il était grand temps de revenir à une vie plus *normale*.

50

L'annonce

Rébecca avait tourné le bouton de l'autoradio à fond. Les faibles rayons du timide soleil de la journée ne l'avaient pas empêché de rabattre la capote noire. Et à présent, déterminée, elle filait comme un feu follet sur la départementale qui menait au Rocher Abraham. Les paysages aux couleurs d'automne défilaient sur la chanson *The Wall*, des Pink Floyd et la jeune femme scandait le refrain à tue-tête. Lorsqu'elle arriva devant le chemin de terre, elle éteignit la radio, ralentit et se mit à rouler au pas, pour que surtout, Candy ne la *chope* pas.

« Trop tard », pensa-t-elle, en l'apercevant devant sa maison à l'entrée du chemin.

Candy la regardait en chantant le célèbre refrain anglais avec son accent de prof, ce qui agaça la jeune femme. Elle s'arrêta quand même.

— Tu t'es reconvertie dans la gendarmerie, pour pouvoir bosser avec Nicolas ? lui demanda-t-elle, sur un ton ironique qu'on ne lui connaissait pas.

— Pourquoi tu dis ça ?

— À chaque fois que je passe devant chez toi, j'ai l'impression que tu es l'agent de circulation du hameau.

— Mais pourquoi tu dis ça ?

— T'es tout le temps-là ! Candy se mit à rougir. Des larmes commencèrent à apparaître dans ses deux billes azur. Rébecca s'en voulut immédiatement. Aussitôt, elle se reprit : Je te taquine. Mais dis-moi, Nicolas n'est pas là ? Zoé et Esther m'ont dit qu'il était en vacances. Elles l'ont croisé chez Germain.

— Oui, je sais, il aime aller boire une bière là-bas. C'est son moment à lui. Le seul où il a envie d'autre chose que de champagne et il ne peut pas aller dans le troquet du bourg.

— Pourquoi ?

— À ton avis ?

— Je ne vois pas.

— Il les a tous fait souffler, au moins une fois, les habitués de là-bas et tu te doutes que ça crée des frictions. Elle souriait embêtée. Puis, elle soupira à l'attention de sa voisine. Elle soupira une seconde fois et attendit.

— Mais qu'as-tu Candy ? Tu veux me dire quelque chose ?

— Je ne le reconnais plus, mon mari.

— Mais comment ça ?

— Si tu avais vu, comment il s'est montré violent avec son pauvre grand-père ! Elle rectifia : Violent verbalement, je veux dire.

— Qu'entends-tu par-là, Candy ?

— Oui, samedi, à la maison de retraite de Combourg. Habituellement on va le voir le dimanche et là, on ne pouvait pas. Alors, on a trouvé sympa de lui faire une surprise en arrivant aussitôt après l'heure du déjeuner. Mais cela ne lui a pas plu apparemment. Il était habillé comme pour un dimanche et il s'apprêtait à sortir. Moi, j'ai tout de suite compris qu'il avait un rendez-vous important. Mais je crois que ça n'a pas plu à Nicolas. Il lui a même dit, que ce n'était certainement pas de lui, qu'il tenait ses valeurs militaires.

— Ah oui ? Mais pourquoi, d'après toi ?

— Je ne sais pas. J'ai rien compris. Pourtant, je n'ai jamais eu le droit de dire un mot de travers, sur son grand-père, officier de gendarmerie. C'était son modèle.

— C'est curieux effectivement.

On entendait le clocher sonner au loin midi. Et la jeune femme s'impatientait. Elle avait appelé Zoé, tout de suite après avoir quitté la pharmacie pour lui annoncer qu'elle devait leur parler. Candy continuait à s'épancher.

— Je ne comprends pas, ne cessait-elle de répéter. Tu te rends compte qu'il a même pris le bouquet que son grand-père tenait dans une main et l'a jeté dans une poubelle du hall !

— Pardon ? Qu'est-ce que tu es en train de dire ? Rébecca se sentit soudain concernée et demanda : Un bouquet de quoi, Candy ? Un bouquet fait avec quelles fleurs ?

— Des roses blanches. Un magnifique bouquet qui embaumait tout le vestibule. Rébecca se sentit émue aux larmes. Elle pensa à Esther, qui ne semblait plus évoquer le transfert de la dépouille de Sarah. Elle comprit que la vieille femme savait, sans doute. Elle comprit également que Nicolas venait probablement de découvrir, lui aussi, le lourd secret de son grand-père. Car aucun secret ne résiste dans un petit bourg. Même après 50 ans.

— Discute avec ton mari Candy. Je crois qu'il a des choses

à te dire. Rébecca hésita et poursuivit : Ne me demande pas comment je sais ce que je vais te confier, mais dis-lui, s'il te plaît, qu'il s'agissait d'une très belle histoire d'amour, entre lui et la mère d'Esther.

— Mais tu parles de quoi, Rébecca ?

— Parles avec lui.

Elle redémarra et tout en faisant un signe de sa main gantée depuis la Coccinelle, elle regagna le portail vert.

Bocal et Argos surgirent dans la cour, lorsque les roues du cabriolet firent craquer les cailloux, à l'arrière de la maison.

— Vous vous entendez aussi bien que Laurel et Hardy, tous les deux ! leur lança Rébecca, attendrie. Un pincement au cœur, elle ajouta : Vous êtes heureux ici.

Elle s'arrêta devant les rosiers de l'allée et repensa aux mots de la lettre de l'homme qu'elle avait aimé plus que tout ici-bas. Du moins l'avait-elle pensé. Elle commença à composer un bouquet, comme il le lui avait demandé et songea à sa chambre, à l'étage. Elle ressentit le même frémissement dans le ventre, comme chaque fois qu'elle pensait à ce lieu si particulier et soupira longuement. Le docteur Quintin l'avait certes rassurée, mais elle se sentait tellement déçue, également. Elle pensa alors à Simon et ressentit cet autre frisson, nouveau pour elle, qu'elle connaissait depuis qu'il avait rigolé. Elle songea enfin, à ses trois amis, qui l'avaient tellement soutenue, tandis qu'elle se sentait couler progressivement.

« Que vont-ils penser ? Comment Zoé va le prendre ? ».

Les amoureux décideraient, sans doute, de vivre ensemble dans le chalet d'Arthur ou le loft de Zoé. Celle-ci aimait plus le jeune homme qu'elle ne le pensait. Rébecca en était certaine, depuis qu'elle avait surpris le regard de son amie, lorsqu'il était redescendu avec Simon dans les bras, après avoir joué avec lui dans sa chambre. Zoé se projetait avec Arthur, c'était certain. Mais que deviendrait Esther ? Repartirait-elle avec sa sœur, quand elle apprendrait que le père de Sarah venait tous les samedis sur la tombe de la petite fille, pour se recueillir et sans doute expier sa faute ? Celle de ne pas avoir su la protéger. Ou repartirait-elle seule, chez elle ?

« D'où venait-elle d'ailleurs ? se dit Rébecca, tandis qu'elle laissait passer les chiens devant elle, pour entrer dans la maison.

Esther, Zoé et Arthur étaient assis en silence dans le salon. L'atmosphère était lourde et Rébecca s'en rendit compte tout de suite :

— Quelqu'un est mort ici ou quoi ?

Elle se pinça les lèvres, regrettant aussitôt son humour mal venu. Elle se déchargea de son lourd sac qu'elle suspendit à la rampe de l'escalier, en sortit le sachet de papier kraft et se dirigea d'un pas déterminé, vers la gazinière.

— Tisane pour tout le monde ? Je crois bien, qu'on a tous besoin de se détendre.

— Que voulais-tu nous dire, Réb ? Zoé ne souriait pas. Elle caressait nerveusement le poil sale de son cabot. Rébecca ne se retourna pas. Elle tendit prudemment l'allumette qu'elle venait de craquer sous la bouilloire cabossée et elle dit, d'un ton monocorde, mais ferme :

— Je vais vendre.

Simon, qu'on entendait gazouiller à l'étage sur la mélodie de son mobile, cessa net. Esther se leva. En rejoignant d'un pas lourd l'escalier, elle murmura :

— C'est dommage. On était bien, ici, tous les cinq.

Les deux jeunes gens restèrent silencieux, mais Zoé lançait un regard désapprobateur à la jeune propriétaire.

Rébecca avait su trouver les mots pour expliquer sa décision à ses trois amis. Pour commencer, elle était fatiguée par ses travaux qui n'en finissaient pas. La rénovation traînait. Le budget n'allait sans doute pas suffire, depuis la découverte de la rivière fantôme. Monsieur Marco semblait plus enclin à faire le guide touristique avec les badauds du bourg, qu'à poursuivre sérieusement l'extension. La jeune propriétaire avait même fini par leur avouer qu'elle trouvait cet endroit trop spécial. Curieusement, Zoé semblait, quant à elle, relativiser tous les phénomènes étranges qui s'étaient passés dans le coin. Le patron du troquet connaissait très bien le hameau. D'après lui, certains villageois l'appelaient même le *triangle des Bermudes breton*.

— Ça doit être à cause des carrières de granit tout autour, avait-il même décrété, à la jeune architecte ébahie. Trop de radiations. Regardez Tchernobyl !

La rivière, le fantôme de Sarah, l'histoire de l'oncle d'Arthur et Charly, les visites tellement réelles dans sa chambre. Non, ce n'était pas possible de revenir à une vie normale dans ce lieu si spécial. Ce qui s'y était passé échappait à la raison et une chose était certaine, cet endroit était particulier. Rébecca avait annoncé à ses amis déçus, qu'elle mettrait en vente dès le lendemain, aussitôt après sa séance d'hypnose chez le docteur Quintin. Elle chargerait également l'agence immobilière de lui trouver un appartement à Rennes. C'était plus cohérent. Pour elle, qui était destinée à une carrière de ténor du barreau dans la ville moyenne de province, mais pour Simon également. Une grande ville serait préférable pour l'élever seule. Car à présent, Rébecca se projetait avec son fils. Zoé avait semblé très inquiète, lorsqu'elle lui avait rapporté les propos du vieux médecin : *Le risque zéro n'existe pas*. Rébecca avait su trouver les mots. Et ses amis avaient fini par comprendre.

Assise à présent, sur le rebord de son lit à baldaquin, elle se servit le restant de la théière qui contenait la nouvelle tisane du pharmacien. Ses paupières peinaient à ne pas se fermer. Elle fit glisser ses escarpins vernis sur le parquet, fit descendre lentement ses bas sans jarretelles le long de ses jambes et s'allongea sur la couette. Elle ne put s'empêcher de laisser son esprit vagabonder dans ses souvenirs les plus fébriles.

« Si seulement c'était vrai ».

Doucement, elle sombra progressivement dans le sommeil. Ses lèvres s'entrouvrirent :

— Reviens une dernière fois, mon Amour. Une dernière fois pour que l'on se dise au revoir.

51

Un air de départ

Le jour commençait à se lever et le hameau à se réveiller. On distinguait au loin, derrière les quelques conifères rescapés du jardin, les lueurs blanches qui se croisaient sur la départementale 136. Le coq du Rocher Abraham venait d'entonner sa dernière note de l'aube. Derrière le voile du lit à baldaquin, Rébecca commençait à entrouvrir les paupières.

Il n'était pas revenu. « Quelle étrange nuit ».

Dans la chambre d'à côté, Esther et Simon semblaient dormir à poings fermés. Rébecca songea alors, à la journée qui s'annonçait. Elle se demanda s'il était bien nécessaire d'aller trifouiller dans sa tête, à présent que tout était terminé, à présent qu'elle avait décidé de reprendre sa vie en main. Mais parviendrait-elle à trouver un acheteur qui ferait fi des travaux et surtout du jardin devenu terrain vague ? Pour l'instant, il était tellement difficile de se projeter ici. Même Zoé était bien incapable de se prononcer. Personne à part Monsieur Marco, peut-être, ne savait à quoi la maison et le jardin ressembleraient pour finir. Et cela n'intéressait plus Rébecca. Trouver un joli appartement, pas loin du cabinet d'avocats de Rennes et construire sa nouvelle vie avec Simon. C'était aussi simple que cela.

Rébecca se tourna vers la porte bordeaux du futur dressing. Celle qui donnait sur les combles. Là où tout avait commencé. Là où pour la première fois de son existence, elle avait douté dans ses convictions de cartésienne. Elle devait se rendre à l'évidence, cette porte donnait sans doute accès à la connaissance *de l'après-vie* ou quelque chose comme ça.

S'agissait-t-il d'une intersection entre le monde d'ici et celui des morts ? Entre le monde des vivants et celui d'autres vivants ? Impossible de le dire. Ce qui était certain, c'est que Monsieur Morvan avait fini par devenir fou dans cette chambre. Quant à elle, elle ne pouvait s'empêcher de continuer à se dire que la tisane-maison ne pouvait pas tout expliquer. Quelqu'un était venu. Ce n'était pas possible autrement. Même cette nuit, ce qui s'était passé était étrange. Les perceptions de Rébecca revenaient progressivement. Elle referma les yeux et se concentra. Elle sentit alors, la même caresse sur le front que celle de cette nuit. Ils n'avaient pas fait l'amour, mais il était venu, se souvint-elle alors. Le contact de sa main avait été tellement réel. Il ne s'était passé rien d'autre. Un contact de peau doux et tiède. Un mouvement régulier et apaisant.

La jeune femme se concentra davantage pour se souvenir, pour ressentir encore. Sans doute pour la dernière fois. Car, dans la chambre, il y avait à présent une atmosphère de départ. Dans son esprit, Rébecca était déjà partie. Et cette nuit, c'est comme s'il était venu lui dire adieu.

À présent, elle était pleinement réveillée et elle réentendait les mots qu'il avait prononcés. Car il avait également parlé. Sa voix était devenue de plus en plus faible, comme si quelque chose l'aspirait hors de la chambre. Mais il avait bel et bien prononcé des mots charnels, des mots d'ici-bas. Sa main était devenue, peu à peu invisible. De moins en moins réelle. Elle avait continué à flotter au-dessus de son visage, avec douceur et Rébecca avait même eu l'impression de ressentir comme des ailes lui chatouiller le nez. Une caresse aussi douce que celle d'une plume. Une caresse d'adieux. Puis, il était reparti.

Mais curieusement, Rébecca ne se sentait pas triste. Décidée à aller jusqu'au bout, elle se leva d'un bond et elle enfila son peignoir japonais, *presque le même que celui de Zoé*, posé au pied de son lit. Le docteur Quintin lui avait déconseillé de prendre du café pour se faire hypnotiser. Il lui avait dit qu'il fallait éviter tout ce qui pouvait tenir en alerte sa conscience. Lâcher prise. S'abandonner, pour laisser l'inconscient se manifester et prendre le dessus. La jeune femme ramassa la théière ainsi que la tasse vide sur le chevet. Elle entrouvrit les deux fenêtres qui donnaient sur les rosiers et finit par sortir de la chambre, le ventre noué. La porte se referma derrière elle, à cause du vent… sans doute. Elle posa longuement son oreille sur la porte de la chambre d'à côté. Simon et Esther dormaient profondément.

Et tandis qu'elle descendait à pas de velours, l'escalier en chêne, elle se mit à murmurer malgré elle, ses mots. Ceux qu'il avait prononcé et dont elle se souvenait parfaitement, à présent :

— *Mon Amour, je suis obligé de repartir. Je ne peux pas faire autrement. Tu comprendras plus tard pourquoi, car lorsque je reviendrai te chercher, je te rappellerai qui nous sommes.*

En répétant dans son esprit, la promesse qui lui avait été faite, un peu plus tôt, tandis qu'elle dormait, la jeune femme ressentit la même chaleur que les autres fois, l'envahir. La même que celle qui s'était emparée de tous ses sens, lorsqu'ils avaient fait l'amour. Car ils s'étaient bien unis en un, se dit-elle en arrivant dans le salon.

« Il existe », pensa-t-elle avec soulagement. Mais elle devait être la seule à le savoir ! Car Zoé avait raison, il ne faudrait pas qu'elle prenne le risque d'être enfermée chez *les fous*. Elle irait faire sa séance d'hypnose sagement, comme si de rien n'était.

Même si elle savait que cela ne servirait à rien. Car ce visiteur n'était pas, comme le pensait le docteur Quintin, un simple souvenir refoulé dans son inconscient, mais bel et bien une manifestation réelle… Incompréhensible mais bel et bien réelle.

Après s'être servie un jus de kiwi, Rébecca remonta pour aller se préparer pour ce rendez-vous spécial. Elle partirait avant que la maison ne se réveille et se rendrait à Combourg, pour acheter de quoi organiser à son retour un véritable banquet. Elle avait envie de prendre soin, à son tour, de ses amis. On entendit le jet de la douche frapper la vieille faïence de la baignoire. Derrière la porte du fond, à droite de la petite salle de bain, le vent prenait possession de la chambre par la fenêtre entrouverte. Les voiles du lit à baldaquin étaient gonflées comme celles d'un voilier prêt à partir. Les taies d'oreiller en bouchon sur les draps froissés, frissonnaient au contact du vent froid. Une rafale plus violente que les autres balaya l'allée des rosiers, emportant dans sa course folle, des pétales de roses nacrés, qui virevoltaient à présent jusqu'au rebord des fenêtres. Une danse automnale qui annonçait l'approche de l'hiver… La fin d'une saison… Le passage à autre chose.

Comme pour Rébecca.

52

La réponse

Zoé se réveilla en sursaut. Elle secoua Arthur, le front en sueur.

— Mon cœur, réveille-toi !

Arthur dormait d'un sommeil de plomb. La veille au soir, après que Rébecca leur avait annoncé son intention de vendre, ils avaient longuement discuté dans leur alcôve au rez-de-chaussée. Ils avaient fait le point sur leur histoire. La discussion avait duré jusqu'au petit matin.

— Arthur, réveille-toi ! J'ai entendu la porte d'entrée claquer. Le jeune homme sursauta à son tour et sauta du lit.

— Tu veux que j'aille voir qui ça peut être ?

— Mais je sais déjà qui c'est. Je l'ai entendue descendre. C'est Rébecca. Je t'en prie, rattrape-la ! J'ai tellement de choses à lui dire avant qu'elle n'aille chez ce docteur *Merlin*.

— Quintin ma chérie.

Arthur ouvrit la porte d'un bond, sauta par-dessus Bocal qui arrivait pour leur faire la fête et disparut dans le jardin. Zoé avait très mal dormi. Un sentiment étrange s'était emparé d'elle.

Aussitôt après avoir éteint la lumière tamisée de la chambre d'amis, aussitôt après qu'ils eurent décidé de s'installer ensemble, dans le chalet du jeune homme. Et surtout, elle avait fait ce rêve étrange : Une sorte de songe, dans lequel un oiseau bleu se tenait devant l'embrasure d'une porte, derrière un arc-en-ciel et priait sa compagne de venir le rejoindre. Un rêve poétique, mais à la fois bouleversant.

Et à présent, Zoé guettait les bruissements des noisetiers, devant sa fenêtre, comme un animal qui sent que quelque chose se prépare. Mais elle était bien incapable de comprendre les raisons de son angoisse. Arthur revint avec un air de chien battu.

— Tu ne l'a pas rattrapée ? Le jeune homme était désemparé devant la mine dépitée de Zoé.

— Mais pourquoi tu réagis comme ça, ma chérie ? Je l'ai trouvée en forme, hier.

— Il ne s'agit pas de ça Arthur. (Zoé alla vers la fenêtre. Dehors, on apercevait les branches des noisetiers tanguer) ; Il va arriver un malheur ! lâcha-t-elle alors, dans un cri rauque.

Lorsque le cabriolet blanc se gara en épi devant la pharmacie, Rébecca aperçut le vieil herboriste derrière sa vitrine. Il était en train de se battre avec un baigneur en caoutchouc, qu'il maintenait d'une main, tandis que de l'autre, il tentait de lui enfiler une couche-culotte.

« Celui-là, il est unique ! », se dit la jeune femme en souriant.

Le vieil homme la vit à son tour, lui adressant un signe amical tout en empilant les paquets de couches qu'il venait de recevoir.

Rébecca se demanda si le cabinet était déjà ouvert. La lumière jaunâtre qui passait sous le seuil de la porte d'entrée, la rassura. Sans attendre, elle traversa la place glissante pour rejoindre la maison médicale.

Esther descendait d'un pas hésitant l'escalier en chêne. Elle aussi, avait entendu Rébecca quitter la maison et elle non plus, cela ne lui plaisait pas. On lui avait pourtant déjà parlé de la pratique de l'hypnose, de plus en plus répandue dans les hôpitaux. Elle-même avait croisé, à la fin de sa carrière de sage-femme, des psychologues qui parvenaient à trouver ainsi les clés pour réconcilier les mamans distantes avec leur bébé, à cause des *fantômes* de leur inconscient. Elle savait que les résultats étaient encourageants pour l'avenir de cette pratique thérapeutique. Et pourtant, elle partageait de manière irrationnelle, l'angoisse de Zoé. Elle avait attendu, avant de descendre, car elle avait également entendu sa jeune amie partir dans une crise de larmes et ensuite, être calmée par la voix rassurante du jeune homme. On ne percevait plus le moindre chuchotement derrière leur porte. Simon s'impatientait en faisant du vélo dans son transat et Esther s'empressa de le prendre dans ses bras, pour lui donner le biberon du matin. Elle cala ses vieux os dans les coussins moelleux du canapé et commença à gratouiller doucement le duvet sur le haut de la tête du petit, tandis qu'il engloutissait la grosse tétine en forme de cloche. Et plutôt que de lui chanter une berceuse comme d'habitude, elle chuchota tendrement dans le creux de l'oreille encore froissée du nourrisson. Simon esquissa un sourire d'ange. La vieille dame était émue. Émue par ce visage d'enfant, celui de l'extase. Mais également émue, car pour la première fois depuis sa déportation, elle venait d'adresser une prière au Dieu de son père. Elle posa le biberon sur la table basse et tout en berçant Simon, elle lui dit :

— Tout va bien se passer mon trésor. Tout va bien se passer. Je te change, tu dors un peu et maman sera déjà de retour.

Rébecca était assise devant le docteur Quintin, un air de petite fille sur son joli visage et elle attendait en silence. Le vieil homme était en train de se battre avec le tiroir de son bureau, tout en grommelant :

— Mais où ai-je bien pu le mettre ?

— Quoi donc ? La voix de la jeune femme était moins assurée que d'habitude.

— Mon magnétophone.

— Mais pourquoi faire ?

— Pour enregistrer la séance mon petit, voyons.

— Mais pourquoi ?

— Parce qu'ensuite, vous n'aurez plus besoin de moi.

— Mais comment ça ? Le vieux médecin sortit enfin l'appareil et le posa devant lui. Tout en retirant la cassette pour la remplacer, il répondit :

— Grâce à cet enregistrement, vous pourrez recommencer à vivre cette expérience seule, chez vous.

— Ah bon ?

— Oui, oui. Tout le monde peut partir à la recherche de ses propres réponses. Ce n'est qu'une question d'entraînement.

Vous verrez, au début vous n'y parviendrez pas, mais c'est comme pour le vélo, il faut trouver le truc pour réellement lâcher prise. C'est tout.

— Si vous le dites. L'homme qui avait encore davantage l'air d'un *mage* que d'habitude, se leva pour aller chercher la chaise longue, pliée derrière la porte du cabinet.

— Tenez, vous allez vous installer ici.

Il déplia le transat en toile et le posa au milieu de la pièce, juste sous un curieux mobile qui bougeait et retentissait au moindre mouvement. Rébecca s'exécuta.

Simon avait bu son biberon d'un trait. Cela rassura Esther que le bébé de Rébecca soit aussi serein.

« Il sentirait forcément quelque chose. Il n'aurait pas faim, si sa maman était en danger ».

Arthur sortit de la chambre du rez-de-chaussée, l'air tendu. La vieille femme lui jeta un regard inquiet :

— Comment va Zoé ?

— Elle s'est endormie. Le jeune homme hésitait : Je lui ai fait une tisane avec les herbes de Rébecca. Je ne me doutais pas qu'elle était efficace à ce point. Il souriait, attendri.

— Si je n'avais pas à m'occuper du petit, je crois bien que j'en prendrais de bon cœur, moi aussi.

— Vous êtes inquiète, vous également Esther ?

— Je suis morte d'inquiétude, Arthur. (La vieille nourrice

souriait timidement, l'air gêné) ; Je ne sais pas au juste pourquoi Rébecca a besoin de cette séance hypnose, mais je l'ai entendue parler à Zoé d'un genre d'hallucinations…

— Je sais. Elle m'en a un peu parlé.

— … C'est étrange ce que je ressens. Je suis pourtant très ouverte, habituellement, aux avancées des médecines alternatives. C'est bien de traiter le mal à la source et pas seulement ses manifestations de manière superficielle. C'est curieux, ma raison me dit que tout va bien se passer, mais mon cœur est affolé. Esther bégayait : Vous avez entendu Rébecca, le docteur Quintin lui a dit, que même là, le risque zéro n'existait pas.

— Sur le plan psychologique, Esther. En principe.

— Mais cela revient au même.

On entendit la voix éteinte de Zoé qui appelait Arthur.

— Mince, soupira le jeune homme. Les effets de la tisane se dissipent vite !

Il reposa sa tasse de café fumant et se hâta vers leur chambre. Esther reprit le nourrisson dans ses bras et se dirigea vers l'escalier. Tandis qu'elle montait une à une, d'un pas prudent, les marches en bois, elle lui dit d'une voix débordante d'affection :

— Je vais masser tes petons avec de l'huile d'amande douce, comme tu aimes mon petit ange. Elle ajouta : Et peut-être qu'à ton réveil, IL aura répondu à ma prière.

Elle regarda furtivement le plafond de leur chambre, comme si quelqu'un les écoutait. Elle commença à retirer délicatement la grenouillère en tissu éponge de Simon qui gazouillait.

La pièce zen du cabinet médical était silencieuse. Rébecca était étendue sur la chaise en toile et attendait les yeux fermés. Le vieux médecin s'assit sur un tabouret, juste derrière elle et commença.

— Je vous le répète Rébecca, lorsque je vais vous poser une question, vous ne me répondrez pas. Vous vous contenterez de lever votre auriculaire pour m'indiquer que tout va bien. Que nous pouvons aller encore plus loin. Pour comprendre.

— Entendu. Le médecin appuya sur le bouton rouge du magnétophone et poursuivit :

— Comme je vous l'ai expliqué, nous allons progressivement parcourir les recoins cachés de votre inconscient. Tout ce que votre esprit a refoulé à votre insu…

Rébecca écoutait attentivement, curieusement détendue.

— … Je vous ai demandé de choisir un lieu dans lequel vous vouliez vous trouver en esprit, durant la séance. Un lieu où vous vous sentez bien. Un lieu refuge, comme nous le nommons, nous les praticiens de l'hypnose. Je vous ai également expliqué, qu'il vous sera alors possible de retourner dans ce lieu, toute seule, chaque fois que vous en ressentirez le besoin. Chaque fois que les réponses spontanées de votre conscience ne suffiront pas pour comprendre vos ressentis. C'est bon pour vous ? On peut commencer ?

— Oui.

— Seulement le petit doigt, Mademoiselle Müller. Vous ne parlez plus, s'il vous plaît.

Rébecca leva l'auriculaire. Le docteur Quintin replaça correctement son tabouret, toussota et prit une voix douce et rassurante :

— Vous avez choisi votre chambre. Là où votre inconscient s'est manifesté. Là où il a décidé de vous rappeler qu'il était le plus fort. Il appuya sur le bouton rouge, toussota et dit : L'inconscient, c'est un peu comme une soupape de sécurité, comprenez-le bien. Il faut toujours prendre au sérieux ses manifestations, quelles qu'elles soient. Car il est là pour mettre en alerte votre conscience. Dans votre cas, il est vrai que vous avez battu tous les records dans le domaine. Se créer un fantôme comme idéal masculin, ce n'est pas banal ! Et ce n'est pas anodin, lorsque l'inconscient se met ainsi à déborder de toutes parts, jusqu'à ébranler la raison. (Il appuya sur le bouton rouge) ; Nous allons donc tranquillement partir à *sa* rencontre, pour savoir ce qu'il veut nous dire, ce bougre d'inconscient. Tout va bien ? Je peux continuer ? (Rébecca leva le petit doigt) ; Parfait. Concentrez-vous bien, à présent. Je vais vous demander de retourner dans cette chambre. De la visualiser telle que vous l'avez laissée ce matin, avant de venir ici. Le médecin fit une pause : C'est bon Rébecca ? Vous êtes devant votre chambre ? (La jeune fille fit signe que oui) ; Je vais à présent, décompter de 5 à 0. Lorsque vous entendrez le mot *zéro*, vous ouvrirez cette porte. C'est bien compris mon petit ?

L'auriculaire tremblait. Le vieil homme commença à décompter d'une voix régulière.

Zoé, Arthur et Esther étaient assis autour de la table carrée du salon. La vieille femme avait vainement essayé de dormir à côté de Simon, mais elle n'était pas parvenue à fermer l'œil. Elle avait laissé le nourrisson qui dormait paisiblement en tétant l'oreille de son doudou lapin et était redescendue pour allumer du feu. Les deux jeunes gens avaient fini par sortir de leur chambre et Zoé avait la mine d'une naufragée. Elle regardait fixement son *mug-chat*.

— Je n'aime pas du tout ce que je ressens ! lâcha-t-elle.

— C'est normal, tenta de la rassurer doucement Arthur. Moi aussi je suis inquiet alors qu'objectivement, il n'y a aucune raison que nous le soyons.

— C'est vrai, essaya de renchérir Esther. Je crois que nous sommes à fleur de peau avec tout ce qu'il s'est passé ici, ces derniers temps.

— Comment ça ? Zoé lança à son amie un regard étonné :

« Qu'avait compris Esther au juste, au sujet des hallucinations de Rébecca ? ». Esther poursuivait :

— Vous vous rendez compte de tout ce qu'il s'est passé ? L'histoire de votre oncle, pour commencer Arthur. Elle est bouleversante cette *love-story*, vous ne trouvez-pas, vous ? Les jeunes gens se regardèrent amusés :

— Vous connaissez cette expression, vous ?

— J'ai tout simplement vu le film, il y a une vingtaine d'années, comme tout le monde. Un destin tragique pour une histoire d'amour comme on en rêve tous.

— C'est vrai que moi aussi, ça m'a bouleversé l'histoire de tonton Emmanuel.

— Sans compter notre découverte au cimetière du bourg, poursuivit Esther.

— Vous voulez parler des roses blanches sur la tombe de Sarah ?

— Oh, non. J'ai compris qui était l'étrange visiteur de ma pauvre petite sœur. Et Rébecca me l'a confirmé, depuis qu'elle m'a raconté sa conversation avec Candy. Ce vieil homme me fend le cœur. J'ai décidé d'ailleurs d'aller le voir, pour lui dire que finalement, Sarah allait rester là… Du moins, jusqu'à ce qu'il meure. On verra après. La vieille femme continuait à se parler à elle-même : Ah moins que je ne quitte ce curieux monde avant lui.

Zoé avait repris des couleurs :

— Pour revenir à ce que tu disais tout à l'heure, Arthur, c'est nul de réagir comme ça. Il n'y a aucune raison rationnelle de paniquer. Mais je me tracasse aussi, parce que je n'ai vraiment pas envie de ramasser Rébecca à la petite cuillère. Ce serait trop bête. Juste au moment où elle commence à se sentir maman.

— Oh, rassurez-vous Zoé, je peux vous certifier en tant que nourrice de Simon, que ces deux-là sont connectés. D'ailleurs, c'est son calme qui m'a rassuré. Je viens de vous le dire, on a vécu trop de choses inhabituelles. Particulières même. Esther reprit sa respiration et continua : A aucun moment, vous ne vous êtes demandé, vous, qui avait bien pu déposer l'urne de Charly sur la tombe de votre oncle, Arthur ?

— Non, c'est vrai, répondit le jeune homme.

— Et pire encore, ça ne dérange pas vos convictions rationnelles, à vous, qu'ils soient morts le même jour ? Esther regardait avec insistance, les deux amoureux silencieux. Elle poursuivit : Je vous dis qu'on est à fleur de peau. On s'est tellement habitués à accueillir avec banalité des phénomènes inexplicables. Tenez, par exemple, la plume de martin-pêcheur sur leur oreiller ! Personne de nous quatre n'a bronché quand on a lu le journal de votre oncle, Arthur.

— C'est vrai, vous avez raison. On s'est complètement habitués à l'idée que tout était possible dans ce bourg, acquiesça Zoé. Elle hésita, mais poursuivit : Je crois même que j'avais fini par me dire que tout pouvait arriver dans ce drôle de village.

— Alors, notre cerveau anticipe à présent, continua Esther ; Il se dit qu'il va forcément se passer quelque chose d'inexplicable, puisque nous sommes dans ce drôle de village, comme vous dites.

Le visage de Zoé se détendit. Soudain, Arthur s'exclama, en regardant par la grande fenêtre à petits carreaux qui donnait sur les rosiers :

— Oh, ça alors ! Zoé et Esther se précipitèrent vers l'embrasure creusée dans le granit et s'exclamèrent à leur tour en chœur :

— Oh, un arc-en-ciel !

Dehors, le vent avait cessé de faire tanguer les arbres et le soleil scintillait de tous ses feux.

— Mais, il y en a même deux ! s'exclama Esther, le visage tendu.

En effet, deux arcs-en-ciel envahissaient somptueusement l'horizon, derrière la départementale 136. Zoé pressentit, au son de la voix de sa vieille amie, qu'elle avait quelque chose à voir avec cette magnifique apparition :

— C'est vous, Esther ?

— Oui. Je *LUI* ai demandé, ce matin, un signe pour me rassurer. Arthur était ébahi. La vieille femme poursuivit : Je me suis souvenue de votre prière au sujet de votre grand-mère et de l'arc-en-ciel qu'il vous avait envoyé pour vous rassurer. Pour vous dire que tout allait bien pour elle. J'ai fait pareil.

— Mais comment ça ?

— Oui, je *LUI* ai demandé le même signe pour me dire que tout se passerait bien pour Rébecca, ce matin.

Arthur observait les deux femmes et n'en croyait pas ses oreilles. La juive et la chrétienne, semblaient non seulement parler du même Dieu, mais en plus lui attribuer l'initiative des arcs-en-ciel.

« Il est plutôt cool, ce Dieu, si ça se passe vraiment comme ça », pensa-t-il, en se souvenant de ses cours de catéchisme qui l'avaient tant barbé, enfant. Sur un ton qui se voulait léger, il dit :

— Et bien alors, c'est parfait tout ça ! Vous voyez Esther, tout va bien. Il vous en a même envoyé deux !

— Justement, ça ne me plaît pas du tout, murmura la vieille femme, le nez collé à la vitre.

— Mais pourquoi ? C'est encore mieux, deux, non ?

— Je n'en suis pas sûre. Regardez bien, il s'agit de deux demi-arcs-en-ciel !

— Et alors ?

— Comme si j'avais prié pour deux personnes en même temps.

— Je ne vous suis pas, Esther. Zoé attendait également la réponse de la vieille femme, avec gravité.

— Pourquoi sont-ils deux ? Esther avait le menton qui tremblait. Elle poursuivit : Je voulais être sûre que tout se passerait bien. Qu'il n'arriverait rien de grave. Seulement ça. Et là, il y en a deux ! Deux demi-arcs-en-ciel. Comment dois-je l'interpréter, maintenant, ce signe ?

Au loin, l'église annonçait le milieu de la matinée. Les chiens jouaient dehors et se disputaient une balle. Arthur tenait les épaules de Zoé qui tremblait nerveusement. Il dit enfin :

— Écoutez Mesdames, on va être vite fixés de toute façon. Il est 10 heures.

Les trois amis se rassirent, serrés devant la cheminée.

53

Le jardin des délices

Rébecca n'entendait plus la voix du docteur Quintin. Elle avait cessé de l'entendre juste après que le clocher avait sonné 10 coups. Juste après que le thérapeute l'avait invitée à rentrer dans la chambre. Et à présent, son esprit se tenait debout, droit, devant la porte bordeaux. Les fenêtres laissaient passer la lumière comme si les persiennes étaient grandes ouvertes. Dehors, régnait sous le ciel, une lumière orangée. Celle d'un coucher de soleil sans soir. Dès qu'elle avait pénétré dans la pièce où tout s'était passé, elle avait ressenti comme un bonheur nouveau, une plénitude parfaite, un accomplissement de tout son être. Elle se sentait en paix avec elle-même, comme jamais.

« J'ai envie de pleurer de joie ».

Les voiles blancs n'étaient plus là et à la place, des nuages cotonneux flottaient au-dessus du lit bleu vif. Il était refait. La jeune femme s'avança, peu à peu, vers la porte bordeaux, avec un frisson d'impatience. Les sensations charnelles de son corps disparaissaient, pour laisser place à un feu d'artifice d'émotions. Elle tourna son joli visage qui souriait vers les fenêtres à petits carreaux. Elle ouvrit la bouche, stupéfaite par tant de beauté. Dehors, au-dessus de l'allée des rosiers, deux magnifiques arcs-en-ciel s'enlaçaient.

Le paysage commença à murmurer un chant d'oiseaux. Elle chercha du regard la porte bordeaux, mais à sa place était apparu un miroir. Un miroir imposant et souverain qui l'invitait à venir vers lui. La jeune femme avança, une impatience tangible tapie dans tous les recoins de son être. Debout à quelques centimètres de la surface argentée, elle chercha à se voir, mais son reflet n'était pas là.

Elle eut l'impression d'être devenue *autre chose*. Des sensations d'enfance se mirent à déferler dans son cœur. Des désirs de femme se mirent à s'emparer de son corps. Un amour de mère s'empara de son ventre. Le miroir qui se dressait devant elle, ressemblait à celui du conte de son enfance.

Mais à cet instant, elle n'était plus, ni enfant, ni femme, ni mère.

Elle était *autre chose*. Elle était *Elle*.

Rébecca avança encore davantage vers la main invisible qui la pressait d'approcher. Elle avança d'un pas de plus. Le miroir s'agrandit peu à peu. Le mur de la porte bordeaux disparaissait lentement en flottant. Les arcs-en-ciel qu'elle avait vus derrière les fenêtres, envahissaient progressivement la pièce, dont elle ne distinguait plus les contours. Le lit était devenu une minuscule goutte bleue, perdu dans l'air cotonneux de la chambre. Alors, elle entendit la musique.

Des sons inconnus sur terre, mais familiers à son esprit, son âme et son cœur.

« Mon Dieu… Mon Dieu, que cette mélodie me réconforte ».

Elle eut envie d'appeler Zoé, pour lui dire qu'elle était dans la vérité. Que l'Amour avait bien un visage éternel. Qu'importe son nom. Elle ne voyait pas, mais tout en elle sentait et reconnaissait ce lieu de nulle part. Comme si elle revenait de son *chez - elle* d'ici pour rentrer enfin à la maison. Elle avança d'un pas déterminé, encore davantage. Le miroir sembla venir à sa rencontre. À présent, résonnaient comme des éclats de rire d'enfants. Des chants d'oiseaux de toutes les couleurs. De magnifiques couleurs et de mélodieux chœurs. Une multitude de voix sublimes et colorées qui formaient une symphonie. Celle de la Vie. Celle de la Création. Celle d'un ballet éternel.

Rébecca tressaillit de la tête aux pieds. Elle ne sentait plus les sens de son corps. Seulement ceux de son cœur. De son âme. Son esprit fut frappé par la vérité. Celle qu'elle avait senti battre en elle et qui avait résonné comme une évidence, dès qu'*il* l'avait touchée. Celle qui lui avait révélé la création dans son infinie beauté. Tout s'entremêlait, mais devenait cohérent. En un instant.

À ce moment et à jamais, des trompettes avaient clamé *Amour* ! Il y avait eu comme un air de fête. De fête solennelle. Une impatience palpable invitait à la rejoindre dans un éclat de rire. Les oiseaux arrivaient sur les marches du parvis pour dédier leur chant aux deux amants bleus. Une table de banquet était dressée, qui les attendait à la place du roi et de la reine. Dans leur royaume.

— Approche-toi mon âme bleue ! ... Rejoins-moi, mon Amour ! Et nous serons complets.

Un murmure d'enfant passa comme un souffle derrière elle. Rébecca recula de quelques pas.

Épilogue

Le clocher égraina 11 heures. Le ciel blanc de l'automne avait arrosé généreusement la petite place principale de St Paul. Les patients du cabinet médical étaient entassés sous l'étroit porche perché sur de vieilles marches en pierres. Derrière la porte, la secrétaire aux cheveux violets ruminait, tout en ramassant le riz qui avait débordé de l'assiette du Bouddha.

— C'est décidé, je lui dis aujourd'hui. C'est pas possible ! Ça ne peut plus durer ! Autant que j'aille postuler à Cobac Parc. Au moins, tout sera clair depuis le départ, là-bas.

Le petit attroupement qu'elle entendait derrière la porte du cabinet, lui donnait l'étrange sensation d'être devenue une voyante dans une roulotte. Elle jeta un coup d'œil vers le grand bureau qui était devenu silencieux. Elle se souvint des recommandations que le vieux médecin lui avait faites, le jour de son arrivée dans le seul cabinet du bourg :

— Surtout, vous n'oubliez pas d'accrocher dehors, l'un de mes panneaux avec une citation, pour les faire patienter.

On pouvait lire sur celui du jour, qui narguait les patients blasés : « Tourne-toi vers le soleil et l'ombre sera derrière toi ».

Lorsqu'il était rentré de son voyage spirituel, il y a deux ans et qu'il avait punaisé sur le panneau d'annonces de la supérette, une offre d'emploi de secrétaire médicale, elle s'était pourtant empressée de postuler. C'est lui qui avait été son médecin de famille, depuis toujours et elle avait cru retrouver le bon docteur

bedonnant de son enfance. À la place du brave médecin de famille à la *Maupassant*, elle avait vu sortir du deuxième bureau, d'où s'échappait une odeur de peinture fraîche, la gravure de mode d'un gourou de bien-être *New Age* :

— Ce sera vous. De toute façon, vous êtes la seule à avoir postulé. Elle était partie courir l'annoncer à Jésus, le patron du troquet *De l'eau en vin*. Elle avait débarqué à l'heure de l'apéritif et s'était exclamée :

— Pepito, Pepito, c'est moi qui ai décroché le job !

C'est le petit nom qu'elle aimait donner à son père, alors accaparé par ses clients. Il lui avait lancé un drôle de regard et s'était aussitôt ressaisi. La jeune fille savait que lorsqu'il prenait cet air-là, c'est qu'il avait un *gros dossier*, sur l'habitant du bourg en question. Des bruits avaient couru au sujet d'une hospitalisation sous astreinte qui aurait mal tournée mais elle savait qu'il était inutile de lui poser la moindre question. Il n'avait eu de cesse de lui dire depuis qu'elle avait poussé son premier cri, pour ainsi dire : *Tout ce qui se passe dans la vie des gens reste dans la vie des gens*.

Et à présent, elle scrutait tantôt la porte fermée, tantôt le cadran de sa montre au bracelet tissé. Elle replaça la statuette en jade qui s'était remise à sourire et se dit en jetant un dernier regard à la porte du cabinet, derrière laquelle piétinaient les patients :

— Au moins, si je suis embauchée là-bas, je saurai pourquoi j'ai l'impression d'attendre pour rentrer en piste.

Elle se dirigea d'un pas déterminé vers le grand bureau. Dehors, il s'était remis à pleuvoir. Les couleurs vives du joyeux marché, qui avaient jonglé de toutes parts entre les stands, se transformaient peu à peu en un vieux film en noir et blanc.

La cheminée du salon s'embrasa dans un grondement, lorsqu'Arthur jeta dans le foyer les dernières branches du noisetier. Zoé restait muette. Ses pupilles éteintes regardaient les grandes flammes sans réellement les voir. Lorsqu'elle s'était isolée dans leur chambre pour pleurer en cachette d'Esther qui lui avait semblée tellement fatiguée, elle avait reçu un coup de fil de la secrétaire du docteur Quintin. Aussitôt, elle avait compris que Rébecca ne rentrerait pas. La pauvre fille s'était emmêlé les pinceaux et elle avait essayé de la rassurer tellement maladroitement, que Zoé était plus inquiète que jamais. Elle était à peu près parvenue à lui expliquer que Rébecca avait fait un malaise. Un simple malaise. Il ne fallait *pas trop* s'inquiéter. Par mesure de précaution, le docteur avait préféré l'envoyer faire une visite de contrôle à l'hôpital de Rennes. Il avait tenu à l'accompagner.

Zoé avait senti son cœur se déchirer, mais elle avait pris sur elle. Pour Esther. Pour Simon. Elle était parvenue également, à répondre sur un ton normal à Madame Müller qui l'avait appelée juste avant, pour lui dire qu'elle avait un mauvais pressentiment. Celle-ci n'était au courant de rien, mais elle disait avoir fait un cauchemar au sujet de Rébecca. Et qu'elle souhaitait la revoir. Pour enfin parler avec sa fille.

La jeune amie était parvenue à rassurer la mère de Rébecca, mais à cet instant elle se disait qu'elle serait incapable de la rappeler si quelque chose de grave arrivait.

« Un simple malaise », ne cessait-elle de se répéter, tandis que le feu devenait braises. Là-haut, on distinguait les paroles de la prière qu'Esther adressait au ciel de son peuple. Sa voix s'élevait, allait et venait, tandis que Simon l'accompagnait en gazouillant.

Au loin, tout au bout du jardin, on distinguait le cri des sirènes qui tournoyaient à toute allure, sur la D 136, en direction de Rennes.

Rébecca était étendue paisiblement sous la couverture rugueuse du petit lit médical. Derrière l'épaisse porte orange de la chambre à la lumière jaunâtre, on entendait les chariots s'entrechoquer dans les couloirs. Elle ne put s'empêcher de réprimer un léger sourire ironique. La dernière fois qu'elle avait entendu l'agitation d'un couloir d'hôpital à l'heure des repas, c'était lorsqu'elle avait mis au monde Simon. Elle réalisa qu'elle ne songeait plus à sa naissance comme à une opération. Elle se dit également, que si c'était à refaire, elle garderait son fils blotti contre elle, plutôt que de le confier à la nurserie de la maternité. Elle prit conscience, enfin, qu'à aucun moment elle ne s'était demandé ce que la maisonnée savait au juste, au sujet de son entrée au CHU. Une seule idée l'obsédait : *Lui.*

Elle avait senti, à un moment bien précis, que quelque chose, ou plutôt quelqu'un, l'avait empêchée de *Le* suivre. Car plus que tout, elle aurait voulu laisser le miroir disparaître derrière elle pour rester là-bas. Au moment où elle s'était sentie revenir, *il* l'avait rassurée : *Il* lui avait dit que l'heure de se retrouver n'avait pas sonné. Mais que c'était prévu… dans cette vie-là, pour finalement repartir ensemble. Mais il n'avait pas précisé quand. Il avait simplement dit :

— Tu me reconnaîtras. Je m'imposerai à toi.

Plus que toutes ses certitudes de cartésienne qui l'avaient construite, à présent, elle avait l'intime conviction qu'il n'y avait rien de plus réel que *Lui*, que sa promesse.

On frappa timidement :

— Je peux rentrer, mon petit ? Rébecca offrit au visiteur son plus beau sourire, lorsqu'elle vit surgir dans l'entrebâillement de la porte orange, le crâne chauve et la barbe blanche parfaite.

— Ah, c'est vous Docteur. Je vous en prie, asseyez-vous ! La jeune femme actionna le petit boitier en plastique blanc pour relever le dossier de son lit, tout en indiquant au vieil homme de s'asseoir au bout de celui-ci.

— Comment vous sentez-vous ? Vous vous souvenez de tout, mon petit ?

— Oh oui ! Je n'avais jamais rien vécu d'aussi beau !

— Vous m'avez fait peur, vous savez. Vous vous rendez compte que j'ai tout de même dû vous faire un massage cardiaque en attendant les secours ?

— Ah, c'est donc vous alors, qui m'avez tirée en arrière devant le miroir ? Mais je ne vous en veux pas. C'est mieux comme ça. Pour Simon, pour Zoé. Rébecca vit le visage de sa mère. Elle ajouta : C'est mieux pour tout le monde.

Ses yeux étaient dessinés en amandes, comme si elle les avait maquillés. Sa bouche avait la moue d'une jeune mariée.

— Mais que s'est-il passé, au juste, mon petit ? Mais de quel miroir parlez-vous ?

— À quoi bon ? Vous ne me croiriez pas ! Vous penseriez que je suis folle… Je veux dire, pas au sens où vous me l'avez expliqué.

— Comment ça ?

— Vous me prendriez pour une vraie folle, mais pas pour Pythagore, croyez-moi ! Ce que j'ai vu, ce que mes sens ont ressenti, dépasse toute imagination humaine, si je puis dire. À la stupéfaction de la jeune patiente, pourtant plus en forme que jamais, le vieux médecin se leva et s'apprêtant à la *laisser se reposer*, il lui dit d'un ton entendu :

— Je crois que je ne suis pas encore tout à fait prêt pour que Pythagore me prouve qu'*elle* a raison.

Et tandis qu'il s'apprêtait à refermer doucement la lourde porte, il comprit à quel regard celui de Rébecca l'avait ramené. Celui de cette pauvre gamine qu'il n'avait pas crue, alors qu'elle disait vrai.

Rébecca rabaissa le dossier de son lit. Elle bouchonna soigneusement son oreiller délavé, pour le caler confortablement sous sa nuque. Elle referma les paupières. Enfin. Pour dormir en pensant à *Celui* qui avait fini par lui révéler son prénom… en attendant de connaître celui qu'il porterait, lorsqu'ils se retrouveraient. Il lui avait promis. Il lui avait soufflé, dans un soupir :

— En ce moment, là d'où je viens, je m'appelle Nathanaël. J'ignore encore quel *costume humain* je porterai la prochaine fois, mais tu me reconnaîtras.

Esther était redescendue avec *Ty cœur*, sereine. Le large sourire qu'elle adressa aux jeunes gens, en arrivant dans le salon redevenu lumineux, rassura Zoé en un instant. La vieille femme se sentait en paix, avait-elle décrété à la petite assemblée. Bocal et Argos avaient profité de l'effervescence de la maisonnée pour chiper les roulés *knackies/pâte feuilletée*, que les jeunes amoureux avaient confectionnés. L'hôpital les avait appelés pour leur dire que les examens médicaux qui avaient été réalisés n'avaient décelé aucune anomalie. Y compris l'électrocardiogramme. On ne peut pas toujours tout expliquer ! Rébecca pourrait sortir dès le lendemain.

Le docteur Quintin était rentré au cabinet, décidé à annoncer à sa secrétaire qu'elle allait devoir trouver un autre travail. Il avait décidé de tout arrêter à St Paul. Il irait peut-être même vieillir dans un monastère quelconque. Au calme.

La petite radio libre de Combourg avait relayé l'appel à témoin, lancé par la gendarmerie :

« *Merci à ceux qui auraient des informations, concernant la présence d'un jeune homme semblant errer le long de la D 136, ce matin, vers 11 h, de se rapprocher de la gendarmerie de Combourg. L'individu aurait gravement perturbé le trafic, car on l'aurait aperçu, entouré d'un halo bleuté assez puissant pour gêner les automobilistes…* ».

Le Rocher Abraham était calme comme après un orage. On entendait ronronner les fours des cuisinières dans les chaumières du hameau. Le dernier car scolaire venait de déposer les derniers écoliers. Les premiers réverbères éclairaient le trafic particulièrement intense de la D 136. Des curieux s'étaient regroupés en espérant que d'autres manifestations insolites ne se produisent.

Dans le salon, la bonne humeur était revenue. Esther avait fini par préparer à sa nouvelle petite famille le plat préféré de Rébecca, *un chili con carne.*

— Je propose qu'on mette une assiette pour elle ! avait-elle claironné, avec un magnifique sourire. Elle avait également déclaré, qu'elle se trouverait bien un petit *home sweet home*, dans le coin, pour y couler des jours paisibles… Enfin. Elle voulait voir grandir Simon. Le nourrisson dormait paisiblement sous son mobile coloré en souriant.

La chambre de Rébecca était fermée et silencieuse. Soudain, la porte s'ouvrit… le vent ?

L'ouverture bordeaux était à sa place. Les volets et les fenêtres étaient entrouverts. Les premières lueurs de la lune, projetaient à travers les feuillages du jardin, comme des ombres chinoises sur le voile blanc. On aurait dit un trois-mâts entouré de feux follets. Un souffle frais et caressant surgit depuis les persiennes qui se mirent à frissonner dans un craquement de vieux bois. Dehors, le vent souffla de plus belle. Une feuille aux couleurs fauves se mit à se détacher des autres pour tourbillonner et virevolter, finissant son envol sur le coin de la couette qui traînait sur le vieux parquet de la chambre.

À côté d'elle, reposait une plume… Une plume bleue comme celle d'Emmanuel et Charly… Une plume du même bleu vif que celui du manteau soyeux du martin-pêcheur.

Sommaire

ACTE 1

ACTE 2

Mention légale :
Éditeur : Éditions Ty-pêcheur

ISBN : 978-2958 - 8979-01
Prix : 20 €

Impression en Europe

Graphisme et maquettisme : Marilyn De Nilsen
Illustration : Ed.kai _art

Diffusion & Distribution :
Je cherche un livre .com

Printed by Amazon Italia Logistica S.r.l.
Torrazza Piemonte (TO), Italy

52329550R00201